Howard Pyle

ROBIN HOOD

Ueberreuter

CIP-Titelaufnahme der Deutschen Bibliothek

Pyle, Howard:
Robin Hood / Howard Pyle. [Neu bearb. von Maria Czedik-Eysenberg. Aus dem Engl. übertr. von Hans Erik Hausner]. – Wien: Ueberreuter, 1991
Einheitssacht.: The merry adventures of Robin Hood ‹dt.›
ISBN 3-8000-2032-7
NE: Czedik-Eysenberg, Maria [Bearb.]

J 1893/1

Originaltitel »The merry adventures of Robin Hood«
Aus dem Englischen übertragen von Hans Erik Hausner
Neu bearbeitet von Maria Czedik-Eysenberg
Umschlag von Beate Dorfinger unter Verwendung einer Illustration von Stuart Matthews

Druck und Bindung: Carl Ueberreuter Druckerei Ges. m. b. H., Korneuburg
Printed in Austria

Vorwort

Als König Heinrich II. in England regierte, lebte im Sherwood-Forest unweit der Stadt Nottingham ein berühmter Straßenräuber, der Robin Hood hieß. Kein Bogenschütze konnte so geschickt einen Pfeil abschießen wie er, und nie zuvor hatte es freiere Bauern gegeben wie die sieben Gesellen, die mit ihm durch die Wälder streiften. Fröhlich lebten sie tief im Sherwood-Forest, wo es ihnen an nichts fehlte und sie die Zeit mit Bogenschießen und Stockfechten verbrachten. Sie nährten sich vom Wild des Königs und spülten das Fleisch mit frischem Bier hinunter.

Nicht nur Robin Hood, sie alle waren Strauchdiebe, die gemeinsam lebten und gemeinsam plünderten, doch das Landvolk liebte sie, denn nie war ein Hilfesuchender vergeblich zu Robin Hood gekommen.

Und nun will ich euch erzählen, wie es kam, daß Robin mit dem Gesetz in Konflikt kam.

Robin war ein beherzter junger Bursche von achtzehn Jahren, als der Sheriff von Nottingham ein Wettschießen ansagte; der beste Schütze in Nottingham sollte ein Faß Bier gewinnen. »Das ist etwas für mich«, sagte Robin, »denn ein Faß gutes Oktoberbier kann ich wohl gebrauchen.« Er nahm seinen Eibenholzbogen und zwei Dutzend Pfeile und machte sich auf, um von Locksley nach Nottingham zu wandern.

Es war ein wunderschöner Tag im Mai. Blumen blühten auf den Wiesen, Drosseln und Lerchen sangen, grün leuchteten die Blätter im Wald. Robin pfiff sich ein fröhliches Lied; er dachte an seine Marian, denn in dieser Jahreszeit sind junge Burschen oft und gern in Gedanken bei ihren Mädchen.

Wie er so dahinwanderte, stieß er auf einige Förster, die unter einer großen Eiche saßen. Es waren ihrer fünfzehn, die sich an einer riesigen Fleischpastete gütlich taten und auch dem Bier reichlich zusprachen. Ihre Kleidung war aus feinem, grünem Tuch, und wie sie so

unter dem mächtigen Baum saßen, boten sie einen prächtigen Anblick.
»He, Kleiner«, rief einer von ihnen mit vollem Mund Robin zu, »wohin gehst du denn mit deinem Spielzeugbogen?«
Robin wurde zornig, denn kein Grünschnabel hat es gern, wenn man ihm seine Jugend unter die Nase reibt.
»Mein Bogen und meine Pfeile«, gab er zurück, »sind nicht schlechter als eure, und darum bin ich jetzt auf dem Weg nach Nottingham, wo der Sheriff von Nottinghamshire ein Wettschießen angesagt hat und als Preis ein Faß Bier zu gewinnen ist.«
»Hört euch das an«, spottete ein Jäger, der ein Trinkhorn in der Hand hielt. »Du bist ja noch nicht trocken hinter den Ohren, Junge, kannst ja noch nicht einmal einen Bogen spannen! Du willst dich mit erwachsenen Männern in Nottingham messen?«
»Ich wette mit dem Besten von euch um zwanzig Taler«, sagte Robin, »daß ich mit Hilfe Unserer Lieben Frau auf dreihundert Fuß Entfernung das Zentrum treffe!«
Die Förster lachten laut, und einer erwiderte: »Recht geprahlt, Junge, recht geprahlt! Wie gut, daß keine Zielscheibe in der Nähe ist, die du ins Zentrum treffen müßtest!«
Jetzt wurde Robin richtig böse. »Paßt auf«, sagte er, »da drüben sehe ich ein Rudel Hirsche und Rehe, und sie stehen weiter als dreihundert Fuß. Ich wette zwanzig Taler gegen einen von euch, daß ich den besten Hirsch treffe.«
»Abgemacht!« rief der Jäger, »hier sind zwanzig Taler. Ich wette, du triffst weder den besten Hirsch noch überhaupt einen.«
Robin nahm seinen Bogen aus Eibenholz, spannte ihn und legte einen Pfeil auf; im nächsten Augenblick surrte die Sehne, und der Pfeil schoß dahin wie ein Sperber vor dem Nordwind. Der beste Hirsch des Rudels sprang hoch und fiel tot zu Boden; sein Blut färbte die Wiese rot.
»Na, guter Freund, wie hat dir dieser Schuß gefallen?« rief Robin. »Weiß Gott, ich habe die Wette gewonnen. Nur schade, daß es nicht dreihundert Pfund waren.«
Wut packte die Jäger, und der als erster gesprochen und die Wette verloren hatte, war der wütendste von allen.
»Nein«, brüllte er, »die Wette gilt nicht, und sieh zu, daß du fort-

kommst, sonst bekommst du eine Tracht Prügel, daß du nie wieder laufen kannst!«
»Weißt du denn nicht«, rief ein anderer, »daß du einen Hirsch des Königs geschossen hast? Nach dem Gesetz unseres gnädigen Herrschers sollten dir dafür die Ohren abgeschnitten werden.«
»Packt ihn!« rief ein dritter.
»Laßt ihn laufen«, meinte ein vierter. »Er ist ja noch so jung.«
Robin sprach kein Wort, aber er sah die Förster grimmig an. Dann machte er kehrt und setzte seinen Weg durch den Wald fort.
Dem, der als erster das Wort an Robin gerichtet hatte, hätte es wohl angestanden, ihn in Frieden ziehen zu lassen, aber sein Zorn ließ ihn nicht ruhen, nicht nur weil der Junge ihn lächerlich gemacht, sondern auch, weil er zuviel Bier getrunken hatte. Darum sprang er plötzlich auf und griff nach seinem Bogen. »Ich werde dir Beine machen«, rief er und schoß Robin einen Pfeil nach.
Es war Robin Hoods Glück, daß der Förster nicht mehr sehr sicher auf den Beinen stand, denn sonst wäre es jetzt wohl um ihn geschehen gewesen. So aber pfiff der Pfeil an ihm vorbei. Rasch drehte Robin sich um, nahm seinen Bogen und sandte einen Pfeil zurück.
»Du sagtest, ich wäre kein Bogenschütze«, rief er. »Jetzt sag es noch einmal!«
Der Förster stieß einen Schrei aus und stürzte tot zu Boden; und noch bevor die anderen ihre fünf Sinne beisammen hatten, war Robin Hood im Wald verschwunden. Einige wollten ihm folgen, ließen es aber dann bleiben, denn jeder fürchtete, es könnte ihm so ergehen wie seinem Kameraden. Sie hoben den Toten auf eine Bahre und brachten ihn nach Nottingham.
Robin lief durch den Wald. Sein Frohsinn war dahin, denn er hatte einen Menschen getötet, und das lag ihm schwer auf der Seele.
»Ach«, rief er, »hättet ihr doch nie das Wort an mich gerichtet, hätte ich doch nie euren Weg gekreuzt!« Doch in all seinem Schmerz war ihm klar, daß geschehene Dinge nicht zu ändern sind.
Und so kam es, daß er im grünen Wald blieb, in dem Wald, der viele Jahre lang seine Heimat sein sollte. Nie sollten die glücklichen Tage wiederkommen, wie er sie mit den Burschen und Mädchen in Locksley verlebt hatte. Er war geächtet, und nicht nur, weil er einen Mann getötet, sondern auch, weil er unerlaubt das Wild des Königs

geschossen hatte. Zweihundert Pfund wurden auf seinen Kopf ausgesetzt; das Geld würde dem zufallen, der ihn vor das königliche Gericht brachte.

Der Sheriff von Nottingham gelobte sich, diesen Schurken selbst der irdischen Gerechtigkeit zu übergeben, und das aus zwei Gründen: erstens wollte er die zweihundert Pfund in seine eigene Tasche stekken, und zweitens war der Förster, den Robin Hood getötet hatte, ein Verwandter von ihm.

Doch Robin Hood hielt sich ein Jahr lang im Sherwood-Forest versteckt, und in dieser Zeit scharten sich viele um ihn, die aus diesem oder jenem Grund ausgestoßen worden waren. Die einen hatten, weil sie hungrig waren, im Winter Wild erlegt und waren dabei von den Förstern gesehen worden. Andere hatte man von ihren Höfen vertrieben, die dann den königlichen Ländereien im Sherwood-Forest zugeschlagen worden waren; andere wieder hatten ihren Besitz an einen der mächtigen Grafen oder einen reichen Abt verloren – und alle waren in den Sherwood-Forest gekommen, um Unrecht und Unterdrückung zu entgehen.

So scharten sich in diesem Jahr hundert und mehr Bauern um Robin Hood und wählten ihn zu ihrem Anführer. Dann gelobten sie, ihren Bedrückern, ob Graf oder Abt oder Ritter, alles wieder abzuknöpfen, was diese den Armen durch ungerechte und ungesetzliche Steuern, Pachtzinsen oder Strafen abgenommen hatten; den Armen aber, die in Not und Bedrängnis gerieten, würden sie helfen und ihnen wiedergeben, was ihnen genommen worden war. Sie gelobten auch, nie einem Kind weh zu tun oder einer Frau, ob Mädchen, Eheweib oder Witwe, Schaden zuzufügen. Nach einer Weile merkten die Leute, daß sie von Robin Hood und seiner Schar nichts zu befürchten hatten und daß so manche Familie in Notzeiten mit Geld oder Nahrung beschenkt wurde. Sie priesen Robin und seine Schar und erzählten von seinen Taten im Sherwood-Forest, denn sie betrachteten ihn als einen der Ihrigen.

An einem schönen Morgen, als alle Vögel sangen, rief Robin Hood seine Gefährten zusammen und sagte zu ihnen: »Seit vierzehn Tagen ist einfach nichts geschehen, und darum mache ich mich noch heute auf den Weg, um ein Abenteuer zu suchen. Ihr, meine Freunde, bleibt hier im Wald, aber achtet darauf, daß ihr meinen Ruf hört. Wenn ich dreimal in mein Horn stoße, bin ich in Not; dann kommt schnell, denn ich brauche eure Hilfe.«

Er verließ den dichten Laubwald und wanderte über Berg und Tal, über Wege und Straßen. Auf einem Feldweg begegnete er einem drallen Mädchen; sie wechselten ein paar freundliche Worte, dann zog jeder seines Weges; er sah eine feine Dame zu Pferd, zog seine Mütze vor ihr und wurde mit einem huldvollen Kopfnicken bedankt; er erblickte einen fetten Mönch auf einem Esel mit vollen Satteltaschen, einen Pagen in scharlachrotem Wams, einen vornehmen Ritter mit Speer und Rüstung, die in der Sonne glitzerte, einen ehrsamen Bürger aus Nottingham, der gemessenen Schrittes daherkam – aber ein Abenteuer fand er nicht. Schließlich schlug er einen Pfad ein, der am Waldesrand zu einem Baumstamm führte, der als Brücke über einen breiten Bach diente. Er ging auf die Brücke zu und sah von der anderen Seite einen hochgewachsenen Fremden auf sie zukommen. Robin beschleunigte seine Schritte, doch der Wanderer tat das gleiche; jeder wollte als erster hinüber.

»Warte«, sagte Robin, »und laß den besseren Mann als ersten hinüber.«

»Nein«, entgegnete der Fremde, »warte du, denn ich bin der bessere Mann.«

»Das werden wir gleich sehen«, sagte Robin. »Bis dahin bleib, wo du bist, oder, bei der heiligen Elfrieda schwöre ich, du bekommst einen Pfeil zwischen die Rippen.«

»Ich aber«, gab der Fremde zurück, »werde dir das Fell gerben, bis es schillert wie eines Bettlers Kittel, wenn du es wagst, die Sehne des Bogens zu berühren, den du in Händen hältst.«

»Du redest daher wie ein Esel«, sagte Robin, »ich könnte dir einen Pfeil ins Herz schießen, noch bevor ein Mönch zu Michaelis einen Gansbraten zu segnen imstande wäre.«

»Und du redest wie ein Feigling«, antwortete der Fremde, »denn du hast einen Bogen, mit dem du mich ins Herz treffen kannst, und ich habe nichts als diesen Stock, um mich gegen dich zu wehren.«

»Noch keiner hat mich je einen Feigling genannt«, entrüstete sich Robin. »Wenn du so lange warten willst, hole ich mir einen Stock und dann können wir mit gleichen Waffen kämpfen.«

»Ich will gern warten«, sagte der Fremde und stützte sich auf seinen Stock.

Robin ging rasch ein paar Schritte in den Wald und schnitt sich einen sechs Fuß langen festen Eichenstock zurecht. Während er die Zweige entfernte, betrachtete er verstohlen den Fremden, der immer noch, auf seinen Stock gestützt, wartend dastand und fröhlich vor sich hin pfiff. Es war Robin, als hätte er noch nie in seinem Leben einen schmuckeren oder kräftigeren Burschen gesehen. Robin war groß, aber der Fremde war gut einen Kopf größer, denn er maß sieben Fuß. Robin war breitschultrig, aber der Fremde war gut eine halbe Elle breiter.

Trotzdem will ich dir das Fell gerben, guter Freund, dachte Robin und sagte laut: »Hier ist mein Stock, und jetzt wollen wir so lange kämpfen, bis einer von uns im Bach liegt.«

»Von Herzen gern!« rief der Fremde und wirbelte seinen Stock über dem Kopf herum.

Nicht einmal die Ritter von König Artus' Tafelrunde hatten je einen härteren Strauß gefochten als diese beiden. Robin begann mit einer Finte und führte dann einen Schlag gegen den Kopf des Fremden, der diesen, hätte Robin getroffen, rasch ins Wasser befördert haben würde; aber der Fremde wehrte geschickt ab und versuchte das gleiche, doch auch dieser Hieb erreichte sein Ziel nicht. So standen sie eine gute Stunde lang, jeder auf seinem Fleck, ohne einen Fingerbreit zurückzuweichen, teilten viele Hiebe aus und steckten viele ein, bis sie überall blaue Flecken hatten, aber keiner dachte daran, um Gnade zu bitten, und keiner traf Anstalten, in den Bach zu fallen. Hin und wieder ruhten sie sich aus, und jeder dachte für sich, daß er in seinem ganzen Leben noch nie einen so guten Stockfechter gesehen hatte. Schließlich versetzte Robin seinem Gegner einen so starken Hieb in die Rippen, daß dieser beinahe das Gleichgewicht verloren hätte. Er fing sich jedoch wieder und gab Robin einen so kräftigen Schlag auf den Schädel, daß das Blut spritzte. Robin packte der Zorn und er griff den Fremden wütend an, doch dieser fing den Schlag auf und gab ihn zurück, wobei er Robin so geschickt traf, daß dieser Hals über Kopf ins Wasser fiel wie der König beim Kegelspielen.

»Und wo bist du jetzt, Junge?« brüllte lachend der Fremde.

»Im Wasser«, antwortete Robin und mußte selbst über seine mißliche Lage lachen. Dann rappelte er sich hoch und watete ans Ufer.
»Gib mir die Hand!« rief er, als er das Ufer erreicht hatte. »Ich muß gestehen, du bist ein tapferer Mann und ein wackerer Stockkämpfer. Mein Schädel brummt wie ein Bienenkorb an einem heißen Junitag.«
Dann setzte er sein Horn an die Lippen und stieß kräftig hinein, und das Echo hallte bis tief in den Wald hinein. »Ja, ja«, fügte er hinzu, »du bist ein wackerer Bursche, denn von hier bis Canterbury ist es noch keinem gelungen, so mit mir umzuspringen, wie du es getan hast.«
»Und du«, gab der Fremde lachend zu, »du verstehst dich vortrefflich auf das Stockfechten.«
Doch jetzt raschelte und knackte es in Ästen und Zweigen, und plötzlich brachen zwei bis drei Dutzend stämmige, in grüne Jacken gekleidete Freibauern aus dem Wald, an ihrer Spitze Will Stutely.
»Mein guter Herr«, rief Will, »was ist geschehen? Du bist ja bis auf die Haut naß!«
»Das stimmt«, gab Robin fröhlich zu, »der Bursche da hat mich ins Wasser geworfen und mir obendrein eine Tracht Prügel verabreicht.«
»Dann soll es ihm auch so ergehen!« rief Will Stutely. »Auf ihn, Freunde!«
Will und ein Dutzend seiner Gefährten sprangen auf den Fremden los, aber so schnell sie es auch taten, er war bereit und wehrte sich kräftig, und bevor sie ihn überwältigt hatten, mußten sie etliche Hiebe hinnehmen.
»Hört auf, hört auf«, rief Robin und lachte, bis ihm die Seiten weh taten. »Er ist ein anständiger Kerl, und es soll ihm nichts geschehen. Und du, guter Freund, willst du dich meiner Schar anschließen? Dreimal im Jahr bekommst du ein grünes Wams und dazu vierzig Taler. Du sollst schmackhaftes Wild speisen und schweres Bier trinken, und du sollst meine rechte Hand sein, denn in meinem ganzen Leben habe ich noch nie einen solchen Stockfechter gesehen. Nun! Willst du einer von meinen Kameraden sein?«
»Das weiß ich nicht«, erwiderte der Fremde verdrießlich, denn er war noch ärgerlich, weil man ihn so derb herumgestoßen hatte. »Wenn du mit Pfeil und Bogen nicht besser umzugehen verstehst als

mit einem Eichenstock, dann bist du es nicht wert, dich einen Freibauern zu nennen. Aber wenn einer von euch besser schießen kann als ich, will ich es mir überlegen.«
»Was bist du doch für ein komischer Geselle!« rief Robin. »Aber ich will dir deinen Willen tun. Da drüben steht eine Eiche. Geh, Stutely, und schneide ein vier Finger breites Stück Rinde heraus. Nun, Fremder, wenn du dieses Ziel triffst, darfst du dich einen Bogenschützen nennen.«
»Das werde ich!« lautete die Antwort.
Er suchte sich den festesten Bogen aus und dazu einen glatten, mit guten Federn versehenen Pfeil, legte ihn an die Wange, spannte die Sehne und traf das Ziel genau in der Mitte. »Mach es besser, wenn du kannst«, rief er Robin zu, während die anderen eifrig Beifall klatschten.
»Das ist weiß Gott ein guter Schuß«, mußte Robin zugeben. »Besser kann ich nicht schießen, aber vielleicht gleich gut treffen.«
Er nahm seinen Bogen auf, zielte sorgfältig – und traf den Pfeil des Fremden genau in der Mitte. Seine Gefährten sprangen auf und jubelten.
»Beim Eibenbogen des heiligen Withold!« rief der Fremde. »So einen Schuß habe ich in meinem ganzen Leben noch nicht gesehen! Ich bin euer Mann!«
»Dann habe ich heute einen guten Mann für meine Gefolgschaft gewonnen!« freute sich Robin. »Nun sage mir noch, wie ist dein Name, Freund?«
»Dort, wo ich herkomme, nennt man mich John Little«, antwortete der Fremde.
Will Stutely, immer für Späße zu haben, nahm das Wort. »Nein, so gefällt mir dein Name nicht. Wie wäre es, wenn wir ihn umkehrten? Klein bist du ja wirklich und zart und schmächtig, und darum sollst du Little-John heißen, und ich werde dein Taufpate sein.«
Robin Hood und seine Freunde lachten, aber der Fremde wurde zornig.
»Wenn du dich über mich lustig machen willst, wird es dir leid tun«, wandte er sich an Will Stutely.
»Zähme deinen Zorn«, beruhigte ihn Robin Hood, »denn der Name paßt gut zu dir. Little-John sollst du heißen, und dabei soll es blei-

ben. So kommt nun, Freunde. Wir wollen die Taufe dieses unschuldigen Kindes festlich begehen.«

Eilig kehrten sie in ihr Lager in der Tiefe des Waldes zurück. Aus Baumrinden und Zweigen hatten sie hier Hütten gebaut; sie schliefen auf weichen Binsen, über die sie Damwildfelle breiteten. Auf einem Platz stand eine große Eiche, und darunter saß Robin Hood auf grünem Moos, umringt von seinen Männern, wenn es galt, Feste zu feiern und fröhlich zu sein. Hier wartete schon die andere Hälfte der Schar, die ein paar fleischige Rehgeißen mitgebracht hatte. Sie machten ein großes Feuer, brieten die Geißen und stachen ein Faß Bier an. Dann setzten sich alle, Robin Hood aber bot Little-John den Platz zu seiner Rechten an, denn fortan sollte er der zweite Mann in ihrer Schar sein.

Nachdem sie gegessen hatten, ergriff Will Stutely das Wort: »Jetzt ist es an der Zeit, unser Kindlein zu taufen, habe ich recht, Kameraden?« Lachend stimmten sie ihm zu.

»Dann brauche ich sieben Paten«, erklärte Will Stutely und suchte die sieben kräftigsten Männer aus.

»Beim heiligen Dunstan!« rief Little-John und sprang auf, »wer mich anrührt, wird es bereuen!«

Doch nun stürzten alle auf ihn zu, packten ihn an Armen und Beinen und trugen ihn im Kreis herum. Dann trat einer vor, der wegen seiner Glatze den Priester spielte; in der Hand hielt er einen Krug schäumenden Biers. »Wer bringt dieses Kind?« fragte er in feierlichem Ton.

»Ich bringe es«, antwortete Will Stutely.

»Und welchen Namen willst du ihm geben?«

»Ich will ihn Little-John nennen.«

»Nun, Little-John«, sagte der falsche Priester, »bis jetzt hast du nicht gelebt, hast dich nur so durchgeschlagen. Aber fortan wirst du leben. Bis jetzt hast du John Little geheißen, aber fortan sollst du Little-John heißen, und auf diesen Namen taufe ich dich.« Mit diesen Worten goß er Little-John das Bier über den Kopf.

Das gute Bier tropfte Little-John aus den Haaren, von Nase und Kinn, und alle brüllten vor Lachen. Erst wollte er böse sein, aber er konnte es nicht, weil die anderen so fröhlich waren; schließlich lachte er mit. Dann nahm Robin den gutaussehenden Neugeborenen

beiseite und kleidete ihn von Kopf bis Fuß in grünes Tuch. Jetzt war Little-John ein Mitglied von Robin Hoods fröhlicher Schar.
So kam es also, daß Robin Hood geächtet wurde, daß sich eine Schar fröhlicher Gesellen um ihn sammelte und daß er Little-John, seine rechte Hand, für sich gewann; und so endet das Vorwort. Jetzt will ich erzählen, wie der Sheriff von Nottingham dreimal versuchte, Robin Hood zu fangen, und wie es ihm dreimal mißglückte.

Erster Teil

1 Robin Hood und der Kesselflicker

Wir wissen bereits, daß zweihundert Pfund auf Robin Hoods Kopf ausgesetzt waren und daß der Sheriff von Nottingham gelobt hatte, Robin Hood persönlich zu ergreifen. Nun wußte aber der Sheriff noch nicht, welche Streitmacht Robin im Sherwood-Forest um sich geschart hatte, und dachte daher, er könne ihm eine Vorladung zustellen lassen – wie jedem anderen Mann, der das Gesetz übertreten hatte. Er bot daher achtzig Goldpennys demjenigen, der diese Vorladung zustellen würde, doch von Robin Hood und seinen Taten wußten die Leute in Nottingham mehr als der Sheriff, und viele lachten bei dem Gedanken, dem kühnen Wegelagerer eine Vorladung zu überbringen; sie wußten nur zu gut, daß ihnen ein solcher Botengang ein paar über den Schädel einbringen würde. »Eigenartig«, sagte dieser, »ich habe doch einen hübschen Betrag demjenigen versprochen, der Robin Hood meine Vorladung zustellen würde, und keiner hat sich gemeldet.«

»Guter Herr«, sagte einer seiner Leute, »Ihr wißt wohl nicht, wie viele Freunde Robin Hood um sich geschart hat und wie wenig er sich aus Vorladungen macht, und wenn sie vom König selbst kämen. Es wird keiner seine heilen Knochen aufs Spiel setzen, um Euch diesen Dienst zu erweisen.«

»Dann sind die Männer in Nottingham alle Feiglinge«, erklärte der Sheriff, »und den Kerl möchte ich sehen, der es wagen sollte, eine Vorladung König Heinrichs zu mißachten, denn – beim heiligen Edmund – den hänge ich vierzig Ellen hoch! Aber wenn es in Nottingham keinen gibt, der sich achtzig Goldpennys verdienen will, werde ich mich anderswo umsehen, denn irgendwo in diesem Land wird es ja wohl noch einen Mann von echtem Schrot und Korn geben.«

Und noch am selben Tag sandte er einen Boten, in den er großes Vertrauen setzte, nach Lincoln, wo er versuchen sollte, jemanden zu finden, der bereit wäre, den Auftrag des Sheriffs zu erfüllen und sich die Belohnung zu verdienen.

Hell schien die Sonne auf die staubige Landstraße, die über Berg und Tal von Nottingham nach Lincoln führte. Staubig war die Landstraße und staubig die Kehle des Boten, so daß sein Herz höher schlug, als er auf halbem Weg das Schild der Schenke »Zum blauen Eber« vor sich sah. Das Wirtshaus stand unter hohen Eichen, die kühlen Schatten spendeten, und der Bote sprang erleichtert vom Pferd, um ein wenig zu rasten. Er bestellte einen Krug Bier, um seinen Durst zu löschen.

Unter den Eichen vor der Haustür saßen ein paar Leute, zechten und sangen lustige Lieder: ein Kesselflicker, zwei Barfüßer-Mönche und sechs Förster des Königs in grünen Jacken. Hin und her flogen die Scherze, und laut lachten die Förster; noch lauter aber die Mönche, denn es waren rüstige Männer mit schwarzen Bärten, doch am lautesten lachte der Kesselflicker. Sein Gesang war wohltönender als der der anderen. Seine Tasche und sein Hammer hingen von einem Ast der Eiche, und in seiner Nähe lehnte sein Stock, dick wie ein Handgelenk und knorrig am oberen Ende.

»Setz dich zu uns«, rief einer der Förster dem Boten zu. »He, Wirt! Ich zahle eine Runde.«

Gern nahm der Bote die Einladung an, denn er war müde und sein Becher leer.

»Was hast du denn für Neuigkeiten?« fragte einer, »und wohin geht der Ritt?«

Der Bote war ein Wichtigtuer und schwatzte von Herzen gern. So setzte er sich also behaglich zurecht und begann gemächlich seine Neuigkeiten auszubreiten; der Wirt lehnte in der Tür, und neben ihm, die Hände unter der Schürze, stand die Wirtin. Er erzählte die Geschichte von Anfang an: wie Robin Hood den Förster totgeschossen und sich im Wald versteckt hatte; wie er dort lebte, die Gesetze mißachtete, das Wild des Königs erlegte und von jedem wohlbeleibten Abt, Ritter und Junker Wegegeld begehrte; wie der Sheriff, der Himmel schütze ihn, der ihm, dem Boten, jeden Sonnabend sechs Pennys zahlte, dazu ein Faß Bier zum Michaelisfest und eine fette Gans zu Weihnachten, diesem Schurken eine Vorladung zustellen lassen wollte, auf den eine Vorladung, komme sie vom Sheriff oder vom König selbst, nur wenig Eindruck machen würde, denn er war alles andere als ein gesetzestreuer Mann. Dann erzählte er auch noch, daß sich in ganz Nottingham keiner gefunden hatte, der die Vorladung überbringen wollte, weil alle um ihre heilen Glieder fürchteten, und wie er, der Bote, jetzt nach Lincoln unterwegs war, um festzustellen, ob die Männer in Lincoln mehr Mut hätten und ob sich wohl einer fände, der es wagen würde, diese Vorladung zuzustellen.

Sie lauschten ihm mit offenem Mund und weit aufgerissenen Augen, denn das waren in der Tat aufregende Neuigkeiten. Doch dann brach der muntere Kesselflicker das Schweigen.

»Ich komme aus Banbury«, begann er, »und weder in Nottingham noch in Sherwood gibt es einen, der es mit mir aufnehmen kann. Habe ich nicht diesen verrückten Possenreißer Simon aus Ely auf dem Jahrmarkt zu Hertford besiegt, noch dazu im Beisein von Sir Robert von Leslie und seiner Gemahlin? Dieser Robin Hood, von dem ich noch nie etwas gehört habe, mag ein Draufgänger sein, aber auch wenn er kräftig ist, bin ich nicht kräftiger? Er mag ein schlauer Kerl sein, aber bin ich nicht schlauer? Bei Nan o' the Mill mit den hellen Augen und so wahr man mich Wat mit dem Knotenstock nennt, ich werde diesem Wegelagerer die Stirn bieten und ihm, wenn er das Siegel unseres ruhmreichen Herrschers und die Vorladung des guten Sheriffs von Nottingham mißachtet, ein paar über den Schädel hauen, daß er seine Glieder nie mehr bewegen kann. Habt ihr das gehört, Freunde? Kommt, trinken wir noch einen!«

»Du bist der Richtige!« rief der Bote. »Du kommst jetzt gleich mit mir nach Nottingham!«

»Nein«, erwiderte der Kesselflicker und schüttelte bedächtig den Kopf, »wenn ich mit jemandem mitgehe, so nur aus freien Stücken.«

»Das versteht sich«, schmeichelte ihm der Bote, »es gibt ja in ganz Nottinghamshire keinen, der einen so tapferen Mann wie dich zu etwas zwingen könnte.«

»Ja freilich, tapfer bin ich«, nickte der Kesselflicker.

»Bestimmt bist du das«, sagte der Bote, »aber unser Sheriff hat achtzig Goldpennys demjenigen ausgesetzt, der Robin Hood die Vorladung zustellt – so wenig das auch nützen mag.«

»Dann will ich mit dir kommen, Freund. Ich hole nur meinen Hammer, meinen Beutel und meinen Stock. Ich will diesem Robin Hood schon beibringen, was es heißt, eine Vorladung des Königs zu mißachten.« Und nachdem der Bote die Rechnung bezahlt hatte, machte er sich auf den Weg zurück nach Nottingham; der Kesselflicker schritt neben seinem Gaul einher.

Nicht lange danach wanderte Robin Hood eines Tages nach Nottingham, um zu sehen, was es dort Neues gäbe. Das Jagdhorn hing an seiner Hüfte, Pfeil und Bogen trug er auf dem Rücken, und in der Hand hielt er einen festen Eichenstock.

Während er noch raschen Schrittes einen schattigen Pfad hinunterschritt, sah er einen Kesselflicker des Weges kommen, der ein fröhliches Lied sang. Auf dem Rücken hatte er Beutel und Hammer hängen, und in seiner Rechten hielt er einen dicken Eichenstock, volle sechs Fuß lang.

»Hallo, guter Freund«, rief Robin.

»Erdbeeren such ich im Hag ...«

»Hallo«, wiederholte Robin seinen Gruß.

»In Wäldern und auf Wiesen ...«

»He, bist du taub, Mann! Ich habe dich gegrüßt!«

»Und wer bist du, daß du es wagst, mich bei einem so schönen Lied zu unterbrechen?« erwiderte der Kesselflicker und hörte zu singen auf. »Die Frage ist, ob du ein guter Freund bist oder nicht. Wenn du das bist, wäre das für uns beide gut; wenn nicht, wird es schlimm für dich sein.«

»Dann laß uns gute Freunde sein«, schlug Robin vor. »Woher kommst du, du Held?«

»Aus Banbury«, antwortete der Kesselflicker.

»Ach herrje«, sagte Robin. »Von dort habe ich heute schlechte Nachrichten gehört.«

»Wirklich? Erzähl nur schnell, denn wie du siehst, bin ich ein Kesselflicker, und in meiner Zunft sind wir so scharf auf Neuigkeiten wie Priester auf Heidenseelen.«

»Nun gut, aber sei tapfer«, erwiderte Robin, »denn es sind traurige Nachrichten. Ich habe gehört, daß zwei Kesselflicker im Gefängnis sitzen, weil sie betrunken waren.«

»Die Pest über dich und deine Neuigkeiten«, rief der Kesselflicker erbost. »Aber traurig ist es schon, daß zwei anständige Kerle im Gefängnis sitzen müssen.«

»Du hast mich nicht verstanden«, gab Robin zurück. »Das Traurige ist, daß nur zwei sitzen und die anderen frei im Land herumziehen.«
»Ich habe gute Lust, dir für deine schlechten Witze das Fell über die Ohren zu ziehen«, sagte der Kesselflicker. »Aber wenn man Leute einsperrt, weil sie Bier trinken, wie kommt es, daß du noch frei herumläufst?«
»Gut pariert, Kesselflicker, gut pariert!« rief Robin lachend. »Du bist selbst wie Bier, das am meisten schäumt, wenn es sauer wird. Aber du hast recht, Freund, ich liebe Bier über alles. Drum lade ich dich ein, komm mit zum ›Blauen Eber‹, und wenn du so trinken kannst, wie du aussiehst, bekommst du das beste Bier, das es in ganz Nottinghamshire zu kaufen gibt.«
»Meiner Treu«, erwiderte der Kesselflicker, »du bist ein feiner Kerl trotz deiner grindigen Witze, und wenn ich jetzt nicht mit dir in den ›Blauen Eber‹ gehe, darfst du mich einen Heiden heißen.«
»Und nun erzähl mir doch deine Neuigkeiten«, bat Robin, während sie weitergingen. »Kesselflicker sind so voller Neuigkeiten wie ein Ei voll Dotter.«
»Ich liebe dich wie meinen Bruder«, gab der Kesselflicker zurück, »sonst würde ich meine Neuigkeiten für mich behalten, denn so klug ich auch bin, ich habe eine schwierige Aufgabe zu erfüllen, und dazu muß ich alle meine fünf Sinne zusammennehmen. Ich bin nämlich hier, um einen verwegenen Räuber zu finden, den man hier in der Gegend Robin Hood nennt. In meinem Beutel habe ich ein Pergament mit einer Vorladung. Ich würde sie ihm gern überbringen, und wenn er sie mißachtet, würde ich ihm alle Knochen im Leib brechen. Aber du lebst doch in dieser Gegend, Freund – kennst du vielleicht diesen Robin Hood?«
»Ja, ich kenne ihn ganz gut«, antwortete Robin. »Heute morgen habe ich ihn gesehen. Aber die Leute sagen, er wäre ein gemeiner, ein gerissener Dieb. Paß auf die Vorladung auf, sonst stiehlt er sie dir noch aus dem Beutel.«
»Er soll es nur versuchen!« rief der Kesselflicker. »Er mag gerissen sein, aber ich bin es auch. Ich wollte, ich hätte ihn jetzt hier neben mir, diesen Robin Hood! Was für ein Mensch ist er denn eigentlich, Freund?«
»Er ist nicht viel anders als ich«, erwiderte Robin lachend. »Er hat

die gleiche Körpergröße, die gleiche Statur und das gleiche Alter. Und blaue Augen hat er auch, so wie ich.«
»Nein, nein« widersprach der Kesselflicker, »du bist ja noch ein Grünschnabel. Ich dachte, er wäre ein großer, mächtiger Mann mit einem struppigen Bart, weil die Leute in Nottingham solche Angst vor ihm haben.«
»Er ist wirklich nicht so alt und so gedrungen wie du«, sagte Robin, »aber wie man hört, ist er recht geschickt mit dem Fechtstock.«
»Mag sein«, knurrte der Kesselflicker, »aber ich bin geschickter als er. Habe ich nicht in Hertford Simon aus Ely in einem ehrlichen Kampf besiegt? Aber wenn du ihn doch so gut kennst, guter Freund, kannst du mich nicht zu ihm führen? Achtzig Goldpennys hat mir der Sheriff versprochen, und davon sollst du zehn haben, wenn du ihn mir zeigst.«
»Das will ich gern tun, aber zeig mir doch zuvor die Vorladung, damit ich sehen kann, ob sie auch stimmt.«
»Nicht einmal meinem Bruder würde ich sie zeigen«, wehrte der Kesselflicker ab. »Niemand darf die Vorladung sehen, solange ich sie dem Kerl nicht persönlich unter die Nase gerieben habe.«
»Na schön«, sagte Robin. »Wenn du sie mir nicht zeigen willst, weiß ich wirklich nicht, wem du sie zeigen wirst. Aber hier sind wir schon beim ›Blauen Eber‹. Setzen wir uns hin und lassen wir uns das Oktoberbier schmecken.«
In ganz Nottinghamshire gab es keinen netteren Gasthof als den »Blauen Eber«. Keiner stand inmitten so schöner Bäume, an keinem rankten sich soviel Efeu und Waldreben empor, und keiner schenkte so gutes Bier aus. Und wenn im Winter der Nordwind heulte und der Schnee die Hecken verwehte, war nirgends ein so prächtiges Feuer zu finden wie im Kamin des »Blauen Eber«. Robin Hood und seiner Schar war die Schenke wohlbekannt, denn wenn im Wald Schnee lag, waren er und seine Kumpane, wie etwa Little-John oder Will Stutely oder der junge David aus Doncaster, oft dort zusammengesessen. Was den Wirt anging, war er ein verschwiegener Mann, denn er wußte, auf welcher Seite sein Brot gebuttert war. Robin und seine Schar waren seine besten Kunden; sie zahlten bar und ließen nie etwas anschreiben. Darum verriet der Wirt mit keinem Blick und keinem Wort, daß er den Geächteten je zuvor gesehen

hatte, als Robin Hood und der Kesselflicker ankamen und zwei große Krüge Bier bestellten.

»Setz dich nur«, sagte Robin zu dem Kesselflicker. »Ich will bloß sehen, ob der Wirt uns auch sein bestes Bier gibt, denn ich weiß, er bezieht es von Withold aus Tamworth.« Er ging hinein und flüsterte dem Wirt zu, er möge ihnen ein Maß flämischen Schnaps in ihr Bier mischen; das tat der Wirt und brachte es ihnen.

»Bei Unserer Lieben Frau«, sagte der Kesselflicker, nachdem er einen langen Schluck getan hatte, »dieser Withold aus Tamworth – ein feiner angelsächsischer Name, mußt du wissen – braut das beste Bier, das je durch meiner Mutter Sohns Kehle geflossen ist.«

»Trink nur zu, Bruder!« rief Robin, der nur an seinem Becher nippte. »He, Wirt, bring meinem Freund noch einen Krug vom gleichen. Und jetzt, Kamerad, sing uns ein Lied!«

»Ja, ein Lied will ich dir singen, guter Freund«, versprach der Kesselflicker, »denn so ein Bier habe ich mein Lebtag noch nie getrunken. Bei Unserer Lieben Frau, mir dreht sich schon jetzt der Kopf. Kommt, Frau Wirtin, hört zu, und auch du, mein schönes Kind, denn ich singe am besten, wenn ich ein hübsches Mädchen sehe.«

Dann sang er eine alte Ballade aus der Zeit König Artus' mit dem Titel *»Die Hochzeit von Sir Gawaine«,* und alle lauschten ergriffen der berühmten Geschichte des edlen Ritters und des Opfers, das er seinem König brachte. Aber noch bevor der Kesselflicker damit zu Ende war, wurde ihm die Zunge schwer, und er wackelte mit dem Kopf, bis er schließlich einschlief, so als ob er nie wieder aufwachen wollte.

Robin Hood lachte laut auf und holte flink die Vorladung aus dem Beutel des Kesselflickers. »Schlau bist du, Kesselflicker«, murmelte er, »aber nicht ganz so schlau wie Robin Hood.«

Dann rief er den Wirt herbei. »Hier sind zehn Shilling, Wirt, für deine Gastfreundschaft. Kümmere dich um meinen Freund hier, und sobald er aufwacht, fordere noch einmal zehn Shilling. Wenn er sie nicht hat, halte dich an seinem Beutel, seinem Hammer oder seinem Wams schadlos. So strafe ich alle, die hierherkommen und mir übelwollen. Und was dich angeht, ich kenne keinen Wirt, der nicht gern, wenn er kann, die Zeche zweimal einfordert.« Der Wirt schmunzelte.

Der Kesselflicker schlief, bis der Tag zu Ende ging und die Schatten länger wurden. Er drehte den Kopf nach allen Seiten, dann versuchte er mit großer Mühe, seine Gedanken zu sammeln. Zuerst dachte er an seinen fröhlichen Gefährten, aber der war fort. Dann dachte er an seinen festen Knotenstock, aber den hatte er in der Hand. Und schließlich an die Vorladung und die achtzig Goldpennys, die er bekommen würde, sobald er Robin Hood das Pergament zugestellt hatte. Er streckte die Hand in den Beutel, aber da war weder ein Pergament noch ein einziger Penny. Wütend sprang er auf.
»Heda, Wirt«, rief er, »wo ist der Schuft hin, der eben noch da war?«
»Welchen Schuft meinen Euer Gnaden denn?« fragte der Wirt. Er nannte den Kesselflicker »Euer Gnaden«, um ihn zu beruhigen. »Ich habe keinen Schuft in Gesellschaft Euer Gnaden gesehen, denn ich schwöre Euch, kein Mensch würde den Mann, der mit Euch war, hier im Sherwood-Forest einen Schuft zu nennen wagen. Ich sah nur einen wackeren Freibauern in Eurer Gesellschaft, und ich dachte, Euer Gnaden wüßten, wer er ist, denn hier gibt es nicht viele, die ihn nicht kennen.«
»Wie sollte ich wohl alle Schweine in deinem Stall kennen? Wer war es denn, daß du ihn so gut kennst?«
»Nun, hier in unserer Gegend nennt man ihn Robin Hood, diesen wackeren Burschen. Er ist . . .«
»Bei Unserer Lieben Frau!« rief der Kesselflicker wütend. »Du hast mich kommen sehen, mich, einen soliden, ehrlichen Handwerker, und sagst mir nicht, wer mein Begleiter ist, obwohl du es sehr gut weißt? Ich hätte Lust, dir dafür den Schädel einzuschlagen!« Drohend schwang er seinen Stock.
»Hör mal«, verteidigte sich der Wirt und hob den Ellenbogen, um sich vor einem Schlag zu schützen, »woher sollte ich wissen, daß du ihn nicht kennst?«
»Du kannst mir dankbar sein«, entgegnete der Kesselflicker, »daß ich ein sanftmütiger Mann bin und deinen kahlen Schädel schone, sonst würdest du nie wieder einen Gast betrügen. Und was diesen Schuft angeht, diesen Robin Hood, gehe ich jetzt geradewegs zu ihm, und wenn ich ihn nicht am Kragen kriege, kannst du Kleinholz aus meinem Eichenstock machen und mir meinen Hammer über den Schädel hauen.« Er schickte sich an zu gehen.

»Nicht so schnell«, sagte der Wirt und stellte sich mit ausgebreiteten Armen vor ihn hin, denn Geld machte ihn tapfer, »erst mußt du deine Zeche zahlen.«
»Hat er sie denn nicht bezahlt?«
»Nicht einen Penny. Und du hast heute für gut zehn Shilling Bier getrunken. Nein, nein, du gehst nicht fort, ohne zu bezahlen, sonst wird unser guter Sheriff davon zu hören bekommen.«
»Aber ich habe kein Geld, um zu bezahlen, guter Freund«, sagte der Kesselflicker kleinlaut.
»Ich bin nicht dein guter Freund. Wenn ich zehn Shilling verlieren soll, bin ich niemandes guter Freund. Zahl, was du mir schuldest, oder laß mir dein Wams, die Tasche und den Hammer zurück, obwohl alles zusammen keine zehn Shilling wert ist und ich bei dem Geschäft draufzahle. Und wenn du dich rührst, ich habe da drin einen scharfen Hund, und den hetze ich auf dich.«
»Warte«, bat der Kesselflicker, der schon schlechte Erfahrungen mit Hunden gemacht hatte, »nimm dir, was du willst, und laß mich in Frieden ziehen. Aber wenn ich diesen räudigen Hund erwische, das schwöre ich dir, wird er für alles mit Zinsen und Zinseszinsen bezahlen!«
Damit zog er ab, auf den Wald zu, murmelte wirres Zeug vor sich hin, während der Wirt, seine achtbare Gattin und seine Tochter hinter ihm hersahen und sich vor Lachen schüttelten.
»Robin und ich haben diesem Esel eine Lektion erteilt«, sagte der Wirt.

Nicht lange danach ging Robin Hood durch den Wald nach Foss Way, um zu sehen, was es dort Neues geben mochte, denn am Himmel stand ein voller Mond. In der Hand hielt er seinen festen Eichenstock, und an seiner Hüfte hing ein Jagdhorn. Bei einer Wegbiegung kam ihm plötzlich der Kesselflicker entgegen. Beide standen eine Weile still, und dann begann Robin:
»Heda, mein Vögelchen«, sagte er vergnügt lachend, »wie hat dir das Bier geschmeckt? Willst du mir nicht noch ein Liedchen zwitschern?«
Der Kesselflicker schwieg eine Weile und sah Robin nur grimmig an. »Ich bin richtig froh«, antwortete er schließlich, »daß ich dich ge-

funden habe, und wenn ich dir heute nicht sämtliche Knochen im Leibe breche, kannst du mir den Fuß auf den Nacken setzen.«

»Das werde ich gern tun«, sagte Robin. »Schlag mir nur die Knochen zusammen, wenn du kannst.« Der Kesselflicker spuckte in die Hände, packte seinen Stock fester und ging, ohne zu zögern, auf Robin los. Er führte zwei oder drei Hiebe, mußte aber bald erkennen, daß er seinen Meister gefunden hatte, denn Robin wehrte alle Hiebe ab und versetzte dann dem Kesselflicker, noch ehe dieser sich's versah, einen Schlag in die Rippen. Robin lachte, und der Kesselflicker wurde noch wütender und schlug mit aller Kraft auf Robin ein. Wieder fing Robin zwei Hiebe auf, doch als der dritte mit aller Wucht auf Robins Stock sauste, brach dieser auseinander.

»Gib dich gefangen«, sagte der Kesselflicker, »denn sonst schlag ich dich zu Brei . . .«

Robin Hood gab keine Antwort. Er setzte nur das Horn an den Mund und blies dreimal kräftig hinein.

»Blas du nur«, grinste der Kesselflicker, »aber du mußt trotzdem mit mir nach Nottingham, denn der Sheriff hat schon Sehnsucht nach dir. Was ist nun: willst du freiwillig mitkommen, oder muß ich dir den hübschen Schädel einschlagen?«

»Ich habe mich noch keinem Mann ergeben, und wenn ich es so recht bedenke, werde ich es auch jetzt nicht tun. He, meine Freunde, macht schnell!«

Und aus dem Wald sprangen Little-John und sechs kräftige Freibauern in ihrer grünen Kluft.

»He, Herr«, rief Little-John, »was ist geschehen, daß du so laut nach uns rufst?«

»Der Kesselflicker da will mich nach Nottingham führen, wo ich aufgehängt werden soll.«

»Dann werden wir lieber ihn aufhängen«, meinte Little-John; er und die anderen schickten sich an, Hand an den Kesselflicker zu legen.

»Nein, rührt ihn nicht an«, rief Robin, »denn er ist ein wackerer, mutiger Bursche. Er weiß mit Metall umzugehen und singt wunderhübsch. Sag, guter Freund, willst du dich uns nicht anschließen? Drei Jacken aus grünem Tuch sollst du jedes Jahr haben und dazu zwanzig Taler. Du sollst alles mit uns teilen und ein schönes Leben im Wald führen, denn Sorgen haben wir keine im Sherwood-Forest, wo wir Hirsche schießen und uns von Wild, süßen Haferkuchen, Quark und herrlichem Honig nähren. Willst du nicht mit uns kommen?«

»Fürwahr, das will ich«, stimmte der Kesselflicker zu, »denn ich liebe ein lustiges Leben, und ich liebe selbst dich, Herr, auch wenn du mir ordentlich zugesetzt und mich obendrein auch noch hereingelegt hast. Ich bin bereit zuzugeben, daß du mannhafter und schlauer bist als ich, darum will ich dir in Zukunft gehorchen und ein treuer Diener sein.«

So kehrten sie denn in den Wald zurück, wo der Kesselflicker fortan leben würde. Lange Zeit sang er ihnen seine Lieder vor, bis der berühmte Allan a Dale sich zu ihnen gesellte; im Vergleich zu seiner einschmeichelnden Stimme klangen die der anderen wie das Gekrächze von Raben, aber von ihm werde ich noch berichten.

2 *Das Preisschießen in Nottingham*

Der Sheriff war wütend, weil es ihm nicht gelungen war, Robin zu fassen, denn natürlich kam ihm zu Ohren, daß die Leute lachten und sich über ihn lustig machten, und nichts ist einem Menschen so zuwider, als Zielscheibe von Späßen und Scherzen zu sein. »Unser gnädiger Herr und König soll davon erfahren«, sagte er. »Er soll wissen, wie seine Gesetze von diesen Räubern und Rebellen mißachtet werden. Und was diesen verräterischen Kesselflicker angeht, den hänge ich, wenn ich ihn erwische, vom höchsten Galgenbaum in ganz Nottinghamshire!«

Er wies seine Diener und Gefolgsleute an, alles Nötige für eine Reise nach London vorzubereiten, wo er den König besuchen und mit ihm sprechen wollte.

Rot glühten die Schmiedefeuer in Nottingham bis spät in die Nacht, denn alle Schmiede der Stadt waren damit beschäftigt, Rüstungen für die Eskorte des Sheriffs anzufertigen oder auszubessern. Zwei Tage dauerte diese Arbeit, dann war alles bereit. Achtundvierzig Stunden waren sie unterwegs, bis sie endlich die Türme der großen Stadt London vor sich sahen. Viele Leute blieben auf den Straßen stehen und bewunderten die vornehmen Reiter mit ihren schim-

mernden Rüstungen, ihren nickenden Federbüschen und ihrem kostbaren Zaumzeug.
Inmitten von Damen in Samt und Seide und golddurchwirkten Gewändern, tapferen Rittern und stattlichen Kavalieren hielten König Heinrich und seine schöne Gemahlin Eleonore von Aquitanien hof. Dahin kam der Sheriff und wurde vom König empfangen.
»Nun, was wollt Ihr?« fragte der König. »Laßt hören, was Eure Wünsche sind.«
»Edler Herr und König«, antwortete der Sheriff, »im Sherwood-Forest in unserer Grafschaft Nottingham treibt ein frecher Räuber namens Robin Hood sein Unwesen.«
»In der Tat«, bemerkte der König, »sein Name ist sogar an unsere königlichen Ohren gedrungen. Er ist ein unverschämter, frecher Kerl, aber, das muß ich sagen, seine Streiche haben uns auch häufig zum Lachen gebracht.«
»Hört mich an, allergnädigster Herr und Gebieter«, wandte der Sheriff ein, »ich ließ ihm durch einen kräftigen Burschen eine Vorladung mit Eurem königlichen Siegel zustellen, aber er hat den Boten verprügelt und ihm das Dokument gestohlen. Er jagt Euer Wild und beraubt Eure Lehensmänner auf den Landstraßen.«
»Und was erwartet Ihr nun von mir?« fuhr ihn der König an. »Ihr kommt mit einer stattlichen Schar schwerbewaffneter Knappen an unseren Hof und seid nicht imstande, in Eurem eigenen Revier mit einem Haufen Strauchdieben fertig zu werden, die nicht einmal Rüstungen am Leib tragen! Was sollen wir denn da tun? Seid Ihr nicht unser Sheriff? Gelten unsere Gesetze nicht in Nottinghamshire? Wißt Ihr nicht selbst, wie Ihr vorzugehen habt gegen Leute, die das Gesetz brechen und Euch und den Euren Schaden zufügen? Fort mit Euch! Überlegt, was zu tun ist, und belästigt mich nicht mehr! Aber überlegt gut, Sheriff, denn wenn Ihr nicht imstande seid, unseren Gesetzen Geltung zu verschaffen, seid Ihr kein Sheriff für uns. Überlegt, sage ich, sonst mag es nicht nur diesen Wegelagerern in Nottinghamshire, sondern Euch selbst übel ergehen. Wenn die Flut kommt, schwemmt sie das Korn mit der Streu weg.«
Dem Sheriff war nicht wohl zumute, und er verwünschte sein prächtiges Gefolge, denn er sah, daß der König ihm zürnte, weil er so viele Männer um sich hatte und doch die Gesetze nicht durchsetzen

konnte. Und während sie langsam nach Nottingham zurückritten, sprach der Sheriff kein Wort und dachte nur nach, wie er es anstellen sollte, Robin Hoods habhaft zu werden.
»Aber natürlich!« rief er plötzlich und klatschte sich auf die Schenkel, »ich habs! Hört, was ich euch sage: Es werden keine vierzehn Tage vergehen, und dieser Schurke Robin Hood sitzt in Nottingham hinter Schloß und Riegel!«
Was für einen Plan hatte der Sheriff ersonnen?
Wie ein Geizkragen einen Silberling nach dem anderen durch seine Hände gleiten läßt, um sicher zu sein, daß die Münzen nicht beschnitten sind, so hatte der Sheriff jede Möglichkeit geprüft und in jeder irgendeinen Fehler gefunden. Schließlich aber war ihm der unverschämte Wagemut Robins eingefallen, der, wie der Sheriff wußte, des öfteren nach Nottingham kam.
»Gelänge es mir, Robin Hood an einen Ort in Nottingham zu lokken, wo ich ihn finden könnte, er würde mir gar schnell in die Hände fallen und nie wieder entkommen«, dachte er. Plötzlich schoß ihm die Lösung durch den Kopf: Wenn er ein großes Preisschießen veranstaltete und einen schönen Preis aussetzte, könnte Robin Hoods unsteter Geist ihn dazu verleiten, an dem Bewerb teilzunehmen!
So schickte er also, kaum nach Nottingham zurückgekehrt, Boten nach Norden und Süden, nach Osten und Westen aus, um dieses große Preisschießen in Stadt und Land anzukündigen. Jeder, der mit einem Bogen umgehen konnte, war dazu eingeladen, und der Preis sollte ein Pfeil aus reinem Gold sein.
Als Robin Hood davon erfuhr, hielt er sich gerade in der Stadt Lincoln auf. Er eilte in den Sherwood-Forest zurück, rief seine Gefährten zusammen und sprach zu ihnen:
»Hört, welche Nachrichten ich aus Lincoln mitgebracht habe. Unser Freund, der Sheriff von Nottingham, hat ein Preisschießen angesagt, bei dem ein goldener Pfeil zu gewinnen ist. Ich hätte gern, daß einer von uns ihn gewinnt: erstens ist es ein schöner Preis, und zweitens hat ihn unser lieber Sheriff gestiftet. Also wollen wir dort mithalten, denn ich weiß schon heute, daß wir viel Spaß haben werden. Was sagt ihr dazu, Freunde?«
Der junge David aus Doncaster meldete sich zu Wort: »Ich bitte

dich, Herr, höre auf mich! Ich komme geradewegs von unserem Freund Eadom vom ›Blauen Eber‹, und dort erfuhr ich von dem Wettschießen. Aber ich hörte auch – und Eadom weiß es von Ralph o' the Scar, einem Mann des Sheriffs –, daß der Sheriff mit diesem Preisschießen dir eine Falle gestellt hat und nichts sehnlicher wünscht, als dich dort zu sehen. Er will dich damit nach Nottingham locken. Ich bitte dich, bleib im Wald, sonst könnte es uns schlecht ergehen.«

»Du bist ein kluger Bursche, der die Ohren offen und den Mund geschlossen hält, wie es einem verständigen und erfahrenen Jäger ansteht. Aber sollen wir uns womöglich nachsagen lassen, der Sheriff von Nottingham hätte den kühnen Robin Hood und hundertvierzig der besten Bogenschützen von ganz England eingeschüchtert? Nein, David, du hast mir erst den rechten Appetit auf den goldenen Pfeil gemacht. Aber wir müssen List mit List begegnen. Ein paar von euch verkleiden sich als Mönche, andere als Landleute, Kesselflicker oder Bettler, aber alle müssen einen guten Bogen oder ein Schwert dabeihaben – für alle Fälle. Ich selbst werde auch um diesen goldenen Pfeil schießen. Wenn ich ihn gewinne, hängen wir ihn als Siegeszeichen an unsere große Eiche. Wie gefällt euch mein Vorschlag, Männer?«

»Einverstanden, einverstanden!« riefen alle begeistert.

Am Tag des Preisschießens bot Nottingham einen prächtigen Anblick. Auf dem Anger vor der Stadtmauer waren Tribünen für Ritter und Gutsherren und ihre Damen, aber auch für die Bürger und ihre Ehefrauen errichtet worden; diese Plätze waren Leuten von Rang und Namen vorbehalten. An einem Ende der Tribüne, nahe den Zielscheiben, befanden sich mit bunten Bändern, Tüchern und Girlanden geschmückte erhöhte Sitze für den Sheriff und seine Gemahlin, am anderen Ende ein Zelt aus gestreiftem Segeltuch, von dessen Spitze vielfarbige Wimpel und Fähnchen flatterten. In dem Zelt standen Fässer mit Bier für die Schützen, die Lust auf einen kühlen Trunk verspürten. Gegenüber den Tribünen für die feinen Leute befand sich ein Geländer, um zu verhindern, daß sich die ärmeren Besucher vor der Zielscheibe zusammendrängten. Schon früh begannen sich die Tribünen mit Persönlichkeiten von Rang zu füllen, die

ständig in kleinen Wagen oder auf ihren Pferden ankamen; der ärmere Teil der Bevölkerung lagerte auf der Wiese vor dem Geländer, das sie vom Turnierplatz trennte. Im großen Zelt versammelten sich die Schützen. Sie erzählten einander von früheren Erfolgen und überprüften noch einmal ihre Bogen und Pfeile, denn an einem Tag wie diesem, an dem es um einen solchen Preis ging, durfte die Ausrüstung keine Mängel aufweisen. Die besten Bogenschützen aus ganz England waren zu diesem Preisschießen gekommen, unter ihnen Gilbert o' the Red Cap, der Führer der Schützentruppe des Sheriffs, Diccon Cruikshank aus Lincoln und Adam o' the Dell aus Tamworth, mit seinen sechzig Jahren immer noch gesund und munter, der seinerzeit am berühmten Preisschießen von Woodstock teilgenommen und dort den namhaften Schützen Clym o' the Clough besiegt hatte.
Als sich die Tribünen gefüllt hatten, erschienen der Sheriff und seine Gemahlin; er ritt in vornehmer Haltung auf einem Schimmel, seine Gattin auf ihrer braunen Stute. Er trug eine Mütze aus purpurrotem Samt, und aus purpurrotem Samt war auch sein mit Hermelin besetzter Umhang; Wams und Beinkleider waren aus grüner Seide, und die Schuhe aus schwarzem Samt. Eine goldene Kette hing um seinen Hals, und an seinem Kragen funkelte ein großer, in Gold gefaßter, geschliffener Granat. Seine Gemahlin trug ein Gewand aus blauem Samt, mit Schwanenflaum besetzt. Die beiden boten einen prächtigen Anblick, als sie Seite an Seite herangeritten kamen, und die Menge jubelte ihnen zu.
Kaum hatten der Sheriff und seine Gemahlin Platz genommen, gebot er dem Herold, sein silbernes Horn ertönen zu lassen. Die Schützen begaben sich auf ihre Plätze, während die Zuschauer sie mit lauten Zurufen begrüßten. Die Damen auf den Tribünen winkten mit seidenen Tüchern, um jeden einzelnen Bewerber anzufeuern, sein Bestes zu tun.
Dann trat der Herold vor und verkündete laut die Regeln des Wettkampfes:
»Jeder schießt vom Standplatz, der hundertfünfzig Yard vom Ziel entfernt ist. Jeder schießt einen Pfeil, und die zehn Besten werden ausgewählt und dürfen weiterschießen. Jeder dieser zehn schießt zwei Pfeile, und die drei Besten werden ausgewählt, jeder noch drei

Pfeile mehr zu schießen, und der Beste von den dreien erhält den Preis.«

Der Sheriff beugte sich vor und suchte angestrengt unter der großen Menge der Schützen nach Robin Hood, doch nirgends vermochte er die grüne Tracht von Robin Hood und seinen Männern auszunehmen. »Trotzdem«, sagte sich der Sheriff, »er kann trotzdem dabei sein, aber ich kann ihn unter den vielen nicht gleich erkennen. Wenn es erst einmal zehn sind, wird er unter ihnen sein, davon bin ich überzeugt.«

Und nun schossen die Schützen, einer nach dem anderen, und nie zuvor hatten die Bürger von Nottingham so gutes Bogenschießen gesehen wie an diesem Tag. Sechs Pfeile erreichten das Zentrum, vier trafen ins Schwarze und nur zwei den äußeren Ring; und als der letzte Pfeil verschossen war und die Zielscheibe erreicht hatte, jubelte die Menge, denn sie wußte wahre Bogenschützenkunst zu schätzen.

Von den zehn Besten waren sechs im ganzen Land berühmt, und die meisten hier kannten sie: die sechs waren Gilbert o' the Red Cap, Adam o' the Dell, Diccon Cruikshank, William o' Leslie, Hubert o' Cloud und Swithin o' Hertford. Bei den anderen handelte es sich um zwei Freibauern aus Yorkshire, einen großgewachsenen Fremden, der, wie er sagte, aus London kam, und um einen Fremden, dessen scharlachrote Kleidung ihm in Fetzen vom Leib hing. Er trug eine Binde über einem Auge.

»Seht Ihr Robin Hood unter diesen zehn?« fragte der Sheriff den Ritter, der neben ihm stand.

»Nein, Euer Gnaden«, antwortete der Mann. »Sechs kenne ich persönlich. Von den zwei Männern aus Yorkshire ist der eine zu groß und der andere zu klein für diesen Schurken. Robins Bart ist goldblond, und der zerlumpte Bettler hat einen braunen; auch ist er auf einem Auge blind. Und was den Fremden in Blau angeht: Robins Schultern, das weiß ich, sind gute drei Zoll breiter.«

»Dann ist dieser Schuft auch noch ein Feigling«, sagte der Sheriff und schlug sich ärgerlich mit der Faust auf den Schenkel.

Nachdem sie sich eine kleine Weile ausgeruht hatten, traten die zehn guten Schützen vor, um abermals zu schießen. Jeder schoß zwei Pfeile, und während sie das taten, hielt die Menge den Atem an,

doch als der letzte seinen Pfeil verschossen hatte, brandete Jubel auf, und viele warfen vor Freude ihre Mützen in die Luft.
Und nun waren nur mehr drei Schützen übrig. Der eine war Gilbert o' the Red Cap, der andere der zerlumpte Fremde und der dritte ein gewisser Adam o' the Dell aus Tamworth. »Hoch Gilbert o' the Red Cap!« riefen einige Leute und andere: »Bravo, Adam o' the Dell aus Tamworth!« Aber niemand erhob seine Stimme für den Fremden im scharlachroten Gewand.
»Streng dich an, Gilbert«, rief der Sheriff, »und wenn du dich bewährst, gebe ich dir noch hundert Silberpennys zum Preis dazu.«
»Ich werde mein Bestes tun«, versprach Gilbert, zog einen glatten Pfeil mit einer breiten Feder aus dem Köcher, legte ihn auf, zielte bedächtig und ließ ihn von der Sehne schwirren. Kaum einen Fingerbreit vom Zentrum bohrte sich der Pfeil in die Scheibe. »Hoch Gilbert, hoch Gilbert!« brüllte die Menge, und »Meiner Treu!« rief der Sheriff, »das war ein trefflicher Schuß!«
Dann trat der zerlumpte Fremde vor, und die Leute lachten über den gelben Flicken unter seinem Arm, als er den Ellbogen hob, um zu schießen. Rasch spannte er den festen Eibenbogen, und schnell schoß der Pfeil davon; so kurz war die Zeit zwischen Spannen und Schießen, daß man dem Pfeil kaum mit den Augen folgen konnte, und doch steckte er um zweimal die Länge eines Roggenkorns näher der Mitte als der des anderen.
»Bei allen Heiligen im Paradies!« rief der Sheriff. »Ein vorzüglicher Schuß, der Wahrheit die Ehre!«
Dann schoß Adam o' the Dell, und sein Pfeil bohrte sich dicht neben dem des Fremden in die Scheibe. Nach einer kurzen Pause schossen die drei noch einmal, und diesmal steckte Adams Pfeil am weitesten vom Zentrum; wieder schoß der Fremde am besten. Abermals folgte eine kleine Pause, und dann schossen alle zum drittenmal. Gilbert zielte besonders sorgfältig, und als sein Pfeil dicht neben dem Zentrum einschlug, jubelte die Menge, daß die Fähnchen und Wimpel flatterten und die Saatkrähen und Dohlen von den alten grauen Turmdächern aufflogen.
»Gut gemacht, Gilbert!« rief der Sheriff erfreut. »Du hast den Preis schon so gut wie gewonnen. Nun, laßt uns sehen, ob der zerlumpte Kerl es besser machen kann.«

Ohne ein Wort zu sprechen, stellte sich der Fremde an den Schützenstandplatz. Es herrschte erwartungsvolle Stille, und auch der Fremde stand regungslos da, den Bogen in der Hand, und man konnte bis fünf zählen. Dann hob er seinen Bogen, spannte ihn und ließ den Pfeil von der Sehne schwirren. Und so gut hatte der Fremde gezielt, daß der Pfeil eine graue Feder von Gilberts Pfeil fortriß, bevor er sich genau in der Mitte ins Holz bohrte.

Noch eine ganze Weile blieb es völlig still, und keiner erhob die Stimme, aber die Leute sahen einander erstaunt an.

»Nein«, brach der alte Adam o' the Dell das Schweigen, »seit vierzig Jahren bin ich Bogenschütze und war vielleicht nicht der schlechteste, aber heute schieße ich nicht mehr, denn mit dem Fremden, wer immer es sein mag, kann niemand sich messen.« Er steckte den Pfeil in den Köcher zurück und ließ die Sehne seines Bogens zurückschnellen.

Der Sheriff verließ seinen erhöhten Sitz und trat auf den zerlumpten Fremden zu, der, auf seinen Bogen gestützt, wartend dastand, während das Volk ihn umdrängte, um den Mann aus der Nähe zu sehen, der ein so wunderbarer Schütze war. »Hier ist dein Preis«, sagte der Sheriff, »du hast ihn ehrlich verdient. Wie heißt du, und woher kommst du?«

»Man nennt mich Jock o' Teviotdale, und aus Teviotdale komme ich«, antwortete der Fremde.

»Nun, Jock, bei Unserer Lieben Frau, du bist der beste Bogenschütze, den ich je gesehen habe, und wenn du in meine Dienste treten willst, sollst du eine bessere Jacke haben als die, die du auf dem Leib trägst; du sollst vom Besten essen und trinken, und zu Weihnachten sollen achtzig Taler dein Lohn sein. Ich meine, du spannst den Bogen besser als dieser feige Schurke Robin Hood, der es nicht wagte, sich heute hier sehen zu lassen. Sag mir, willst du in meine Dienste treten?«

»Das will ich nicht«, gab der Fremde grob zurück. »Ich will frei bleiben, und keiner in England soll mein Herr sein.«

»Dann mach dich fort, und der Teufel soll dich holen!« rief der Sheriff, und seine Stimme zitterte vor Zorn. »Ich hätte gute Lust, dich für deine Unverschämtheit prügeln zu lassen.« Dann machte er kehrt und ging davon.

Es war eine recht bunte Schar, die sich an diesem Tag um die Eiche im Sherwood-Forest scharte. Zwei Dutzend Barfüßer waren zu sehen, Männer, die wie Kesselflicker aussahen, und solche, die Bettler und rüstige Landleute zu sein schienen; und auf einer moosbewachsenen Bank saß ein in rote Lumpen gehüllter Mann mit einer Augenbinde, der den goldenen Pfeil in der Hand hielt, den er beim großen Preisschießen gewonnen hatte. Doch dann riß er sich die Binde von den Augen, warf die Lumpen ab und saß in seiner jägergrünen Kluft da. »Das war leicht«, meinte er, »aber den Walnußsaft in meinem Bart werde ich wohl so schnell nicht los sein.« Alle lachten, denn der Sprecher war niemand anderer als Robin Hood, der den Preis aus der Hand des Sheriffs entgegengenommen hatte.
Nun setzten sich alle zum festlichen Essen zusammen und lachten über den Streich, den sie dem Sheriff gespielt hatten, und was jedem einzelnen von ihnen in seiner Verkleidung widerfahren war. Doch als sie gegessen hatten, nahm Robin Hood Little-John beiseite und sagte: »Es hat mich schon sehr verdrossen, als der Sheriff zu mir sagte: ›Ich meine, du spannst diesen Bogen besser als dieser feige Schurke Robin Hood, der es nicht wagte, sich heute hier sehen zu lassen.‹ Ich würde ihn gern wissen lassen, wer den goldenen Pfeil aus seiner Hand empfangen hat, und daß ich nicht der Feigling bin, für den er mich hält.«
»Herr«, erwiderte Little-John, »überlaßt das mir und Will Stutely. Wir werden unserem fetten Sheriff Nachricht davon durch einen Boten zukommen lassen, wie er ihn gewiß nicht erwartet.«
An diesem Abend saß der Sheriff beim Mahl in seiner Burg in Nottingham. An langen Tischen schmausten Ritter und Gefolgsleute, achtzig Mann und mehr, und während sie aßen und tranken, unterhielten sie sich über das Preisschießen.
»Meiner Treu«, sagte der Sheriff, »ich habe wirklich damit gerechnet, daß dieser Schurke Robin Hood heute kommen würde. Ich hätte nicht geglaubt, daß er so ein Feigling ist. Aber wer könnte dieser Kerl gewesen sein, der mir so dreist ins Gesicht sagte, daß er nicht in meine Dienste treten wolle. Ich frage mich, warum ich ihm keine Tracht Prügel verabreichen ließ, aber etwas an seiner Haltung wies darauf hin, daß er nicht immer in Lumpen gekleidet war.«
Noch bevor er zu Ende gesprochen hatte, fiel etwas klirrend zwi-

schen die Schüsseln auf den Tisch, und die in der Nähe saßen, fuhren erschrocken auf. Nach einer Weile faßte einer der Ritter sich ein Herz und brachte das Ding dem Sheriff; es war ein stumpfer Pfeil, an den ein Pergament geheftet war. Der Sheriff rollte es auseinander und las. Die Adern auf seiner Stirn schwollen an, und seine Wangen wurden rot vor Wut, denn auf dem Papier stand geschrieben:

»Der zerlumpte Schütze spricht
dem Sheriff dreist ins Angesicht:
Ihr habt Robin Hood den Preis gegeben.
Dafür sollt Ihr lange leben!«

»Woher kam das?« donnerte der Sheriff.
»Durch das Fenster, Euer Gnaden«, antwortete der Mann, der ihm den Pfeil gereicht hatte.

3 *Will Stutely wird von seinen braven Kameraden gerettet*

Als der Sheriff erkannte, daß Robin Hood auch mit List nicht beizukommen war, war er verärgert und ratlos. »Was war ich doch für ein Dummkopf!« sagte er sich. »Hätte ich unserem König nicht von Robin Hood erzählt, wäre ich nie in diese unangenehme Lage geraten. Jetzt muß ich den Kerl gefangennehmen, weil sonst der Zorn Seiner Majestät des Königs über mich kommt. Ich habe es mit dem Gesetz und mit List versucht, und meine Hoffnungen wurden enttäuscht. Jetzt will ich sehen, was ich mit Gewalt ausrichten kann.«
Er rief seine Konstabler zusammen und erläuterte ihnen, was er vorhatte. »Nehmt euch jeder vier Mann und legt euch an verschiedenen Punkten des Sherwood-Forests auf die Lauer. Begegnet einer von euch einer Übermacht, soll er ins Horn stoßen. Dann soll jene Gruppe, die das Signal hört, ihm unverzüglich zu Hilfe eilen. So, glaube ich, werden wir diesen grüngewandeten Räuber fassen. Wer Robin Hood als erster zu Gesicht bekommt und ihn mir bringt, tot oder lebendig, erhält hundert Pfund Silberpennys; wer ein Mitglied seiner Bande faßt und es mir bringt, tot oder lebendig, den will ich mit vierzig Pfund belohnen. Nun, macht eure Sache gut.«

Sechzig Trupps von je fünf Mann durchstreiften den Sherwood-Forest, und jeder Konstabler hoffte, er würde das Glück haben, den Räuber oder zumindest ein Mitglied seiner Bande zu fangen. Sieben Tage und sieben Nächte waren sie unterwegs, ohne auch nur einen Mann in grüner Kluft zu Gesicht zu bekommen; der getreue Eadom vom »Blauen Eber« hatte Robin Hood rechtzeitig gewarnt.

Als Robin davon erfuhr, sagte er: »Wenn der Sheriff es wagt, Gewalt zu gebrauchen, wird es ihm und manch anderem schlecht ergehen. Aber ich möchte kein Blut vergießen, und keine Frau soll um ihren toten Gatten weinen müssen. Ich habe einmal einen Mann getötet, und das will ich nie wieder tun, denn es liegt mir schwer auf der Seele. Darum wollen wir uns im Sherwood-Forest versteckt halten; aber sollten wir gezwungen sein, uns oder einen von uns zu verteidigen, soll jeder mit ganzer Kraft seinen Bogen spannen.«

Viele seiner Gefährten schüttelten den Kopf, als sie ihn so reden hörten. Der Sheriff wird denken, wir wären feige, sagten sie sich, und die Leute in der Gegend werden glauben, wir hätten Angst vor den Konstablern. Aber sie behielten ihre Befürchtungen für sich und taten, was Robin ihnen befahl.

Sieben Tage und sieben Nächte hielten sie sich im Sherwood-Forest versteckt, doch am achten Tag rief Robin Hood seine Schar zusammen. »Wer möchte auskundschaften, was die Männer des Sheriffs vorhaben? Sie werden nicht alle Zeit im Sherwood-Forest auf der Lauer liegen.«

Worauf sich ein großes Geschrei erhob und jeder einzelne seinen Bogen schwang, um sich darum zu bewerben, Kundschafter sein zu dürfen. Robin Hood war stolz auf seine tapferen Burschen. »Mannhaft und furchtlos seid ihr alle, meine Freunde«, sagte er, »aber es kann nur einer gehen, und das soll Will Stutely sein, denn er ist schlauer als ein Fuchs im Sherwood-Forest.«

Will Stutely sprang vor Freude in die Luft und klatschte in die Hände. »Ich danke dir, Herr«, sagte er. »Und wenn ich dir nicht Nachrichten über diese Kerle bringe, will ich nicht länger Will Stutely heißen.«

Er schlüpfte in eine Mönchskutte, gürtete sich jedoch unter dem Gewand mit einem guten Schwert, und machte sich auf den Weg. Auf der Straße, die am Waldrand entlangführte, begegnete er zwei

Trupps des Sheriffs. Er schaute weder links noch rechts, zog nur seine Kapuze tiefer ins Gesicht und faltete seine Hände, so als wäre er tief ins Gebet versunken. Schließlich kam er zum »Blauen Eber«. Unser Freund Eadom, dachte er, wird mir gewiß alle Neuigkeiten erzählen.

Auch hier saßen Männer des Sheriffs und becherten herzhaft. Will setzte sich still in eine Ecke und senkte den Kopf, als ob er bete. Er wartete nur auf eine Gelegenheit, den Wirt allein zu sprechen. Eadom erkannte ihn nicht, und weil er ihn für einen armen, müden Bruder hielt, ließ er ihn, obwohl er Mönche nicht mochte, ruhig sitzen, ohne das Wort an ihn zu richten, denn, so dachte er, nur ein hartherziger Mensch jagt einen lahmen Hund vor die Tür.

Während Stutely noch so dasaß, kam eine große Katze und rieb sich an seinem Bein, wobei sie ihm die Mönchskutte eine Handbreit hochschob. Schnell zog Stutely die Kutte wieder herunter, aber der Konstabler blickte gerade in seine Richtung und sah das Jägergrün unter der Kutte des Mönchs. Das ist kein Klosterbruder, ging es ihm durch den Sinn, rechte Freibauern ziehen keine Kutten über, und auch Diebe hüllen sich nicht in solche Kleidung. Ich denke, das ist einer von Robin Hoods Männern.

»O ehrwürdiger Vater«, sagte er laut, »wollt Ihr nicht einen Becher Märzenbier mit uns leeren und Euren Durst löschen?« Stutely fürchtete, sich durch seine Stimme zu verraten, und schüttelte daher nur stumm den Kopf.

Der Konstabler ließ nicht locker. »Wohin zieht Ihr, ehrwürdiger Vater, an diesem heißen Sommertag?«

»Ich pilgere nach Canterbury«, antwortete Will mit verstellter Stimme.

»Sagt mir doch, ehrwürdiger Vater«, wandte sich der Konstabler zum drittenmal an Will Stutely, »seit wann tragen Pilger Beinkleider aus grünem Tuch unter ihrer Kutte? Meiner Treu, für mich seid Ihr ein gewöhnlicher Dieb, wenn nicht gar einer aus Robin Hoods Bande! Bei Unserer Lieben Frau, ich renne Euch mein Schwert durch den Leib, wenn Ihr noch eine Bewegung macht!«

Er zog sein Schwert und sprang auf Stutely zu, doch dieser hatte das seine unter der Kutte schon fest in der Hand, und als der dicke Konstabler den ersten Schlag führte, war dies auch sein letzter in diesem Kampf, denn Will parierte den Hieb und führte seinerseits einen so gewaltigen Schlag gegen den Konstabler, daß dieser zu Boden sank. Will wäre entkommen, aber noch im Fallen umklammerte der Soldat seine Beine und ließ nicht locker. Nun stürzten sich auch seine Kameraden auf Stutely, und einer der Männer des Sheriffs schlug ihm über den Schädel, daß ihm das Blut über das Gesicht lief und er nichts mehr sehen konnte. Er wehrte sich so tapfer, daß sie kaum imstande waren, ihn festzuhalten, aber schließlich banden sie ihn mit Hanfstricken, so daß er weder Hand noch Fuß bewegen konnte. Für zwei der fünf Männer war es ein schmerzliches Abenteuer, denn der Konstabler war schwer verwundet, und der andere, der Will über den Schädel geschlagen hatte, lag viele Tage lang im Bett, bevor er wieder so rüstig war wie vor dem Kampf.

Robin Hood stand unter der Eiche und dachte an Will Stutely und wie es ihm wohl ergangen sein mochte, als plötzlich zwei Freibauern den Pfad heruntergelaufen kamen, und in ihrer Mitte die Tochter des Wirts vom »Blauen Eber«. Robin schwante Böses.

»Will Stutely ist gefangen!« riefen sie ihm schon von weitem zu.

»Hast du uns diese Unglücksbotschaft gebracht?« fragte Robin das Mädchen.

»Ich habe es selbst mit ansehen müssen«, antwortete sie, »und ich fürchte, er ist schwer verwundet, denn ein Soldat schlug ihm mit dem Schwert auf den Kopf. Sie haben ihn gefesselt, nach Nottingham gebracht, und bevor ich mich aufmachte, um Euch Nachricht zu bringen, hörte ich, daß er morgen gehängt wird.«

»Er soll morgen nicht gehängt werden«, rief Robin. »Wenn aber doch, werden viele für ihn ins Gras beißen.«

Er hob sein Horn an die Lippen und stieß dreimal kräftig hinein; bald kamen seine Gefährten durch den Wald gelaufen, und schließlich waren hundertvierzig tapfere Männer um ihn versammelt.

»Hört mir zu!« rief Robin. »Unser Freund Will Stutely ist den Männern des Sheriffs in die Hände gefallen, und darum ist es unsere verdammte Pflicht, Bogen und Schwert zu nehmen und ihn zu befreien. Er hat so oft sein Leben für uns eingesetzt, und darum ist es nur recht und billig, wenn wir unseres für ihn einsetzen. Habe ich nicht recht, Männer?« Sie alle stimmten ihm zu.

»Gibt es aber unter euch welche, die nicht bereit sind, Kopf und Kragen zu riskieren, mögen sie hier im Wald bleiben, denn ich zwinge keinen. Aber morgen komme ich mit Will Stutely zurück, oder ich sterbe mit ihm.«
Little-John ergriff nun das Wort. »Denkst du, Herr, es gäbe unter uns einen, der einen Freund in Not im Stich lassen würde? Und wenn es einen gäbe, dann sollte er aus unserer Mitte ausgestoßen werden. Habe ich recht, Freunde?«
Und wieder riefen alle laut »Jawohl!«, denn es gab keinen unter ihnen, der für einen Freund in Not nicht alles getan hätte. Am nächsten Tag verließen sie den Sherwood-Forest, aber auf verschiedenen Wegen, denn sie mußten mit List vorgehen; darum teilten sie sich in Gruppen von zweien oder dreien und verabredeten, sich in einem engen Tal unweit von Nottingham zu treffen. Als sich dort alle eingefunden hatten, sprach Robin zu ihnen:
»Hier wollen wir warten, bis wir etwas Neues erfahren, denn wir müssen sehr geschickt sein, wenn wir Will Stutely aus den Klauen des Sheriffs befreien wollen.«
So hielten sie sich lange verborgen. Die Sonne stand schon hoch am Himmel, als ein alter Bettelmönch langsam die Straße hinunterging, die an der grauen Stadtmauer von Nottingham vorbeiführte. Da sonst niemand zu sehen war, rief Robin den jungen David aus Doncaster, einen für seine Jahre klugen Burschen, und sagte zu ihm:
»Geh und sprich mit dem alten Wandermönch da drüben an der Mauer. Er ist eben aus der Stadt gekommen und weiß vielleicht etwas Neues von unserem Stutely.«
David schlenderte die Straße hinauf, und als er dem Mönch begegnete, begrüßte er ihn höflich und sagte: »Guten Tag, ehrwürdiger Vater, könnt Ihr mir wohl sagen, wann Will Stutely gehängt wird? Ich möchte das Spektakel nicht versäumen, denn ich komme von weit her, um so einen gemeinen Schurken hängen zu sehen.«
»Schäm dich«, entgegnete der Wandermönch erregt, »daß du so redest, wenn ein braver Mann gehängt werden soll, nur weil er sein Leben verteidigt hat. Wie kann so etwas geschehen? Noch heute abend, wenn die Sonne sinkt, soll er gehängt werden – achtzig Schritte vom großen Stadttor, wo die drei Straßen sich kreuzen. Dort, hat der Sheriff befohlen, soll er sterben – als Warnung für alle

Geächteten in Nottinghamshire. O weh, o weh, Robin Hood und seine Schar mögen Räuber sein, aber sie nehmen nur von den Reichen, von den Mächtigen und den Unredlichen; dafür gibt es in dieser Gegend keine arme Witwe, keine Familie mit vielen Kindern, die nicht dank ihnen das ganze Jahr über genügend Gerstenmehl hat. Es drückt mir das Herz ab, wenn ich einen so tapferen Mann wie diesen Stutely sterben sehen muß. Bevor ich Wandermönch wurde, war auch ich ein guter Freibauer, und ich achte jeden, der einen grausamen Normannen oder einen stolzen Abt mit vollen Geldsäcken das Fürchten lehrt. Wenn Stutelys Herr nur wüßte, in welcher Gefahr sein Gefährte schwebt, vielleicht würde er etwas unternehmen, um ihn aus der Hand seiner Feinde zu befreien.«

»Fürwahr, Ihr habt recht«, entgegnete der junge Mann. »Aber wenn Robin und seine Schar in der Nähe sind, werden sie bestimmt etwas unternehmen. Lebt wohl, guter Alter, und glaubt mir eines: Wenn Will Stutely sterben muß, wird er fürchterlich gerächt werden.«

Eilig setzte er seinen Weg fort, aber der Wandermönch sah ihm nach und murmelte vor sich hin: »Dieser junge Mann ist kein Bauernlümmel, der gekommen ist, um einen guten Mann sterben zu sehen. Ja, ja, vielleicht ist Robin Hood gar nicht so weit weg. Mag sein, wir erleben heute noch einiges . . .«

David aus Doncaster berichtete Robin, was der Wandermönch ihm erzählt hatte, und Robin rief seine Leute zusammen und sagte: »Wir wollen sogleich in die Stadt ziehen und uns dort unter das Volk mischen, aber behaltet einer den anderen im Auge und drängt euch, sobald wir die Stadt verlassen, so dicht wie möglich an den Gefangenen und seine Wachen heran. Erhebt gegen keinen die Hand, aber wenn ihr zuschlagt, schlagt so fest, daß ihr kein zweites Mal zuzuschlagen braucht. Und bleibt alle zusammen, bis wir wieder im Sherwood-Forest sind. Keiner darf sich von den anderen entfernen.«

Tief stand die Sonne am westlichen Himmel, als ein Hornstoß von der Burgmauer erklang. Nun herrschte große Aufregung in Nottingham, und Menschenmengen füllten die Straßen, denn alle wußten, daß der berüchtigte Will Stutely noch heute gehängt werden sollte. Das Burgtor öffnete sich, und es erschien eine stattliche Schar bewaffneter Ritter; an ihrer Spitze ritt in glänzender Rüstung der Sheriff. Wachen zu beiden Seiten, saß Will Stutely auf einem Karren, den Strick schon um den Hals. Er war blaß und das blonde Haar klebte blutverkrustet auf der Stirn. Er ließ seine Blicke über die Menge schweifen und sah manch freundliches und mitleidiges Gesicht, aber keines, das er kannte. Das Herz wurde ihm schwer, aber er ließ es sich nicht anmerken.

»Gebt mir ein Schwert in die Hand, Sheriff«, sagte er. »zwar bin ich verwundet, aber ich will gegen Euch und Eure Männer kämpfen, solange noch Leben in mir ist.«

»Oh, nein! Nicht ein Gauner wie du«, erwiderte grimmig der Sheriff. »Du sollst kein Schwert haben. Du sollst einen ehrlosen Tod sterben, wie es einem gemeinen Dieb gebührt.«

»Dann löst mir wenigstens die Fesseln, und ich will allein mit meinen Fäusten gegen Euch und Eure Männer kämpfen! Ich verlange keine Waffe, aber laßt mich nicht hängen wie einen Schächer.«

Der Sheriff lachte. »Sieh einer an«, sagte er, »der stolze Stutely rutscht vor mir auf den Knien. Mach dich nur darauf gefaßt, Hundsfott, elender, heute wirst du hängen – dort, wo die drei Straßen aufeinandertreffen, wo alle dich sehen können, und wo du Aaskrähen und Dohlen zum Fraß dienen sollst.«

»Feigling!« rief Will Stutely dem Sheriff zu. »Wenn mein Herr Euch einmal begegnet, werdet Ihr teuer bezahlen müssen. Er verachtet Euch. Wißt Ihr denn nicht, daß ganz Nottinghamshire über Euch lacht? Eine Spottfigur wie Ihr wird nie den tapferen Robin Hood besiegen!«

»Meinst du wirklich?« entgegnete wütend der Sheriff. »Bin ich ein Gegenstand des Spottes für deinen Herrn, wie du ihn nennst? Nun, jetzt werde ich aus dir eine Spottfigur machen, denn zuerst kommst du an den Galgen und nachher laß ich dich vierteilen.« Er gab seinem Pferd die Sporen und sagte kein Wort mehr zu Stutely.

Schließlich kamen sie zum großen Stadttor, und Stutely sah das freie Land dahinter, die grünen Hügel und Täler und in weiter Ferne die dämmrigen Umrisse des Sherwood-Forests. Als er das Sonnenlicht auf den Wiesen und Feldern, den Hütten und Höfen liegen sah, als er die Vögel ihr Abendlied singen und die Schafe auf den Hängen blöken hörte, wurde ihm das Herz schwer und salzige Tränen verschleierten seinen Blick. Er senkte den Kopf, denn niemand sollte seine Tränen sehen. Als sie vor der Stadt waren und er wieder den

Kopf hob, wollte ihm das Herz vor Freunde schier zerspringen, denn sein Auge fiel auf einen seiner treuen Gefährten aus dem Sherwood-Forest; und als er schnell um sich blickte, sah er auf allen Seiten bekannte Gesichter, die sich dicht an seine Bewacher drängten. Plötzlich schoß ihm das Blut in die Wangen, denn er sah seinen Herrn in der Menge; nun wußte er, daß Robin Hood und seine ganze Schar gekommen waren. Aber eine Reihe Bewaffneter trennte sie von ihm.
»Tretet zurück!« rief einer der Männer des Sheriffs mit lauter Stimme, denn die Menge drängte sich von allen Seiten an den Zug heran. »Fort mit euch, Gesindel! Tretet zurück, sage ich!«
Ein Mann benützte den Tumult, um sich zwischen den Bewaffneten durchzudrängen und an den Karren zu gelangen, und Stutely sah, daß es Little-John war.
»Tretet zurück!« rief jetzt einer der Bewaffneten, als Little-John ihn mit dem Ellbogen anstieß.
»Mach du doch den Anfang!« lautete Little-Johns Antwort, und er versetzte dem Soldaten einen Schlag, der sogar einen Ochsen gefällt hätte. Dann schwang er sich auf den Karren, in dem Stutely saß. Blitzschnell schnitt er ihm die Fesseln durch, und schon sprang Will vom Karren.
»Bei meinem Leben«, brüllte der Sheriff, »es ist das Räubergesindel! Ich befehle euch, ergreift sie und haltet sie fest!«
Mit diesen Worten gab er seinem Pferd die Sporen, um Little-John niederzureiten, richtete sich in den Steigbügeln auf, um einen mächtigen Schlag zu führen, aber Little-John duckte sich rasch unter den Bauch des Pferdes, und das Schwert pfiff, ohne sein Ziel zu erreichen, durch die Luft.
»Verzeiht, guter Sheriff«, rief Little-John und sprang wieder hoch, »ich muß mir Euer wohllöbliches Schwert ausleihen.«
Mit diesen Worten riß er dem Sheriff das Schwert aus der Hand. »Hier, Stutely, der Sheriff hat dir sein Schwert geliehen. Komm, wir wollen Rücken an Rücken kämpfen, denn Hilfe ist nahe.«
»Reitet sie nieder«, brüllte der Sheriff und ritt auf die zwei Männer los, wobei er in seiner Wut übersah, daß er keine Waffe hatte, um sich zu verteidigen.
»Bleibt zurück, Sheriff!« rief Little-John, und im gleichen Moment

erklang schrill ein Hornsignal, und ein Pfeil pfiff haarscharf am Kopf des Sheriffs vorbei. Nun folgte ein wüstes Hin und Her, ein Keuchen und Brüllen, ein Klirren von Stahl auf Stahl, als die Schwerter im Licht der untergehenden Sonne aufeinanderprallten und Hunderte von Pfeilen durch die Luft schwirrten.

»Verrat!« rief der Sheriff. »Zurück! Zurück! Sonst kommen wir hier nicht mehr lebend heraus!« Und er lenkte sein Pferd rückwärts durch die Menge.

Robin Hood und seine Schar hätten die Hälfte der Soldaten erschlagen können, aber sie ließen sie im Gedränge entkommen und schickten den Fliehenden nur einen Pfeilhagel nach.

»Bleibt doch!« rief Will Stutely dem Sheriff nach. »Wenn Ihr es nicht wagt, Robin Hood gegenüberzutreten, werdet Ihr ihn nie fangen!«

Aber der Sheriff gab seinem Pferd nur noch mehr die Sporen.

Dann wandte sich Will Stutely Little-John zu und sah ihm ins Gesicht, bis ihm die Tränen kamen. »O Little-John!« stammelte er. »Du bist mein bester Freund, der mir mehr bedeutet als sonst jemand auf dieser Welt. Ich hatte schon nicht mehr darauf gerechnet, dich je wiederzusehen.« Little-John war so ergriffen, daß auch er zu weinen begann.

Robin Hood aber rief seine Leute zusammen; dann zogen sie, Will Stutely in ihrer Mitte, in den Sherwood-Forest zurück – einer Sturmwolke gleich, die weiterzieht, nachdem ein Gewitter über dem Land niedergegangen ist. Doch zehn von des Sheriffs Mannen blieben verletzt liegen – und niemand wußte, wer sie niedergeschlagen hatte.

Dreimal hatte der Sheriff von Nottingham versucht, Robin Hoods habhaft zu werden, und dreimal war er gescheitert. Dieses letzte Mal hatte er Angst bekommen, denn er wußte, daß er um ein Haar sein Leben verloren hätte. »Diese Räuber fürchten weder Gott noch König noch des Königs Offiziere. Aber lieber will ich mein Amt verlieren als mein Leben, und darum will ich sie fortan in Frieden lassen.«

Zweiter Teil

1 *Robin Hood wird Metzger*

»Wenn sich mir eine Gelegenheit bietet, werde ich unserem hochwohllöblichen Sheriff heimzahlen, was er mir angetan hat«, dachte Robin Hood, nachdem der Sheriff dreimal versucht hatte, ihn gefangenzunehmen. »Vielleicht bringe ich ihn einmal hierher in den Wald und lade ihn zu einem fröhlichen Mahl.« Denn immer wenn Robin Hood einen reichen Baron oder Gutsherrn, einen fetten Abt oder Bischof fing, brachte er ihn zur Eiche und bewirtete ihn festlich, bevor er ihn um seine Börse erleichterte.

Mittlerweile lebte Robin Hood mit seiner Schar friedlich im Sherwood-Forest, denn er wußte, daß es unklug wäre, sich in der Nähe von Nottingham sehen zu lassen, wo die hohen Herren ihm übel wollten. So verging ein Jahr, in dem sich Robin Hood den Kopf zerbrach, wie er es anstellten sollte, mit dem Sheriff abzurechnen. Aber schließlich begann ihn die Beengtheit seines Lebens im Walde zu quälen, und eines Tages ergriff er seinen Stock und machte sich wieder auf die Suche nach Abenteuern. Während er am Waldrand dahinschlenderte, sah er einen jungen Metzger, der ihm auf einem neuen, von oben bis unten mit Fleisch behangenen Wagen mit einer hübschen Stute im Gespann entgegenkam; der Metzger pfiff fröhlich vor sich hin, denn er fuhr zum Markt, und es war ein besonders schöner Tag.

»Guten Morgen, junger Freund«, begrüßte ihn Robin, »du scheinst ja sehr vergnügt zu sein.«

»Und warum sollte ich nicht?« gab der junge Metzger mit heller Stimme zurück. »Bin ich nicht gesund und jung? Bin ich nicht mit dem hübschesten Mädchen von ganz Nottinghamshire verlobt und soll ich sie nicht kommenden Donnerstag in der Stadt Locksley heiraten?«

»He«, sagte Robin, »du kommst aus Locksley? Ein hübsches Städtchen, und ich kenne es gut, kenne jede Hecke und jedes Bächlein,

jeden Kieselstein und jeden Fisch, denn dort bin ich geboren. Und wohin fährst du mit deinem Fleisch, guter Freund?«
»Ich fahre zum Markt nach Nottingham«, antwortete der Metzger. »Und wer bist du, der du auch aus Locksley stammst?«
»Ein Freibauer bin ich, und man nennt mich Robin Hood.«
»Beim Himmel, deinen Namen kenne ich gut, und oft habe ich von deinen Taten sprechen und singen hören. Aber der Himmel bewahre mich davor, daß du mich beraubst! Ich bin ein ehrlicher Mann und habe nie jemandem etwas zuleide getan, und darum laß mich in Frieden, Herr, wie auch ich dich in Frieden gelassen habe.«
»Da sei Gott vor«, beruhigte Robin den Metzger, »daß ich dir etwas wegnehmen wollte! Dein offenes angelsächsisches Gesicht gefällt mir; noch dazu kommst du aus Locksley und bist mit einem hübschen Mädchen verlobt, das du kommenden Donnerstag heiraten willst. Aber sag mir: um wieviel würdest du mir all dein Fleisch zusammen mit dem Wagen und den Pferden verkaufen?«
»Das alles ist wohl vier Taler wert«, antwortete der Metzger.
Da zog Robin Hood die Börse aus seinem Gürtel, öffnete sie und sagte: »In dieser Börse sind sechs Taler. Ich würde gern für einen Tag Metzger sein und mein Fleisch in Nottingham verkaufen. Willst du mir deinen ganzen Laden für sechs Taler verkaufen?«
»Mögen alle Heiligen dich ehrlichen Mann segnen!« rief der Metzger freudig, sprang vom Wagen und nahm die Börse, die Robin ihm reichte.
»Nun«, lachte Robin, »viele mögen mich und wünschen mir alles Gute, aber nur wenige nennen mich einen ehrlichen Mann. Geh jetzt zu deinem Mädchen zurück, und gib ihr einen Kuß von mir.«
Mit diesen Worten legte er des Metzgers Schurz an, kletterte auf den Wagen und fuhr durch den Wald nach Nottingham.
Auf dem Markt schlug Robin seinen Stand auf dem besten Platz auf, den er finden konnte. Er breitete sein Fleisch aus, klapperte mit Hackmesser und Wetzstahl und rief fröhlich: »Kauft, liebe Leute, kauft! Ich habe vier feste Preise. Von einem fetten Bruder oder Priester verlange ich sechs Pennys für ein Stück Fleisch, das drei Pennys wert ist, denn ich will sie nicht zu Kunden haben; der würdevolle Ratsherr zahlt drei Pennys, weil es mir gleich ist, ob er bei mir kauft oder nicht; fröhlichen Damen verkaufe ich es für einen Penny, denn

ihre Kundschaft ist mir lieb; aber von einem hübschen Mädchen, das für einen braven Metzger etwas übrig hat, verlange ich nur einen Kuß, denn ihre Kundschaft ist mir die liebste.«
Lachend drängten sich nun alle um seinen Stand, denn nie zuvor hatte ein Händler in Nottingham auf diese Weise seine Ware angeboten. Er hielt sein Versprechen: Damen und Frauen erhielten um einen Penny soviel Fleisch, wie es bei anderen Metzgern drei Pennys kostete, und wenn eine Witwe kam oder ein Bettelweib, gab er es ihnen umsonst. Wenn aber ein hübsches Mädchen erschien und ihm einen Kuß schenkte, verlangte er nichts für das Fleisch. Und viele hübsche Mädchen stellten sich an, denn seine Augen waren so blau wie der Junihimmel. Auf diese Weise verkaufte er sein Fleisch so schnell, daß kein anderer Metzger in seiner Nähe seine Ware los wurde.
So redeten sie untereinander, und einer sagte: »Das muß ein Dieb sein, der Pferd und Wagen und Fleisch gestohlen hat«, aber ein anderer erwiderte: »Hast du schon einmal einen Dieb gesehen, der seine Beute so freigiebig verteilt? Es muß ein Verschwender sein, der seines Vaters Land verkauft hat und ein lustiges Leben führen möchte, solange das Geld reicht.« Und dieser Meinung schlossen sich die meisten an.
Sie gingen zu ihm hin, um seine Bekanntschaft zu machen. »Komm, Bruder«, sagte der Älteste, »wir gehören alle derselben Zunft an. Willst du mit uns zu Mittag essen? Der Sheriff hat uns Metzger zu einem festlichen Mahl in der Zunfthalle eingeladen. Es wird reichlich zu essen und zu trinken geben, und wenn ich mich nicht irre, wird dir das wohl behagen.«
»Welchem Metzger würde das nicht behagen?« entgegnete Robin. »Ich komme gern mit euch – so schnell wie ich nur kann.« Und da er all sein Fleisch verkauft hatte, schloß er seinen Stand und ging mit ihnen in die Zunfthalle.
Der Sheriff und viele Metzger waren schon versammelt, und als Robin den Saal betrat, flüsterte einer, der in der Nähe saß, dem Sheriff zu: »Das ist ein verrückter Kerl. Er hat heute mehr Fleisch um einen Penny verkauft als wir alle um drei Pennys. Und wenn ein hübsches Mädchen ihm einen Kuß gab, bekam sie das Fleisch umsonst.« Und ein anderer fügte hinzu: »Wahrscheinlich ist er ein Verschwender,

der sein Land für Gold und Silber verkauft hat und sein Geld möglichst rasch wieder los sein will.«

Darauf rief der Sheriff Robin, den er in seiner Metzgertracht nicht erkannte, zu sich und ließ ihn zu seiner Rechten sitzen, denn er liebte reiche junge Verschwender – ganz besonders, wenn er die Möglichkeit sah, die Taschen des Verschwenders zu erleichtern und seine eigenen zu füllen. Darum bevorzugte er Robin und lachte und plauderte mit ihm mehr als mit allen anderen.

Als das Essen endlich aufgetragen wurde und der Sheriff Robin ersuchte, das Tischgebet zu sprechen, stand dieser auf und sagte: »Der Himmel segne uns alle und schenke uns reichlich zu Essen und zu Trinken, und mögen alle Metzger so rechtschaffen sein und bleiben wie ich.«

Alle lachten und der Sheriff am herzlichsten. Das ist in Wahrheit ein Verschwender, dachte er, und vielleicht kann ich ihm etwas von dem Geld abluchsen, mit dem er so freigiebig um sich wirft. Laut sagte er zu Robin: »Du bist ein lustiger Geselle, und ich mag dich gut leiden«, und klopfte ihm auf die Schulter.

Auch Robin lachte laut. »Ich weiß, daß du lustige Gesellen gut leiden kannst«, entgegnete er. »Darum hast du ja den lustigen Robin Hood zu deinem Preisschießen geladen und ihm frohen Sinnes einen goldenen Pfeil gespendet.«

Der Sheriff machte ein saures Gesicht, und auch die Metzgergilde hütete sich zu lachen, obwohl sich einige verstohlen zuzwinkerten.

»Füllt die Becher!« rief Robin. »Laßt uns fröhlich sein, solange es geht, denn der Mensch ist Staub und hat nur kurze Zeit zu leben – dann fressen ihn die Würmer. Seht nicht so verdrießlich drein, Herr Sheriff! Glaubt Ihr, Ihr werdet Robin Hood schneller erwischen, wenn Ihr weniger gutes Bier und Malvasierwein trinkt? Seid fröhlich, Mann!«

Der Sheriff lachte wieder, aber es klang nicht so, als ob Robins Rede ihn belustigt hätte. Ein Metzger aber sagte zum anderen: »So ein Spaßvogel! Aber er könnte den Sheriff verärgern.«

»Seid fröhlich, Leute, wie ich«, rief Robin. »Ihr braucht Eure Pennys nicht zu zählen. Diese Runde zahle ich, und wenn sie mich zweihundert Pfund kosten sollte. Nein, nein, weder ein Metzger noch der Sheriff braucht heute nur einen Penny herzugeben!«

»Du bist ein lustiger Bursche«, sagte der Sheriff. »Sicher hast du viel Vieh und eine Menge Morgen Land, daß du so großzügig mit deinem Geld umgehen kannst.«
»Ach ja, die habe ich«, gab Robin lächelnd zur Antwort, »fünfhundert Stück Vieh und mehr haben wir, ich und meine Brüder, und wir konnten sie nicht verkaufen – sonst wäre ich auch nicht Metzger geworden. Und was meine Ländereien angeht, ich habe unseren Verwalter nie gefragt, wie viele Morgen wir haben.«
Die Augen des Sheriffs funkelten, und er lachte verstohlen in sich hinein. »Mein lieber Freund«, sagte er, »wenn du dein Vieh nicht verkaufen kannst, vielleicht finde ich jemanden, der es dir abnimmt. Ich selbst könnte dieser Jemand sein, denn ich liebe fröhliche junge Menschen und helfe ihnen gern auf ihrem Lebensweg weiter. Wieviel verlangst du denn für dein Hornvieh?«
»Nun ja«, meinte Robin, »es ist mindestens fünfhundert Pfund wert.«
»Nein«, antwortete der Sheriff bedächtig, so als überlege er, »zwar kann ich dich gut leiden und würde dir gerne helfen, aber fünfhundert Pfund, das ist eine schöne Stange Geld, und ich habe auch nicht so viel bei mir. Aber dreihundert Pfund will ich dir geben.«
»O Ihr Geizkragen!« gab Robin zurück. »Ihr wißt genau, daß fünfhundert Stück Hornvieh fünfhundert Pfund und mehr wert sind, und Ihr, der Ihr schon graue Haare habt und mit einem Fuß im Grabe steht, wollt Euch die Dummheit eines jungen Leichtfußes zunutze machen.«
Der Sheriff maß ihn grimmig. »Schaut mich nicht an, als hättet Ihr saures Bier im Mund«, sagte Robin. »Ich nehme Euer Angebot an, denn meine Brüder und ich brauchen das Geld. Wir führen ein lustiges Leben, und das kostet eben etwas. Aber seht zu, daß es gute dreihundert Pfund sind, denn einem Mann, der so rücksichtslos auf seinen Vorteil bedacht ist, traue ich nicht über den Weg.«
»Ich werde das Geld mitbringen«, versprach der Sheriff. »Aber wie heißt du, junger Freund?«
»Man nennt mich Robert o' Locksley«, antwortete Robin.
»Nun denn, Robert, ich will mir noch heute dein Hornvieh ansehen«, sagte der Sheriff. »Aber zuerst soll mein Schreiber einen Vertrag aufsetzen, in dem du dich verpflichtest zu verkaufen, denn wenn

ich deine Tiere nicht bekomme, bekommst du auch mein Geld nicht.«
Wieder lachte Robin Hood. »Einverstanden«, sagte er und schüttelte dem Sheriff die Hand. »Meine Brüder werden Euch für Euer Geld dankbar sein.«
So war der Handel abgeschlossen, aber die Metzger redeten untereinander und meinten, es wäre ein schäbiger Trick des Sheriffs, ein Betrug an einem armen, leichtsinnigen Jungen.
Es war schon nach Mittag, als der Sheriff sein Pferd bestieg. Robin stand vor dem Tor und wartete auf ihn, weil er Pferd und Wagen um zwei Taler an einen Händler verkauft hatte. Sie machten sich auf den Weg: der Sheriff auf seinem Pferd, und Robin lief nebenher. Wie alte Freunde lachten und scherzten sie miteinander, während sie über die staubige Straße zogen, aber im stillen sagte sich der Sheriff: »Deine Witzelei über Robin Hood wird dich teuer zu stehen kommen, mein Freund, auf den Penny genau vierhundert Pfund.« So viel, glaubte er, würde er bei diesem Geschäft verdienen.
So zogen sie dahin, bis sie zum Sherwood-Forest kamen, und plötzlich verfiel der Sheriff in Schweigen und hörte auf zu lachen. »Möge uns der Himmel und alle Heiligen vor diesem Schurken Robin Hood bewahren!«
Robin lachte. »Seid unbesorgt«, sagte er, »ich kenne Robin Hood gut und weiß, daß Euch heut von ihm nicht mehr Gefahr droht als von mir.«
Mißtrauisch musterte der Sheriff Robin. Es gefiel ihm gar nicht, daß der Bursche mit diesem frechen Räuber gut bekannt war, und er wünschte, er hätte den Wald schon hinter sich.
Aber sie gerieten immer tiefer hinein, und der Sheriff wurde immer stiller. Schließlich kamen sie zu einer Wegbiegung, und vor ihnen kreuzte ein Rudel Damhirsche den Pfad. »Seht, Sheriff, das ist mein Hornvieh. Wie gefällt es Euch? Steht es nicht gut im Futter?«
Rasch zog der Sheriff die Zügel an. »Ich wollte, ich wäre schon wieder aus dem Wald heraus«, sagte er, »denn deine Gesellschaft behagt mir nicht mehr. Geh deinen Weg, Freund, und laß mich in Frieden ziehen.«
Aber Robin lachte und griff nach den Zügeln des Sheriffs. »Aber nein«, rief er, »bleibt doch ein Weilchen, denn Ihr sollt meine Brü-

der kennenlernen, denen zusammen mit mir diese Tiere gehören.« Mit diesen Worten stieß er kräftig ins Horn, und wenige Augenblicke später kamen hundert kräftige Freibauern mit Little-John an der Spitze den Weg herunter.
»Was gibt es, Herr?« sagte Little-John.
»Seht ihr denn nicht, daß ich einen hochgeschätzten Gast mitgebracht habe? Schämt euch! Erkennt ihr unseren wohllöblichen Herrn, den Sheriff von Nottingham, nicht? Nimm seine Zügel, Little-John, denn er gibt uns die Ehre, heute mit uns zu tafeln.«
Ehrerbietig zogen alle ihre Mützen. Little-John nahm den Zügel und führte den Zelter noch tiefer in den Wald. Robin Hood schritt neben dem Sheriff einher.
Der Sheriff blieb stumm und sah sich nur um, wie einer, den man aus dem Schlaf gerissen hat, aber ihm war gar nicht wohl zumute, denn im stillen dachte er: »Meine dreihundert Pfund bin ich los, wenn sie mir nicht gar das Leben nehmen; schließlich habe ich mehr als einmal Übles gegen sie ausgeheckt.« Aber alle verhielten sich friedlich, und von einer Gefahr war nichts zu merken.
So kamen sie schließlich zu jenem Teil des Waldes, wo eine mächtige Eiche ihre Äste ausbreitete. Robin ließ sich auf der moosbewachsenen Bank nieder und bot dem Sheriff den Platz zu seiner Rechten an. »Hört mich an, Freunde«, sagte er, »bringt das Beste, was wir zu essen und zu trinken haben. Seine Gnaden der Sheriff hat mich heute mittag in der Zunfthalle von Nottingham bewirtet, und ich möchte ihm Gleiches mit Gleichem vergelten.«
Von Geld war bisher nicht die Rede gewesen, und der Sheriff schöpfte frische Hoffnung. »Vielleicht hat Robin Hood darauf vergessen«, dachte er.
Während im Wald die Feuer prasselten und der appetitliche Duft von gebratenem Wild, fetten Kapaunen und schmackhaften Pasteten die Luft erfüllte, unterhielt Robin den Sheriff in königlicher Manier. Zuerst gab es Wettkämpfe im Stockfechten, und so geschickt waren die Teilnehmer, daß der Sheriff ganz vergaß, wo er sich befand. »Du mit dem schwarzen Bart«, rief er, »gut geschlagen, gut geschlagen!« ohne zu wissen, daß es der Kesselflicker war, den er ausgeschickt hatte, Robin Hood eine Vorladung zu bringen.
Dann schossen die besten Bogenschützen aus hundertsechzig Schritt

Entfernung auf Blumengirlanden, die sie zwischen die Bäume gehängt hatten. Das gefiel dem Sheriff wieder weniger, denn es erinnerte ihn an das Schützenfest in Nottingham – der goldene Pfeil hing dicht hinter ihm von der Eiche. Als Robin merkte, woran der Sheriff dachte, brach er den Wettstreit ab und rief statt dessen einige Gefährten herbei, die, von anderen auf der Leier begleitet, fröhliche Lieder sangen.

Nach diesen Darbietungen traten mehrere Freibauern vor, breiteten Tücher auf den Rasen und trugen ein königliches Mahl auf, während andere Kameraden besten Malvasier und starkes Bier servierten. Dann setzten sich alle und aßen und tranken nach Herzenslust, bis die Sonne unterging und silbriges Mondlicht durch die Blätter zu schimmern begann.

Der Sheriff erhob sich. »Ich danke euch allen für den herzlichen Empfang, der mir zuteil wurde. Damit habt ihr gezeigt, wieviel Hochachtung ihr für unseren geliebten König und dessen Statthalter in Nottingham empfindet. Aber die Schatten werden länger, und ich muß fort, bevor es ganz dunkel ist und ich mich im Wald verirre.«

Auch Robin Hood und seine Männer erhoben sich. »Wenn Ihr gehen müßt, Euer Gnaden, wollen wir Euch nicht aufhalten, aber eines habt Ihr vergessen.«

»Nicht daß ich wüßte«, erwiderte der Sheriff, aber seine bösen Ahnungen kehrten wieder.

»Aber ich behaupte, daß Ihr etwas vergessen habt«, sagte Robin. »Wir führen eine friedliche Gaststätte hier im Wald, aber unsere Gäste müssen ihre Rechnung bezahlen.«

Der Sheriff lachte, aber es war ein hohles Lachen. »Nun, ihr Burschen«, gab er zurück, »das waren wirklich ein paar fröhliche Stunden, und auch ohne Rechnung hätte ich euch gern zwanzig Pfund gegeben.«

»Es stünde uns übel an, Euer Gnaden so gering einzuschätzen. Meiner Treu, Herr Sheriff, ich würde mich wahrhaftig schämen, bewertete ich den Stellvertreter des Königs von England nicht mit dreihundert Pfund!«

»Dreihundert Teufel!« brüllte der Sheriff. »Glaubst du, euer armseliges Mahl war drei Pfund wert, von dreihundert ganz zu schweigen?«

»Wolltet Ihr das allen Ernstes behaupten, Euer Gnaden?« erwiderte

Robin. »Ihr habt mich heute in Nottingham großzügig bewirtet, und darum bin ich Euch wohlgesonnen, aber es gibt hier einige, die nicht so denken. Ihr habt hier ein paar gute Bekannte, Sheriff. Da drüben seht Ihr Will Stutely, der nicht sehr viel von Euch hält; dort sitzen zwei brave Burschen, die Ihr nicht kennt: Vor einiger Zeit wurden sie in Nottingham überfallen und verletzt – Ihr wißt schon, wann. Laßt Euch raten, guter Sheriff: zahlt Eure Zeche ohne weitere Umstände – es könnte Euch sonst sehr schlecht ergehen.«
Der Sheriff wurde blaß, und er senkte den Blick zu Boden. Dann zog er langsam seine schwere Geldbörse aus dem Gürtel und warf sie vor sich auf den Boden.
»Nimm die Tasche, Little-John«, sagte Robin Hood, »und zähl nach. Wir bezweifeln nicht das Wort des Sheriffs, aber sicher wäre es ihm peinlich, wenn er herausfände, daß er seine Rechnung nicht voll bezahlt hat.«
Little-John zählte das Geld, und es waren genau dreihundert Pfund in Gold und Silber; für den Sheriff aber war das Klingen der Münzen wie Stiche in seinem Herzen. Er wandte sich um und bestieg stumm sein Pferd.
»Noch nie hatten wir einen so hohen Gast, der mit uns die Tafelfreuden teilte«, sagte Robin, »und weil es schon spät ist, wird einer meiner jungen Freunde Euch aus dem Wald hinausbegleiten, damit Ihr sicher den Weg findet.«
»Da sei Gott vor«, protestierte der Sheriff. »Ich finde meinen Weg allein.«
»Dann werde ich selbst mit Euch gehen«, sagte Robin und führte den Sheriff bis zum Waldrand. »Gehabt Euch wohl«, verabschiedete er sich von seinem Gast, »und wenn Ihr das nächste Mal daran denkt, einen unerfahrenen Menschen um seine Habe zu prellen, erinnert Euch des Festmahls im Sherwood-Forest. Noch einmal, lebt wohl.« Er gab dem Pferd einen leichten Schlag, und Roß und Reiter verschwanden im Dunkeln.
Der Sheriff bereute es bitter, daß er sich mit Robin Hood eingelassen hatte. Dreihundert Pfund war er losgeworden. Alle Welt lachte ihn aus, und im ganzen Land wurden Spottlieder über den Sheriff gesungen, der auszog, um ein Schaf zu scheren, und geschoren wieder heimkehrte.

2 *Little-John besucht den Jahrmarkt in Nottingham*

Seit dem Besuch des Sheriffs im Sherwood-Forest waren Frühjahr und Sommer verstrichen, und man schrieb Oktober. Die Luft war kühl und frisch, die Ernte eingebracht und der Hopfen gepflückt; die jungen Vögel waren flügge und die Äpfel reif. Zwar rissen die Leute keine Witze mehr über das Hornvieh, das der Sheriff hatte kaufen wollen, doch für diesen war es immer noch ein wunder Punkt. Er konnte es nicht ertragen, wenn in seiner Gegenwart der Name Robin Hood fiel.

Alle fünf Jahre wurde in Nottingham ein großer Jahrmarkt abgehalten, zu dem Leute aus nah und fern angereist kamen. Bei dieser Gelegenheit war das Bogenschießen stets das sportliche Ereignis des Tages, denn im Umgang mit Langbogen waren die Freibauern Nottinghamshires Meister, aber diesmal zögerte der Sheriff lange, bevor er den Jahrmarkt ankündigte, denn er fürchtete, Robin Hood und seine Schar könnten sich einfinden. Zuerst hatte er gute Lust, den Jahrmarkt abzusagen, kam aber dann wieder davon ab, weil er annehmen mußte, daß die Leute in diesem Fall nur lachen und behaupten würden, er hätte Angst vor Robin Hood. Schließlich beschloß er, einen Preis anzusetzen, den zu gewinnen Robin Hood nicht interessiert sein würde, nämlich weder Geld noch Bier, sondern zwei fette Ochsen.

Robin Hood ärgerte sich tatsächlich, als er davon erfuhr.

»Was«, sagte er, »hat den Sheriff geritten, daß er einen Preis aussetzt, um den zu schießen, höchstens Schäfer und Kuhhirten lockt? Nichts wäre mir lieber gewesen, als mich noch einmal in Nottingham zu bewerben, aber wenn ich diesen Preis gewänne, hätte ich weder Vergnügen noch Nutzen davon.«

Little-John kam mit einem Vorschlag. »Höre, Herr«, sagte er, »Will Stutely, der junge David aus Doncaster und ich waren heute im ›Blauen Eber‹ und erfuhren dort, was es mit diesem Jahrmarkt auf sich hat; der Sheriff hat diesen Preis nur ausgesetzt, damit wir nicht hinkommen. Aber wenn du nichts dagegen hast, möchte ich gern mein Glück versuchen.«

»Nein, Little-John«, erwiderte Robin, »du bist ein tapferer, furchtloser Mann, aber es fehlt dir Will Stutelys Schläue, und ich möchte um

nichts in der Welt, daß dir etwas zustößt. Wenn du aber trotzdem gehen willst, mußt du dich verkleiden.«
»So sei es, Herr«, erwiderte Little-John, »aber alles, was wir an Verkleidung brauchen, ist eine rote Kluft statt dieser grünen. Unter der Kapuze verstecke ich mein braunes Haar und den Bart, und dann wird mich wohl niemand erkennen.«
»Es geht mir gegen den Strich«, sagte Robin, »aber wenn es sein muß, dann fort mit dir. Und sei auf der Hut, denn du bist meine rechte Hand, und es wäre mir schmerzlich, wenn dir etwas zustieße.«

Auf dem Jahrmarkt in Nottingham herrschte munteres Treiben. Auf dem Anger vor der Stadt standen Buden und Zelte, geschmückt mit Wimpeln und Blumengirlanden. In einigen Zelten wurde getanzt, in anderen floß das Bier, und wieder in anderen wurden Kuchen und Gerstenzucker verkauft. Unter freiem Himmel sangen Spielleute Balladen aus alter Zeit, und Ringer kämpften miteinander in einem mit Sägemehl bestreuten Ring, aber die meisten Besucher drängten sich um eine Plattform, auf der kräftige Männer ihre Künste im Stockfechten sehen ließen.
Scharlachrot waren seine Beinkleider und sein Wams, als Little-John auf den Jahrmarkt kam, und scharlachrot war seine Kapuze. Über die Schulter hatte er einen festen Bogen aus Eibenholz geschlungen, und auf dem Rücken trug er einen Köcher voll guter runder Pfeile. Viele drehten sich nach dem großgewachsenen, stämmigen Burschen um, denn seine Schultern waren eine Handspanne breiter als die jedes anderen, und er überragte alle um Haupteslänge.
Zuerst begab er sich zu dem Stand, wo Bier ausgeschenkt wurde. Er setzte sich auf eine Bank und lud alle in seiner Nähe ein, mit ihm zu trinken. »He, Freunde! Wer will mit einem freien Bauern trinken? Kommt alle her! Laßt uns fröhlich sein, denn der Tag ist frisch, das Bier prickelt auf der Zunge, und es kostet euch keinen Penny!«
So rief er, und alle kamen und nannten Little-John einen braven Mann, der ihnen teurer war als der eigene Bruder – wie auch nicht, wenn man sein Vergnügen hat und nichts zu bezahlen braucht.
Dann begab sich Little-John in das große Zelt, wo drei Männer mit Dudelsäcken zum Tanz aufspielten. Er legte Bogen und Köcher beiseite und tanzte so lange, bis allen der Atem ausgegangen war. Ein

ganzes Dutzend Mädchen versuchte, eine nach der anderen, ihn müdezutanzen, aber es gelang keiner, denn Little-John sprang so hoch und schrie so laut, daß die Mädchen zugeben mußten, noch nie einem so unermüdlichen Tänzer begegnet zu sein.
Nachdem er lange getanzt hatte, schlenderte er zu der Plattform hinüber, auf der Stockfechten betrieben wurde – ein Sport, den er mehr liebte als Essen und Trinken. Und hier erlebte er ein Abenteuer, das noch viele Jahre im ganzen Land besungen wurde.
Es gab da einen besonders kräftigen Mann von hohem Ansehen, einen gewissen Eric o' Lincoln, der jeden mit seinem Stock zusammenschlug, der seine Mütze in den Ring warf. Als Little-John herankam, marschierte Eric auf der Bühne auf und ab, schwang seinen festen Stock und rief: »Na, wer will sich zu Ehren seiner Allerliebsten mit einem ehrlichen Freibauern aus Lincoln messen? Was ist los, ihr Burschen, was ist los? Kommt rauf zu mir, kommt rauf! Lincoln gegen Nottingham, sage ich! Denn noch hat heute keiner auf diesen Brettern gestanden, den wir in Lincoln einen Stockfechter nennen würden.«
Da stieß nun einer den anderen an, und meinte »Geh du, Ned!« oder »Geh du, Thomas«, aber keiner hatte Lust, sich den Schädel einschlagen zu lassen.
Als Erics Blick auf Little-John fiel, der alle um einen Kopf überragte, rief er ihm zu: »He, du langes Elend im roten Wams, dick ist dein Schädel und breit sind deine Schultern; ist dein Mädchen nicht wert, daß du ihm zu Ehren den Stock zur Hand nimmst? Na, Langer, hast du keine Lust, den Stock für Nottingham zu schwingen?«
»Wenn ich meinen Stock dabei hätte«, gab Little-John zurück, »wäre es mir ein wahres Vergnügen, dich zusammenzuschlagen, du Aufschneider! Es wäre an der Zeit, daß dir dein Hahnenkamm gestutzt wird!«
Eric o' Lincoln lachte. »Gut gesprochen für einen, der es nicht wagt, mir wie ein Mann entgegenzutreten«, spottete er. »Der Unverschämte bist du, und wenn du deinen Fuß auf diese Bretter setzt, prügle ich dich, daß dir die Zähne im Mund klappern.«
»Ob mir wohl einer von euch einen guten festen Stock leiht, mit dem ich diesen Kerl auf die Probe stellen kann?« fragte Little-John, und schon boten ihm ein Dutzend Umstehende ihre Stöcke an, und

Little-John suchte sich den dicksten und schwersten aus. Dann sprang er hinauf.
Sie standen beide auf ihren Plätzen und maßen einander mit wütenden Blicken, bis der Schiedsrichter das Signal gab: »Los!« Und nun erlebten die Zuschauer das spannendste Stockfechten, das man in Nottingham je gesehen hatte. Zu Anfang glaubte Eric, er würde leichtes Spiel haben, und darum trat er auf, als wollte er sagen: »Seht nur, liebe Leute, wie schnell ich mit diesem Burschen fertig werde!« Aber er entdeckte sehr bald, daß es so schnell nicht ging. Einmal und zweimal und dreimal schlug er auf Little-John ein, und dreimal fing Little-John die Schläge auf – und nicht nur das: er führte einen Gegenschlag und traf Eric mit solcher Wucht, daß diesem der Kopf dröhnte. Eric wich zurück, um sich zu erholen, die Leute freuten sich, daß Nottingham Lincoln eins auf den Schädel gegeben hatte, und die erste Runde war zu Ende.
Nach einer Weile rief der Schiedsrichter wieder »Los!«, aber diesmal war Eric vorsichtiger, denn er hatte die erste Lektion nicht vergessen, und so kam es, daß weder Little-John noch der Mann aus Lincoln einen Schlag landen konnte. Damit endete die zweite Runde. Zu Beginn der dritten Runde trachtete Eric danach, ebenso vorsichtig zu sein wie bisher, doch als es ihm nicht gelang, die Deckung seines Gegners zu durchbrechen, packte ihn die Wut, und er ließ seine Schläge so schnell und so wild niederprasseln wie Hagel auf ein Dach, konnte jedoch trotzdem keinen Treffer landen. Little-John aber erkannte seine Chance und nützte sie geschickt. Er traf Eric gleich zweimal so kräftig auf den Kopf, daß der Mann aus Lincoln zu Boden krachte und liegenblieb, als könnte er sich nie wieder erheben.
Nun brüllten die Umstehenden so laut, daß die Leute von überall herbeigelaufen kamen, um zu sehen, was geschehen war. Little-John sprang von der Bühne herunter und gab dem Besitzer den Stock zurück.
Doch nun war es an der Zeit für die Männer, die mit dem Langbogen umzugehen wußten, ihre Plätze einzunehmen. Auf einem erhöhten Sitz in Zielnähe wartete schon der Sheriff mit seinem Gefolge. Nun trat der Herold vor und verkündete die Spielregeln, wonach jeder Schütze dreimal schießen und der Preis von zwei fetten

Ochsen an den besten gehen sollte. Die bekanntesten Langbogenschützen Lincolns und Nottinghams waren versammelt, und wieder überragte Little-John alle um Haupteslänge. »Wer ist der Fremde im roten Wams?« flüsterten manche, und die Antwort lautete: »Das ist der Mann, der Eric o' Lincoln zusammengeschlagen hat.« So redeten die Leute untereinander, und schließlich hörte es auch der Sheriff. Einer nach dem anderen traten die Schützen jetzt vor und schossen, und alle schossen gut, aber Little-John war der beste, denn er traf dreimal ins Schwarze, und nur einmal die Länge eines Gerstenkorns vom Zentrum weg.

»Hoch der große Bogenschütze!« jubelte die Menge, »hoch Reynold Grünblatt!« Denn das war der Name, unter dem Little-John sich vorgestellt hatte.

Nun stieg der Sheriff von seinem erhöhten Platz herunter, und alle Schützen zogen die Mützen vor ihm. Er musterte Little-John, erkannte ihn aber nicht wieder, doch nach einer Weile meinte er: »Dein Gesicht kommt mir bekannt vor, Fremder.«

»Schon möglich«, erwiderte Little-John, »denn ich habe Euer Gnaden oft gesehen.« Dabei blickte er dem Sheriff fest in die Augen, so daß dieser nicht argwöhnte, wer dieser Mann in Wirklichkeit war.

»Du bist ein guter Stockfechter«, lobte ihn der Sheriff, »und wie ich höre, hast du heute die Ehre Nottinghams gegen Lincoln verteidigt. Wie ist dein Name, guter Freund?«

»Man nennt mich Reynold Grünblatt«, antwortete Little-John, und in der Ballade, die von dieser Begebenheit erzählt, heißt es: »Ein grünes Blatt war er fürwahr, aber der Sheriff ahnte nicht, von welchem Baum es gefallen war.«

»Nun, Reynold Grünblatt«, sagte der Sheriff, »abgesehen von diesem Halunken Robin Hood, vor dessen Tücke der Himmel uns bewahre, kenne ich keinen, der besser mit dem Langbogen umzugehen weiß als du. Willst du in meine Dienste treten, Freund? Ich will dich reich entlohnen: dreimal im Jahr ein neues Wams, gutes Essen und soviel Bier du trinken kannst; dazu vierzig Taler an jedem Michaelistag.«

»Ich bin ein freier Mann und will gern in Eure Dienste treten«, antwortete Little-John, der sich einen Heidenspaß von seiner Stellung beim Sheriff versprach.

»Die zwei Ochsen hast du ehrlich gewonnen, und dazu bekommst

du auch noch ein Faß Märzenbier, denn ich bin froh, einen Mann gewonnen zu haben, der ein ebenso guter Bogenschütze ist wie Robin Hood.«
»Und weil ich froh bin, in Eure Dienste getreten zu sein, schenke ich die Ochsen und das Bier den Leuten hier, damit auch sie sich freuen können.«
Sogleich wurden zwei große Feuer angezündet, um die Ochsen zu braten; andere brachten das Bier, an dem sich alle gütlich taten. Dann, nachdem sie nach Herzenslust gegessen und getrunken hatten und der Mond über den Dächertürmen von Nottingham aufgegangen war, faßten sich alle an den Händen und tanzten zum Klang von Dudelsack und Leier um das Feuer herum. Aber schon lange, bevor das Fest begonnen hatte, war der Sheriff mit seinem neuen Diener Reynold Grünblatt in seine Burg zurückgekehrt.

3 Wie es Little-John in der Burg des Sheriffs erging

Little-John führte ein schönes Leben im Dienst des Sheriffs, denn dieser machte ihn zu seinem Vertrauten und bezeugte ihm großes Wohlwollen. Bei den Mahlzeiten saß er neben dem Sheriff, und bei der Jagd lief er neben ihm her. Aber die Jagd und das bißchen Falknerei reichten nicht aus, um das üppige Essen und das lange Schlafen am Morgen aufzuwiegen, und langsam wurde er so fett wie ein mit Stallfütterung großgezogener Ochse. Doch eines schönes Tages geschah etwas, das dem guten Leben ein plötzliches Ende setzte.
An jenem Morgen hatte sich der Sheriff mit seinem Gefolge aufgemacht, um gemeinsam mit einigen Baronen zu jagen. Er sah sich vergebens nach seinem Diener Reynold Grünblatt um und ärgerte sich, weil er mit Little-Johns Schießkunst vor seinen vornehmen Freunden prahlen wollte. Little-John aber lag im Bett und schnarchte genüßlich, bis die Sonne hoch am Himmel stand. Als er erwachte, drang der süße Duft des wilden Weins zum Fenster herein, denn der kalte Winter war vorbei und der Frühling wieder ins Land gezogen. Während Little-John noch dachte, was für ein schöner Tag es heute sei, hörte er aus weiter Ferne den hellen Klang eines Jagdhorns. Es war nur ein schwacher Laut, aber er schnitt scharf durch

seine satte Zufriedenheit und ihm war, als wäre er plötzlich aus tiefem Schlaf aufgeschreckt. Sein Geist schien aus seiner Trägheit zu erwachen, und sein Gedächtnis rief ihm das fröhliche Leben im Wald in Erinnerung – wie dort an diesem schönen Morgen die Vögel sangen, wie seine Gefährten und Freunde tafelten und es sich wohl sein ließen oder vielleicht auch über ihn sprachen. Er war eigentlich nur zum Spaß in die Dienste des Sheriffs getreten, aber im Winter war es wohlig warm am Kamin, das Essen schmeckte ihm vortrefflich, und so hatte er seine Rückkehr in den Sherwood-Forest immer wieder verschoben – sechs Monate lang. Doch jetzt dachte er an seinen Herrn, dachte an Will Stutely, der seinem Herzen näher stand als sonst einer, und an David aus Doncaster, den er so manchen Sport gelehrt hatte, Sehnsucht übermannte ihn, und seine Augen füllten sich mit Tränen. »Hier werde ich dick und fett wie ein gemästeter Ochse, ich bin ja kein Mann mehr, sondern nur ein fauler Tölpel«, sagte er laut. »Ich werde zu meinen Freunden zurückkehren und sie nie wieder verlassen, solange ich lebe.« Mit diesen Worten sprang er aus dem Bett, denn er schämte sich der eigenen Trägheit.
Als er herunterkam, stand der Haushälter vor der Tür zur Speisekammer – ein massiger, dicker Mann, der einen großen Schlüsselbund am Gürtel hängen hatte. »He«, ging Little-John ihn an, »ich bin hungrig, gib mir zu essen.«
Der Haushalter sah ihn grimmig an und klapperte mit seinen Schlüsseln, denn er haßte Little-John, weil dieser die Gunst des Sheriffs genoß. »Du hast also Hunger, Meister Grünblatt?« sagte er. »Nun, im Laufe deines Lebens wirst sogar du noch erfahren, daß Müßiggänger und Schlafmützen mit leerem Magen auskommen müssen. Wie heißt das schöne Sprichwort: ›Wer nicht kommt zur rechten Zeit, der muß essen, was übrigbleibt.‹«
»Hör mal, du Fettwanst«, knurrte Little-John, »ich habe dich nicht um Belehrungen gebeten, sondern um Fleisch und Brot. Beim heiligen Dunstan, sag mir, wo mein Frühstück ist, wenn du nicht willst, daß ich dir die Knochen breche.«
»Dein Frühstück, Meister Feuerbrand, steht in der Speisekammer.«
»Dann hol es mir!« rief Little-John, der immer zorniger wurde.
»Hol es dir doch selbst!« rief der Haushalter. »Bin ich dein Sklave, daß ich dich bedienen muß?«

»Ich sage, hol es mir!«
»Ich sage, hole es dir selbst!«
»Also gut, dann hol ich es mir!« brüllte Little-John wütend, sprang auf die Speisekammer zu und wollte die Tür öffnen, aber der Haushalter lachte und klapperte mit seinen Schlüsseln. Little-John fakkelte nicht lange, hob seine geballte Faust und schlug die Füllung aus der Tür, so daß er gemächlich durchgehen konnte.
Als der Haushalter das sah, wurde er zornig, und während Little-John sich nach etwas Eßbarem umsah, packte er ihn am Kragen und gab ihm mit seinen Schlüsseln eins über den Schädel. Daraufhin drehte Little-John sich um und verabreichte dem Haushalter einen Hieb, daß der Dicke zu Boden ging und liegenblieb, als wollte er nie wieder aufstehen. »Vergiß das nicht, und verweigere einem Hungrigen nie wieder sein Frühstück«, sagte Little-John.
Mit diesen Worten kroch er abermals in die Speisekammer, wo er eine große Wildfleischpastete, zwei gebratene Kapaune, eine Schale mit Kiebitzeiern und einen Krug Kanarienwein fand – ein berauschender Anblick für einen Hungrigen. Er nahm alles von den Regalen und stellte es mit der Absicht auf den Tisch, sich daran gütlich zu tun.
Der Koch in der Küche hatte den Wortwechsel zwischen Little-John und dem Haushälter gehört und kam nun, in der Hand den Spieß, an dem noch der Braten steckte, die Treppe zur Speisekammer heraufgelaufen. Mittlerweile war der Haushalter wieder zur Besinnung gekommen und hatte sich aufgerappelt, und als er den Koch erblickte, lief er auf ihn zu und legte ihm den Arm um die Schulter. »Lieber Freund«, sagte er, »siehst du, was dieser Kerl, dieser Reynold Grünblatt, getan hat? Er ist in die Speisekammer eingebrochen und hat mir eines über den Schädel gegeben, daß ich glaubte, mein letztes Stündlein wäre gekommen. Wir beide, wir sind doch immer gute Freunde gewesen, und du sollst jeden Tag eine halbe Gallone vom besten Wein haben, denn du bist ein alter und treuer Diener. Und zehn Shilling will ich dir auch schenken, aber erbittert es dich nicht, wenn du siehst, was sich dieser hochnäsige Bauer alles erlaubt?«
»Jawohl, das tut es«, erklärte der Koch, der an den Wein und die zehn Shilling dachte. »Geh auf deine Stube, und ich hole mir den Burschen bei den Ohren herauf.« Er legte den Spieß nieder und zog

sein Schwert, das er an der Seite hängen hatte. Der Haushalter machte sich davon, weil er Stahl nicht sehen konnte.
Der Koch begab sich zur eingeschlagenen Tür und sah, wie Little-John sich eine Serviette unter das Kinn band. »Komm raus, Reynold Grünblatt«, sagte der Koch, »du bist nicht besser als ein Dieb. Komm raus, oder ich zerlege dich, wie ich ein Spanferkel zerlegen würde.«
»Hör mal, Koch, halte deine Zunge im Zaum, sonst wird es dir leid tun. Für gewöhnlich bin ich ein friedlicher Bursche, aber wenn mich einer vom Essen abhält, werde ich zum reißenden Löwen.«
»Löwe hin, Löwe her«, versetzte der Koch, »komm raus, sonst bist du bei mir nicht nur ein Dieb, sondern auch noch ein Feigling.«
»Ha!« knirschte Little-John, »noch keiner hat mich je einen Feigling genannt! Darum aufgepaßt, Koch, jetzt kommt der Löwe, von dem ich eben sprach.«
Auch Little-John zog sein Schwert und kam aus der Speisekammer, und nun gingen die Männer voll Zorn aufeinander los, aber plötzlich ließ Little-John seine Waffe sinken. »Halt, Koch!« sagte er. »Wenn ich es mir so recht überlege, wäre es doch dumm von uns, jetzt zu kämpfen, wo so gutes Essen auf uns wartet. Ein festliches Mahl wie dieses würde zwei kräftigen Männern wie uns wohlbekommen, meinst du nicht auch, Koch?«
Verlegen kratzte sich der Koch hinter dem Ohr, denn er liebte gutes Essen. Schließlich holte er tief Atem und antwortete: »Dein Vorschlag gefällt mir, Freund. Ja, ich bin dabei. Wer weiß, vielleicht speist einer von uns heute abend schon im Paradies.«
So steckten sie jeder das Schwert wieder in die Scheide, begaben sich in die Speisekammer und setzten sich an den Tisch. Little-John zog sein Jagdmesser und nahm sich die Pastete vor.
»Wer hungert, muß essen«, meinte er, »und darum fange ich auch gleich an.« Aber der Koch gab ihm in nichts nach und langte rasch mit beiden Händen nach der Pastete. Und nun sprach keiner mehr ein Wort; sie sahen einander nur an und jeder dachte im stillen, daß ihm noch nie ein Mensch mit einem so gewaltigen Appetit untergekommen war wie sein Gegenüber.
Nach einer guten Weile stieß der Koch einen tiefen Seufzer aus und wischte sich die Hände ab, denn er konnte nicht weiteressen. Auch

Little-John hatte genug; er schob die Pastete beiseite, als wollte er sagen: Ich will dich nicht mehr sehen. Er griff nach dem Wein und sagte: »Bei allem, was mir heilig ist – zum Essen kann man sich keinen besseren Gefährten wünschen als dich. Prost! Ich trinke auf deine Gesundheit.« Er tat einen kräftigen Schluck und reichte dann dem Koch die Flasche, und dieser erwiderte: »Auch ich trinke auf dein Wohl, lieber Freund.« Und auch im Trinken stand er hinter Little-John nicht zurück.

»Du hast eine schöne volle Stimme«, sagte Little-John. »Sicher bist du ein guter Sänger, oder täusche ich mich?«

»Du hast schon recht«, antwortete der Koch. »Hin und wieder singe ich gern. Aber allein macht es keinen Spaß.«

»Wer will schon allein singen«, meinte Little-John. »Sing du mal eins, und ich schließe mich dann mit etwas Passendem an.«

Der Koch nahm noch einen Schluck Wein, räusperte sich und sang das Lied von der verlassenen Schäferin Phyllis und ihrem liebsten Corydon. »Wirklich ein schönes Lied«, lobte Little-John den Koch, als dieser gesungen hatte, »und es ist auch viel Wahres dran.«

»Ich bin froh, daß es dir gefallen hat«, sagte der Koch, »und jetzt sing du etwas, denn kein Mann soll allein fröhlich sein oder allein singen.«

»Dann will ich dir jetzt das Lied von einem Ritter an König Artus' Hof singen, der eine schöne Dame liebte, die nichts von ihm wissen wollte, und der seinen Kummer im Wein ertränkte. Das Lied heißt ›Der edle Ritter und seine Liebste‹.«

»Meiner Treu«, erklärte der Koch unumwunden, nachdem Little-John gesungen hatte, »das Lied hat mir großartig gefallen und besonders auch die Weisheit, die darin liegt.«

»Du bist ein lebenskluger und scharfsinniger Mann«, sagte Little-John, »und ich liebe dich wie meinen Bruder.«

»Und ich liebe dich auch. Aber die Zeit vergeht, und ich muß noch kochen. Komm, wir müssen noch unseren Kampf hinter uns bringen.«

»Jawohl«, stimmte Little-John ihm zu, »das wollen wir gleich machen. Komm in den Flur hinaus. Dort haben wir mehr Platz, unsere Schwerter zu schwingen.«

Sie traten in den breiten Gang hinaus, der zur Speisekammer führte,

und fielen sogleich übereinander her, als wollten sie einer den anderen in Stücke schneiden. Die Schwerter klirrten und die Funken sprühten. Eineinhalb Stunden kämpften sie so, und keinem gelang es, den anderen zu treffen. Hin und wieder ruhten sie sich aus, um wieder zu Atem zu kommen, und schlugen dann nur noch wilder aufeinander los. Endlich rief Little-John: »Halt ein, Koch!« Keuchend stützten sie sich auf ihre Schwerter.
»Ich will einen Eid leisten«, sagte Little-John, »daß du der beste Schwertfechter bist, den ich je gesehen habe. Ich dachte, ich würde ein leichtes Spiel mit dir haben.«
»Das gleiche habe ich von dir gedacht«, gestand der Koch, »aber ich habe mich getäuscht.«
»Ich frage mich schon die ganze Zeit, warum kämpfen wir eigentlich? Weißt du es?«
»Nein, wenn ich so nachdenke, weiß ich es nicht. Für diesen aufgeblasenen Haushalter habe ich nichts übrig, aber ich dachte, wir müßten kämpfen, weil wir es doch besprochen hatten.«
»Da wäre es aber doch besser, wir zögen an einem Strang, statt uns gegenseitig die Kehle durchzuschneiden. Was meinst du, Koch: Möchtest du nicht lieber mit mir in den Sherwood-Forest ziehen und dich dort Robin Hoods Bande anschließen? Im Wald führst du ein schönes Leben, du hast hundertvierzig gute Kameraden, unter ihnen auch mich, bekommst zwei Anzüge aus grünem Tuch im Jahr und vierzig Taler Löhnung.«
»Du bist ein Mann nach meinem Herzen!« rief der Koch, »und so, wie du es beschreibst, ist das genau das richtige für mich. Gern komme ich mit dir. Reich mir deine Hand, und ich will ab heute dein Gefährte sein. Wie heißt du eigentlich, Freund?«
»Nun, man nennt mich Little-John.«
»Wie denn? Little-John? Und du bist wirklich dieser Little-John, Robin Hoods rechte Hand? Oft habe ich von dir gehört, aber nie geglaubt, daß ich dich tatsächlich zu Gesicht bekommen würde. Du bist also der berühmte Little-John!«
»Ich bin tatsächlich Little-John und bringe Robin Hood noch heute einen wackeren Mann mit, der seine Schar vergrößern soll. Aber was meinst du: Nachdem wir so viel von unseres guten Sheriffs Vorräten gespeist haben, sollten wir Robin Hood nicht auch etwas von seinem

Silbergeschirr mitbringen, als eine Art Geschenk von Seiner Gnaden?«
»Das ist eine gute Idee«, sagte der Koch, und sie rafften alles Silber zusammen, das ihnen in die Hände fiel, stopften es in einen Sack und machten sich nach dem Sherwood-Forest auf den Weg.
Nach einer Weile kamen sie zu der Eiche, wo Robin Hood und sechzig seiner Gesellen auf dem grünen Rasen lagen. Freudig sprangen Robin und seine Männer auf, als sie sahen, wer da kam. »Willkommen!« rief Robin Hood, »willkommen, Little-John! Wir haben so lange nichts von dir gehört, obwohl wir natürlich wußten, daß du in die Dienste des Sheriffs getreten warst. Wie ist es dir ergangen?«
»Ich habe nicht übel gelebt«, antwortete Little-John, »und von dort komme ich jetzt auch. Ich habe dir seinen Koch mitgebracht und sogar sein Silbergeschirr.« Und nun erzählte er Robin Hood und seinen Gefährten, was er erlebt hatte, seitdem er nach Nottingham zum Jahrmarkt aufgebrochen war. Alle brüllten vor Lachen, alle bis auf Robin Hood, der ein ernstes Gesicht machte.
»Höre, Little-John«, rügte er ihn, »du bist ein tapferer und ein braver Mann. Ich bin froh, daß du zu uns zurückgekommen bist, und noch dazu mit einem guten Kameraden, wie es der Koch ist, den wir alle im Sherwood-Forest willkommen heißen. Aber daß du wie ein gemeiner Dieb dem Sheriff sein Silber gestohlen hast, gefällt mir nicht. Der Sheriff ist von uns bestraft worden und hat dreihundert Pfund bezahlen müssen, weil er einen anderen um seine Habe bringen wollte; aber er hat nichts getan, was Grund für uns wäre, ihm sein Silber wegzunehmen.«
Little-John ärgerte sich über diesen Tadel, versuchte aber mit einem Scherz darüber hinwegzugehen. »Wenn du denkst, der Sheriff hätte das Silber nicht freiwillig herausgerückt, will ich ihn holen, und du sollst aus seinem eigenen Mund hören, daß er es uns gegeben hat.« Mit diesen Worten sprang er auf und war verschwunden, noch bevor Robin Hood ihn zurückrufen konnte.
Volle fünf Meilen mußte Little-John laufen, bis er die Stelle erreichte, wo der Sheriff von Nottingham und eine fröhliche Gesellschaft nahe dem Sherwood-Forest jagten. Little-John ging auf den Sheriff zu, zog seine Mütze und beugte das Knie. »Gott schütze Euch, Herr!« sagte er.

»Reynold Grünblatt!« rief der Sheriff, »woher kommst du, und wo hast du gesteckt?«
»Ich war im Wald«, antwortete Little-John und gab sich so, als wäre ihm gerade ein Wunder erschienen. »Und dort sah ich etwas, was keines Menschen Auge je erblickt hat. Ich sah einen jungen Hirschen, grün von Kopf bis Fuß, und rund um ihn ein Rudel von sechzig Rehen, auch völlig grün. Ich wagte nicht zu schießen, denn ich fürchtete, sie würden mich töten.«
»Was soll das, Reynold Grünblatt«, entgegnete der Sheriff. »Träumst du oder bist du verrückt, daß du mir mit einer solchen Geschichte kommst?«
»Ich träume nicht und ich bin auch nicht verrückt, und wenn Ihr mit mir kommen wollt, zeige ich sie Euch, denn ich habe sie mit eigenen Augen gesehen. Aber ihr müßt allein kommen, denn zu viele Menschen würden das Rudel verscheuchen.«
Die Jagdgesellschaft ritt weiter, und Little-John führte sie in den Wald hinein. »Hier in der Nähe, Herr«, sagte er schließlich, »sah ich das Rudel.«
Der Sheriff stieg ab und befahl seinen Begleitern, hier auf seine Rückkehr zu warten. Little-John führte ihn durch ein dichtes Gehölz, bis sie auf einer Lichtung standen, wo Robin Hood, umgeben von seinen Männern, unter der Eiche saß. »Seht, Herr Sheriff«, lächelte Little-John, »da ist der Hirsch, von dem ich Euch sprach.«
»Schon damals kam mir dein Gesicht bekannt vor«, rief der Sheriff aus, »aber jetzt erkenne ich dich. Das wird dich teuer zu stehen kommen, Little-John, denn nicht nur, das du mich Monate hintergangen hast, so hast du mich jetzt noch in eine Falle gelockt.«
Little-John lachte. »Es ist wahr, Ihr habt mich erkannt, Sheriff, ich bin Little-John. Aber das wäre alles nicht geschehen, hätte Euer knausriger Haushalter mir zu essen gegeben, als ich hungrig war. Aber obwohl er mir nichts gab, der grüne Hirsch lädt Euch abermals zu einem Festschmaus, und wenn Ihr wieder in Eurer Burg seid, sagt dem Haushalter, daß ich mit ihm abrechnen werde.«
Mittlerweile war Robin herangetreten. »Willkommen, Herr Sheriff«, begrüßte er ihn. »Seid Ihr gekommen, um mit mir zu tafeln?«
»Da sei Gott vor«, erwiderte der Sheriff, »mir ist der Hunger vergangen.«

»Mag sein, doch wenn Ihr keinen Hunger habt, Durst habt Ihr sicher, und ich weiß, daß Ihr einen Becher mit mir trinken werdet. Aber es schmerzt mich, daß Ihr nicht mit mir tafeln wollt, denn Ihr könnt essen, was Euer Herz begehrt – dort steht Euer Koch.« Und wohl oder übel mußte der Sheriff unter der Eiche Platz nehmen.
»He, Männer«, rief Robin, »füllt unserem Freund, dem Sheriff, einen Becher bis zum Rand mit Wein, denn er ist müde und durstig.« Dann brachte einer aus der Schar dem Sheriff einen vollen Becher und verbeugte sich tief, als er ihm den Wein reichte, doch der Sheriff trank nicht, denn er sah, daß ihm der Wein aus einem seiner eigenen silbernen Krüge kredenzt wurde.
»Mir scheint, unser neues Silbergeschirr gefällt Euch nicht«, sagte Robin. »Wir haben heute einen ganzen Sack davon bekommen.«
Den Sheriff erfaßte blinder Zorn, doch weil er nicht wagte, zu antworten, senkte er den Blick zu Boden. Robin sah ihn eine Weile prüfend an und sagte dann: »Als Ihr das letzte Mal in den Sherwood-Forest kamt, wart Ihr darauf aus, einen leichtsinnigen jungen Burschen zu prellen, und ward selbst geprellt; heute aber habt Ihr nichts Böses im Sinn, und soviel ich weiß, habt Ihr auch keinen geprellt. Ich fordere Zehnten von hochmütigen Gutsherren, um jenen zu helfen, die von ihnen bestohlen und betrogen wurden, aber mir ist nicht bekannt, daß Ihr Pächter habt, denen Ihr Unrecht tut. Nehmt daher wieder, was Euer ist. Kommt mit mir, und ich werde Euch zu Euren Freunden zurückführen.«
Robin warf sich den Sack über die Schulter, und der Sheriff, der so verwirrt war, daß er kein Wort herausbrachte, folgte ihm. Als sie nur mehr eine Achtelmeile von der Stelle entfernt waren, wo das Gefolge des Sheriffs wartete, gab Robin Hood ihm den Sack und sagte: »Nehmt, was Euer ist, und einen guten Rat dazu. Seht Euch das nächste Mal Eure Diener genauer an, bevor Ihr sie in Euren Dienst nehmt!«
Das Gefolge des Sheriffs war sehr verwundert, als sie ihn mit einem schweren Sack aus dem Wald kommen sahen. Er beantwortete keine ihrer Fragen, legte den Sack vor sich auf den Sattel und ritt in seine Burg zurück.
Und so endet die Geschichte von Little-John und wie es kam, daß der Sheriff ihn in seine Dienste nahm.

Dritter Teil

1 *Little-John und der Gerber von Blyth*

Ein Unglück kommt selten allein, sagt ein altes Sprichwort, und so ging es an einem schönen Maientag auch Robin Hood und Little-John.

Paßt gut auf, und ihr sollt erfahren, wie die Glücksgöttin den beiden den Rücken gekehrt hat, so daß ihnen Sehen und Hören verging.

Eines schönen Tages, nicht lange, nachdem Little-John seinen Dienst beim Sheriff aufgekündigt hatte und mit seiner Gnaden Koch in den Sherwood-Forest zurückgekehrt war, lagerten Robin und einige seiner Getreuen auf dem Rasen unter der großen Eiche. Es war ein warmer, schwüler Tag.

Der bittersüße Duft der Maiblüten lag in der Luft, und im Schatten des Waldes erklang der Gesang der Vögel – Drossel, Kuckuck und Ringeltaube –, der sich mit dem Rauschen des Baches vermengte, der zwischen den grauen Steinen über die sonnenhelle Lichtung floß. Und die zehn großgewachsenen, stämmigen Freibauern in ihrer grünen Kluft, die unter der großen Eiche im Gras lagen, paßten so recht in das frühsommerliche Bild.

Plötzlich klatschte sich Robin Hood auf den Schenkel, denn soeben war ihm etwas eingefallen.

»Beim heiligen Dunstan«, sagte er, »da habe ich doch tatsächlich vergessen, daß der Quartalstag vor der Tür steht und wir kein grünes Tuch mehr auf Lager haben. Das muß eiligst besorgt werden! He, Little-John, beweg deine faulen Glieder, denn du mußt unverzüglich zu unserem Tuchmacher Hugh Longshanks nach Ancaster gehen und vierhundert Yard grünes Tuch bestellen. Die Bewegung wird dir guttun, und vielleicht verlierst du ein wenig von dem Speck, den du bei dem faulen Leben auf der Burg unseres Sheriffs angesetzt hast.«

»Also wirklich«, protestierte Little-John (der dessenthalben schon so oft geneckt worden war, daß er sich über solche Sticheleien ärgerte), »kann sein, ich habe jetzt mehr Fleisch auf den Rippen als früher, aber darum kann ich auf einem schmalen Steg immer noch meinen

Platz gegen jeden Freibauern in Nottinghamshire behaupten – selbst wenn er nicht mehr Speck auf den Rippen hat als du, Herr.«
Brüllendes Gelächter erhob sich, und alle sahen Robin Hood an, verstand doch jeder die Anspielung auf die Prügelei zwischen ihrem Herrn und Little-John, durch die die beiden einander kennengelernt hatten.
»Nicht doch«, entgegnete Robin Hood, der am fröhlichsten lachte. »Ich glaube dir ja, Little-John, und bin durchaus nicht erpicht, die Bekanntschaft mit deinem Stock zu erneuern. Ich gebe ohne weiteres zu, daß es unter euch welche gibt, die mit einem sieben Fuß langen Stock geschickter umzugehen verstehen als ich, aber in ganz Nottinghamshire gibt es keinen, der mich im Bogenschießen übertrifft. Trotzdem wird dir ein Gang nach Ancaster guttun – und am besten gehst du heute abend, denn nach deinem langen Aufenthalt auf der Burg des Sheriffs kennen viele dein Gesicht, und wenn du dich am hellichten Tag sehen läßt, könntest du in Schwierigkeiten mit den Soldaten Seiner Gnaden geraten. Ich bringe dir gleich das Geld, um Hugh zu bezahlen. Ich wette, er hat in ganz Nottinghamshire keinen besseren Kunden als uns.«
Robin erhob sich und ging tiefer in den Wald hinein.
Nicht weit von ihrem Versammlungsplatz befand sich ein großer Felsen, in den eine Höhle mit einer massiven, eisenbeschlagenen, zwei Handspannen dicken Eichentür geschlagen worden war. Das war die Schatzkammer der Schar, und von hier holte Robin einen Beutel Gold, den er Little-John gab, um damit den Tuchmacher zu bezahlen.
Little-John barg den Beutel an seiner Brust, nahm einen festen, sieben Fuß langen Stock zur Hand und machte sich auf den Weg.
Nach einer Weile kam er zu einer Gabelung; nach links ging es hier nach Fosse Way, nach rechts, wie Little-John wohl wußte, zum »Blauen Eber«. Er blieb stehen, schob seine Mütze in die Stirn und kratzte sich nachdenklich hinter dem Ohr, denn beim Anblick dieser zwei Pfade begannen sich zwei Seelen in seiner Brust breitzumachen. »Hier geht es zum ›Blauen Eber‹, zu einem guten braunen Oktoberbier und einem fröhlichen Abend mit lieben Freunden«, mahnte die eine, und »dort geht es nach Ancaster, wohin dich die Pflicht ruft«, die andere. Aber die erste Stimme war die lautere, denn

in der Zeit seines Dienstes beim Sheriff hatte er das gute Leben schätzen gelernt, und darum sah er zum blauen Himmel auf, über den helle Wolken segelten, und sagte sich im stillen: »Ich fürchte, heute abend wird es regnen. Ich bleibe lieber solange im ›Blauen Eber‹, denn ich weiß, mein Herr wird nicht wollen, daß ich bis auf die Haut naß werde.« Und ohne lange zu zögern, folgte er dem Pfad, auf den es ihn hinzog, obwohl kein Anzeichen von schlechtem Wetter wahrzunehmen war, aber wenn man etwas zu tun wünscht, findet man auch jederzeit der Gründe genug dafür.

Im »Blauen Eber« saßen bereits vier Gäste: ein Metzger, ein Bettler und zwei Barfüßer, und schon von weitem hörte Little-John sie singen. Einen so fröhlichen Kumpan wie Little-John hießen sie gern willkommen. Der Wirt brachte frisches Bier, und unter Scherzen und lustigen Geschichten verflogen die Stunden in Windeseile; schließlich war es so spät geworden, daß Little-John beschloß, die Nacht im »Blauen Eber« zu verbringen.

Er erhob sich am frühen Morgen, nahm seinen Stock zur Hand und begab sich abermals auf den Weg, so als wollte er die verlorene Zeit wieder wettmachen.

In Blyth lebte damals ein Gerber, der durch seine Kraftakte und seine Leistungen als Ringer und Stockfechter weithin bekannt war. Fünf Jahre war er Landesmeister im Ringen gewesen, bis der große Adam aus Lincoln ihn besiegt und ihm eine Rippe gebrochen hatte; nie aber hatte er im Stockfechten seinen Meister gefunden. Doch seine ganze Liebe gehörte dem Langbogen und der Jagd, und die Förster des Königs hatten ein scharfes Auge auf ihn, denn in Arthur a' Blands Haus gab es oft mehr Wildbret, als das Gesetz erlaubte. Am Tag, bevor Little-John sich auf den Weg machte, war Arthur in Nottingham gewesen, um dort ein Dutzend gegerbter Rinderhäute zu verkaufen, und an dem Tag, an dem Little-John den »Blauen Eber« verließ, machte Arthur sich auf, nach Blyth zurückzukehren. Sein Weg führte ihn am Waldrand vorbei, wo die Vögel den neuen Tag mit ihrem Gesang begrüßten. Der Gerber hatte seinen festen Stock über die Schulter gelegt, und auf dem Kopf trug er eine Mütze aus doppeltem Kuhleder, so hart, daß nicht einmal ein Schwert sie zu durchtrennen vermochte.

Um diese Jahreszeit, überlegte Arthur a' Bland, als er jene Wegstelle erreichte, die ein Stück durch den Wald führte, wagt sich das Wild häufig aus dem Wald auf die Bergwiesen. Vielleicht habe ich das Glück, daß mir das eine oder andere Tier über den Weg läuft. Denn nichts bereitete ihm mehr Vergnügen, als ein Rudel zu belauschen, wenn es sich unbeobachtet wähnte. So verließ er also den Pfad und verschwand im Unterholz.

Little-John hatte sich zwar eilig auf den Weg gemacht, nun aber achtete er mehr auf Blüten, Blumen und Vögel, so daß er sich plötzlich im Gestrüpp wiederfand. Als er es in den Zweigen rascheln hörte, blieb er stehen und sah sehr bald die braune Kuhledermütze des Gerbers, der sich durch die Büsche schlich.

Was der hier wohl suchte? fragte sich Little-John. »Ich glaube gar, dieser gemeine Schuft ist hinter unserem Wild her.« Das viele Umherwandern in Gottes freier Natur hatte in Little-John die Ansicht reifen lassen, daß das Wild im Sherwood-Forest nicht nur dem König Heinrich, sondern auch Robin Hood und seiner Schar gehörte. »Der Sache wollen wir doch einmal auf den Grund gehen«, dachte er und fing an, hinter Arthur a' Bland herzuschleichen.

Das ging so lange gut, bis Little-John auf einen Zweig trat, der knackend unter seinem Fuß zersprang, worauf der Gerber sich rasch umdrehte und den Freibauern erblickte. Als er sich entdeckt sah, ging Little-John sogleich zum Angriff über.

»He«, fuhr er den Gerber an, »was treibst du denn da, du frecher Kerl? Wer bist du, daß du so einfach den Sherwood-Forest durchstreifst? Du hast wahrhaftig eine Gaunervisage, und für mich bist du ein gemeiner Dieb, der es auf das Wild unseres guten Königs abgesehen hat.«

Der Gerber war wohl überrascht, aber durchaus nicht der Mann, der sich durch große Worte einschüchtern ließ. »Du redest Unsinn«, antwortete er. »Ich bin kein Dieb, sondern ein rechtschaffener Handwerker. Und was mein Aussehen betrifft, ist es, wie es ist; und wenn wir schon davon reden, du bist auch keine Schönheit, du unverschämter Kerl.«

»Willst du etwa behaupten, ich hätte Unrecht?« erboste sich Little-John. »Ich habe gute Lust, dir eins über den Schädel zu ziehen. Du sollst wissen, Bursche, daß ich sozusagen ein Förster des Königs

bin.« Und murmelnd fügte er hinzu: »Jedenfalls lassen wir es dem Wild unseres Herrschers an nichts fehlen.«
»Es ist mir ganz gleich, wer du bist«, gab der Gerber kühn zurück, »und wenn du nicht noch ein paar von deiner Sorte in der Nähe hast, wirst du es nicht erreichen, daß Arthur a' Bland um Gnade bettelt.«
»Ach, wirklich?« rief Little-John wütend. »Das wollen wir doch gleich mal sehen! Nimm deinen Stock zur Hand, Bursche, denn einen unbewaffneten Mann schlage ich nicht.«
»Der Teufel soll dich holen!« entgegnete der Gerber. »Mit Worten allein bringt man nicht einmal eine Maus um. Du willst Arthur a' Bland ein paar auf den Schädel geben? Ich werde dir die Haut gerben, wie ich in meinem ganzen Leben noch kein Kalbsfell gegerbt habe. Sieh dich vor, Kerl!«
»Warte!« sagte Little-John. »Laß uns erst unsere Stöcke messen. Ich glaube, meiner ist länger als deiner, und ich will keinen Vorteil daraus ziehen.«
»Das braucht deine Sorge nicht zu sein«, antwortete der Gerber. »Mein Stock ist lang genug, um ein Kalb niederzuschlagen, und darum sage ich noch einmal: Sieh dich vor, Bursche!«
So packten also beide ihre Stöcke, maßen einander mit bösen Blikken und bewegten sich langsam aufeinander zu.
Robin Hood hatte erfahren, daß Little-John, statt zu tun, wie ihm geheißen, das Vergnügen über die Pflicht gestellt und die Nacht in fröhlicher Gesellschaft im »Blauen Eber« verbracht hatte, statt sich schnurstracks nach Ancaster zu begeben. Erbost machte er sich im Morgengrauen auf, um Little-John im »Blauen Eber« zu überraschen oder ihn auf dem Weg einzuholen und zur Rede zu stellen. Voll Ärger überlegte er, wie er Little-John zur Rede stellen würde, als er plötzlich zornige Stimmen hörte. Er blieb stehen, um zu lauschen. »Das ist doch Little-Johns Stimme«, dachte er, »aber die des anderen kenne ich nicht. Es wäre fatal, wenn Little-John den Förstern des Königs in die Hände gefallen wäre. Ich muß schnell Nachschau halten.«
So redete Robin Hood im stillen, und sein Zorn verrauchte sogleich bei dem Gedanken, daß sich sein Freund in Gefahr befinden könnte. Vorsichtig kroch er durch das Dickicht auf die Stelle zu, von wo die

Stimmen kamen, schob die Blätter auseinander und blickte auf die kleine Lichtung hinaus, auf der die zwei Männer, ihre Stöcke in den Händen, langsam aufeinander zukamen.

»Ha, das wird ein Mordsspaß!« dachte Robin. »Drei goldene Pennys würde ich geben, wenn der Bursche Little-John eine Tracht Prügel verabreichen würde! Das wäre eine gerechte Strafe für seine Pflichtvergessenheit, aber leider werde ich das nicht erleben.« Damit legte er sich der Länge nach auf den Boden, um den Kampf besser und bequemer sehen und genießen zu können.

So wie zwei rauflustige Hunde langsam umeinander herumschleichen, taten es auch die zwei Freibauern, und einer wie der andere wartete auf eine Gelegenheit, den Gegner zu überrumpeln und den ersten Treffer zu landen. Endlich schlug Little-John blitzartig zu, aber der Gerber fing den Hieb auf und schlug kräftig zurück, und so begann der erbitterte Kampf. Vor und zurück, hin und her sprangen sie, und so dicht und schnell fielen die Schläge, daß man hätte meinen können, ein ganzes Dutzend Männer prügelten einander tot. So kämpften sie eineinhalb Stunden, bis sie keuchten wie Ochsen beim Pflügen. Aber Little-John hatte es am schwersten, denn seit seinem Aufenthalt beim Sheriff hatte er Arbeit und Kampf gleichermaßen verlernt.

Die ganze Zeit über lag Robin Hood im Gebüsch und genoß diese Darbietung mit großem Behagen. »Meiner Treu«, dachte er, »nie habe ich so ausgeglichene Gegner gesehen. Dennoch würde Little-John die Oberhand behalten, wäre er noch das, war er einmal war!« Endlich sah Little-John seine Chance und versetzte dem Gerber mit aller Kraft einen Schlag, der einen Ochsen niedergestreckt hätte, doch die Kuhledermütze bewahrte Arthur a' Bland vor ernstem Schaden. Er taumelte zurück, und wenn Little-John noch die Kraft gehabt hätte, seinen Vorteil zu nutzen, es hätte schlecht ausgesehen für den Gerber. Aber der erholte sich rasch und führte einen entscheidenden Schlag, der sein Ziel nicht verfehlte. Wie vom Blitz getroffen, stürzte Little-John zu Boden, und der Stock entglitt seiner Hand. Arthur a' Bland versetzte ihm noch einen Hieb in die Rippen.

»Halt!« brüllte Little-John. »Willst du einen Wehrlosen schlagen?«

»Freilich will ich das«, erwiderte der Gerber und versetzte ihm noch einen Hieb.

»Hör auf!« schrie Little-John. »Hilfe! Halt, sage ich! Ich gebe auf! Ich gebe auf, sage ich, guter Freund!«
»Hast du genug?« fragte grimmig der Gerber, den Stock drohend erhoben.
»Ja, mehr als genug.«
»Und gibst du zu, daß ich von uns beiden der bessere Stockfechter bin?«
»Ja, ich gebe es zu«, antwortete Little-John und fügte leise hinzu: »Der Teufel soll dich holen!«
»Dann magst du deiner Wege gehen und deinem Heiligen danken, daß ich ein gütiger Mensch bin«, erklärte großmütig der Gerber.
»Gott bewahre mich vor solcher Güte«, murmelte Little-John, setzte sich auf und befühlte seine Rippen. »Ich schwöre, meine Rippen fühlen sich an, als ob sie alle mitsammen gebrochen wären. Ich hätte nicht geglaubt, daß es in ganz Nottinghamshire einen Mann gibt, der das mit mir machen kann, was du gemacht hast.«
»Das dachte ich auch!« rief Robin Hood, sprang aus dem Dickicht und lachte, daß ihm die Tränen über die Wangen liefen. »Menschenskind, du bist ja umgefallen wie ein Kegel. Ich habe alles mitangesehen und hätte nie geglaubt, daß in ganz England ein Mann existiert, vor dem du aufgibst. Ich bin dir nachgekommen, um dich zur Rede zu stellen, daß du meinen Befehl nicht ausgeführt hast, aber dafür hast du ja deine Strafe im vollen Maß erhalten.« So sprach Robin, und all die Weile saß Little-John da und machte ein Gesicht, als ob er sauren Quark im Mund hätte.
»Und wie ist dein Name, guter Freund?« wandte sich Robin nun an den Gerber.
»Man nennt mich Arthur a' Bland, und wie lautet der deine?«
»Ha, Arthur a' Bland!« rief Robin aus. »Ich habe deinen Namen schon gehört. Im vergangenen Oktober, auf dem Jahrmarkt zu Ely, hast du einen Freund von mir besiegt, Jock aus Nottingham; bei uns heißt er Will Scathelock. Der arme Kerl, den du so zugerichtet hast, zählt zu den besten Stockfechtern Englands. Sein Name ist Little-John, und ich heiße Robin Hood.«
»Wie denn!« rief der Gerber, »bist du wirklich der große Robin Hood, und ist das der berühmte Little-John? Hätte ich das gewußt, nie würde ich gewagt haben, meine Hand gegen dich zu erheben.

Laß mich dir auf die Füße helfen, Little-John, laß mich dir den Staub von deinem Wams klopfen!«

»Ich komme schon allein zurecht«, gab Little-John ärgerlich zurück und erhob sich so vorsichtig, als ob seine Knochen aus Glas wären. »Und laß dir sagen, daß es dir ohne deine verflixte Kuhledermütze schlecht ergangen wäre!«

Robin lachte und fragte den Gerber: »Willst du dich nicht meiner Schar anschließen, Arthur? ich schwöre, du bist einer der kräftigsten Männer, die ich je gesehen habe.«

»Und ob ich will!« rief der Gerber und sprang vor Freude in die Höhe. »Fort mit Lohe und schmutzigen Kesseln und stinkenden Häuten! Bis ans Ende der Welt will ich dir folgen, Herr!«

»Und was dich angeht«, wandte sich Robin lachend an Little-John, »du setzt deinen Weg nach Ancaster fort, aber wir begleiten dich ein Stück, bis du aus dem Wald heraus bist. In der Nähe gibt es noch andere Gasthöfe.«

2 *Robin Hood und Will Scarlet*

So wanderten die drei Männer über die sonnige Landstraße, und viele Leute drehten sich nach ihnen um – so breit waren ihre Schultern und so federnd ihr Gang.

»Warum bist du gestern nicht gleich nach Ancaster gegangen, wie ich dich geheißen habe?« fragte Robin Little-John. »Hättest du mir gefolgt, wäre dir das alles erspart geblieben.«

»Ich hatte Angst, es würde regnen«, antwortete Little-John verdrießlich, denn es ärgerte ihn, daß Robin ihm wieder Salz in die Wunde seines Selbstbewußtseins rieb.

»Regnen?« rief Robin, blieb unvermittelt stehen und starrte Little-John verwundert an. »Was bist du doch für ein Esel! Seit drei Tagen hat es nicht mehr geregnet, und es hat auch nicht nach Regen ausgesehen.«

»Trotzdem«, knurrte Little-John. »Der heilige Swithin hält die Wasser des Himmels in seinem Zinnkrug, und er hätte ihn ja ausgießen können, selbst bei Schönwetter, und hätte es dir gefallen, wenn ich bis auf die Haut naß geworden wäre?«

Robin Hood brüllte vor Lachen. »O Little-John«, stieß er hervor. »Was hast du nur im Kopf! Wer könnte einem Menschen wie dir böse sein?«

Der Tag war warm und die Straße staubig, und nach einer Weile wurde Robin Hood durstig; daher kletterten sie, als sie neben der Hecke eine Quelle rauschen hörten, über den Zauntritt und gelangten so zu der Stelle, wo das Wasser zwischen moosbewachsenen Steinen hervorsprudelte. Sie knieten nieder, schöpften das eiskalte Wasser mit den Händen und tranken sich satt; und weil es ein kühles, schattiges Plätzchen war, streckten sie sich aus, um ein wenig auszuruhen.

Jenseits der Hecke zog sich die staubige Straße über die Ebene; hinter ihnen lagen Wiesenland und Felder mit frischem grünen Korn in der Sonne, und über ihnen spannte sich das Laubwerk einer Buche. Der Duft von Veilchen und würzigem Quendel, der rund um die Quelle wuchs, stieg ihnen in die Nase. Es herrschte sonntägliche Stille, nur hin und wieder unterbrochen vom Krähen eines Hahns oder dem einschläfernden Summen einer Hummel oder der Stimme einer Hausfrau in einem nahen Gehöft. Lange Zeit schwiegen die drei Männer, lagen nur auf dem Rücken und blickten durch die Blätter zum Himmel empor. Schließlich brach Robin, der sich hin und wieder umgesehen hatte, das Schweigen: »Was kommt da bloß für ein spaßiger Vogel!« rief er.

Ein junger Mann kam langsam die Straße heruntergewandert. Er sah wirklich spaßig aus, aber auch vornehm, denn Wams und Beinkleid waren aus scharlachroter Seide; ein prächtiges Schwert hing an seiner Seite, die lederne Scheide reich mit Goldfäden verziert. Aus scharlachrotem Samt war seine Mütze, in der eine breite Feder steckte. Seine langen blonden Locken fielen ihm bis auf die Schultern, und in der Hand hielt er eine Rose, an der er zuweilen roch. »Habt ihr schon einmal ein so hübsches, possierliches Kerlchen gesehen?« fragte lachend Robin Hood.

»Schon wahr, seine Kleidung ist allzu niedlich für meinen Geschmack«, sagte Arthur a' Bland, »aber er hat breite Schultern und schmale Hüften, und siehst du, wie seine Arme herabhängen? Ich bin ganz sicher, unter dieser feinen Kleidung steckt weder Fett noch Pudding, sondern festes Fleisch und kräftige Muskeln.«

»Ich glaube, du hast recht, Arthur«, sagte Little-John. »Vielleicht ist er gar kein so verzärtelter Knabe, wie es den Anschein hat.«
»Mir wird übel, wenn ich so einen Burschen sehe«, sagte Robin. »Seht nur, wie geziert er diese Rose hält. Wenn ihm eine Maus über den Weg liefe, wetten, er würde entsetzt zur Seite springen oder gar in Ohnmacht fallen. Wer mag er wohl sein?«
»Gewiß der Sohn eines Gutsherrn mit den Taschen voll Geld«, meinte Little-John.
»Da hast du bestimmt recht«, sagte Robin. »Schade, daß Leute wie er nichts anderes im Kopf haben, als sich hübsch anzuziehen und spazierenzugehen. Mich packt die Wut, wenn ich zusehen muß, wie diese herausgeputzten Herrchen von jenseits des Meeres rechtschaffenen Angelsachsen auf dem Nacken sitzen, die dieses Land schon bebauten, als die Ahnen dieser Leute noch auf den Bäumen hockten. Beim Himmel, ich werde ihnen ihr unrechtmäßig erworbenes Vermögen abnehmen, und wenn ich dafür am höchsten Baum im Sherwood-Forest hängen müßte!«
»Aber warum gerätst du in solche Hitze, Herr«, beruhigte ihn Little-John. »Du stellst die Pfanne auf den Herd, wo es doch vielleicht gar nichts zu braten gibt! Nach meiner Meinung ist das Haar des Fremden zu hell für einen Normannen. Vielleicht ist er ein rechtschaffener Mann.«
»Nein, nein«, widersprach Robin, »da wette ich meinen Kopf darauf, daß er es nicht ist. Habt ihr schon einmal einen Sachsen gesehen, der so dahertrippelt, als hätte er Angst, sich die Schuhe zu beschmutzen? Ich werde ihn mir jedenfalls genau ansehen. Irre ich mich, soll er seinen Weg fortsetzen, ohne auch nur einen Penny zu bezahlen; aber wenn ich recht habe, rupfe ich ihn wie eine Weihnachtsgans. Du meinst, er wäre kräftig, Little-John? Nun, warte hier auf mich, und ich werde dir zeigen, wie das Leben im Wald einen Menschen abhärtet, während das gute Leben – und du weißt, was ich meine – ihn verweichlicht. Bleibt ihr beide hier liegen und ihr werdet sehen, was für eine Tracht Prügel ich dem Bürschchen verabreichen werde.« Mit diesen Worten kletterte Robin Hood wieder über den Zauntritt und stellte sich, die Hände in die Hüften gestützt, dem Fremden in den Weg.
Der junge Mann kam langsam heran. Weder beschleunigte er seine

Schritte, noch schien er die Existenz Robin Hoods zur Kenntnis zu nehmen. Er roch an seiner Rose, schaute bald in diese Richtung, bald in jene, Robin schien für ihn nicht auf der Welt zu sein.

»Halt!« schrie Robin, als der Fremde schon ganz nahe war. »Halt! Bleib stehen!«

»Warum sollte ich, guter Mann?« forschte der Fremde mit sanfter Stimme. »Aber bitte: wenn dir so viel daran liegt, will ich ein Weilchen stehenbleiben und hören, was du mir zu sagen wünschst.«

»Weil du so folgsam tust, was ich dich heiße«, sagte Robin, »will ich dir höflich begegnen. Ich bin ein Verehrer des heiligen Wilfred, der, wie du vielleicht weißt, den Heiden ihr ganzes Gold abnahm und es zu Kerzenleuchtern schmolz. Was mich dazu veranlaßt, von allen, die hier vorbeikommen, einen Wegezoll einzuheben – wenn auch zu einem besseren Zweck, als Kerzenleuchter daraus zu machen. Darum, mein liebes Knäblein, muß ich dich bitten, mir deine Börse zu geben, damit ich einen Blick hineinwerfen und feststellen kann, ob dein Vermögen größer ist, als es das Gesetz erlaubt. Denn wie schon unser guter Gaffer Swanthold sagte: ›Wem das Blut überläuft, der muß geschröpft werden.‹«

Die ganze Zeit über roch der Jüngling an der Rose, die er zwischen Daumen und Zeigefinger hielt. »Nein«, sagte er und lächelte sanft, »es ist schön, dich reden zu hören, einen hübschen Mann wie dich. Und falls du noch nicht zu Ende bist, fahr bitte fort. Ich habe noch ein wenig Zeit übrig.«

»Ich habe bereits alles gesagt«, antwortete Robin, »und wenn du mir jetzt deine Tasche zeigen willst, so daß ich sehen kann, was sie enthält, lasse ich dich unbehindert ziehen. Und wenn du nur wenig hast, nehme ich dir nichts weg.«

»Ach, wie mir das leid tut, daß ich deinen Wunsch nicht erfüllen kann. Ich habe nichts, was ich dir geben könnte. Bitte laß mich ziehen. Ich habe dir nichts Böses getan.«

»Nein, nein«, lehnte Robin ab. »Du kannst erst gehen, wenn ich deine Tasche gesehen habe.«

»Guter Freund«, äußerte der Fremde in sanftem Ton, »ich habe anderwärts zu tun. Ich habe dir viel Zeit geopfert und auch geduldig zugehört. Jetzt laß mich bitte in Frieden ziehen.«

»Ich habe zu dir gesprochen, Freund, und ich sage es noch einmal«,

erwiderte Robin mit ernster Miene, »du gehst keinen Schritt weiter, bis du nicht tust, was ich verlange.« Drohend hob er seinen Stock.
»Ach, wie mir das leid tut!« rief der Jüngling traurig. »Ich werde dich erschlagen müssen, du armer Mensch.« Und er zog sein Schwert.
»Steck dein Schwert wieder ein«, sagte Robin, »ich will dir gegenüber nicht im Vorteil sein. Gegen einen Eichenstock wie meinen kannst du mit deinem Schwert nichts ausrichten. Ich würde es knikken wie einen Strohhalm. Dort an der Straße ist ein Eichenwäldchen; wenn du Lust auf eine ordentliche Tracht Prügel hast, schneide dir einen Stock herunter und verteidige dich damit.«
Der Fremde musterte Robin und dann den Eichenstock. »Du hast recht, Freund«, gab er zu. »Gegen deinen Stock kann ich mit meinem Schwert wirklich nichts ausrichten. Bitte warte, bis ich auch einen Stock habe.« Er warf die Rose fort, steckte sein Schwert zurück in die Scheide und begab sich zu den Eichenbäumen, von denen Robin gesprochen hatte. Er suchte sich ein Bäumchen aus, schnitt es aber nicht ab, sondern krempelte sich ein wenig die Ärmel hoch, packte die junge Eiche und riß sie mitsamt den Wurzeln aus der Erde. Mit dem Schwert Wurzeln und Ästchen abtrennend, kehrte er zu Robin zurück – so ruhig, als hätte er nichts vollbracht, was des Erwähnens wert gewesen wäre.
Little-John und der Gerber hatten alles mit angesehen, doch als sie sahen, wie der Fremde den Baum ausriß, spitzte der Gerber die Lippen und zog pfeifend die Luft ein.
»Beim heiligen Dunstan!« flüsterte Little-John, nachdem er sich von seiner Überraschung erholt hatte. »Hast du das gesehen? Ich fürchte, unser armer Herr wird es nicht leicht mit dem Burschen haben. Bei Unserer Lieben Frau, den Baum hat er ausgerissen, als ob es ein Strohhalm gewesen wäre.«
Was immer Robin Hood denken mochte, er wich nicht von der Stelle, und nun stand er dem Fremden im roten Wams gegenüber. Es entbrannte ein wilder Kampf, und Robin mußte seine Gewandtheit gegen die Kraft seines Gegners einsetzen. Der Staub der Landstraße hüllte sie ein, und zeitweilig konnten weder Little-John noch der Gerber etwas sehen. Dreimal traf Robin den Fremden, einmal auf den Arm, zweimal auf die Rippen, und hätte er nicht alle Schläge

abgewehrt, einer würde genügt haben, um ihn kampfunfähig zu machen. Doch dann traf der Fremde Robins Stock so genau in die Mitte, daß dieser ihn kaum noch festhalten konnte; ein zweiter Hieb ließ Robin taumeln, und ein dritter durchschlug Robins Deckung, und er stürzte auf die staubige Straße.

»Halt!« rief Robin, als er sah, daß der Jüngling abermals seinen Stock hob. »Ich ergebe mich!«

»Halt!« riefen auch Little-John und der Gerber und traten aus dem Gebüsch hervor. »Halt! Ergebt Euch!«

»O nein«, erwiderte ruhig der Fremde, »obwohl ich alle Hände voll zu tun haben werde, wenn ihr auch so gute Fechter seid wie dieser Bursche da. Aber kommt nur, ich werde mein Bestes tun, um euch zu Diensten zu sein.«

»Hört auf!« rief Robin Hood. »Wir haben genug gekämpft. Ich schwöre, das ist heute ein schlimmer Tag für dich und mich, Little-John. Ich glaube, von dem Schlag, den mir dieser Junge verpaßt hat, ist mein ganzer Arm gelähmt.«

»Ach herrje, Herr«, sagte Little-John zu Robin Hood, »du bist übel dran. Komm, ich helfe dir auf.«

»Die Pest über dich!« rief Robin zornig. »Ich komme auch allein auf die Füße.«

»Aber gestatte mir wenigstens, daß ich dir den Staub vom Wams klopfe. Deine Glieder tun dir wohl recht weh«, sagte er und sah ihn blinzelnd an.

»Schluß damit«, stieß Robin wütend hervor. »Mein Wams ist sauber genug.« Und zu dem Fremden gewandt: »Wie heißt du, Freund?«

»Gamwell ist mein Name«, lautete die Antwort.

»Ach ja?« rief Robin. »Ich habe nahe Verwandte dieses Namens. Woher kommst du, Freund?«

»Aus Maxwell. Dort bin ich geboren, und von dort komme ich, um den jüngeren Bruder meiner Mutter aufzusuchen, den man Robin Hood nennt. Könntest du mir vielleicht sagen . . .«

»Ha! Will Gamwell!« rief Robin und legte dem Jüngling beide Hände auf die Schultern. »Du bist es! Ich hätte dich an deiner mädchenhaften Art erkennen müssen – an deiner affektierten, gekünstelten Gehweise. Kennst du mich nicht? Schau mich gut an!«

»Ist denn das möglich!« rief der Jüngling. »Ich glaube fast, du bist mein Onkel Robin. Sicher bist du es!« Sie umarmten einander und küßten sich auf die Wangen. Robin hielt seinen Neffen auf Armeslänge von sich und musterte ihn von Kopf bis Fuß. »Wie du dich verändert hast! Acht oder zehn Jahre ist es her, da warst du ein schmächtiges Bürschchen, und jetzt bist du ein stämmiger Kerl, wie man ihn nur selten zu sehen bekommt. Kannst du dich erinnern, Junge? Ich habe dir gezeigt, wie man Pfeil und Bogen hält. Und denkst du noch manchmal daran, wie ich dich lehrte, mit dem Stock zu schlagen und zu parieren?«

»O ja«, antwortete Gamwell, »und wie ich zu dir aufgesehen habe! Ich schwöre dir, hätte ich gewußt, wer du bist, ich hätte nie gewagt, die Hand gegen dich zu erheben. Ich hoffe, ich habe dir nicht allzu weh getan.«

»Nein, nein«, erwiderte Robin eilig, mit einem Seitenblick auf Little-John, »es ist nicht so schlimm. Reden wir nicht mehr darüber. Aber eines muß ich sagen: ich hoffe, ich bekomme nie wieder so einen Hieb. Bei Unserer Lieben Frau, mein Arm kribbelt vom Ellbogen bis in die Fingerspitzen. Ich dachte schon, ich wäre für immer gelähmt. Ich sage dir das, weil du der stärkste Mann bist, den ich je gesehen habe. Mir wurde ganz flau im Magen, als ich sah, wie du den Baum ausgerissen hast. Aber erzähl doch, warum hast du Sir Edward und deine gute Mutter verlassen?«

»Ach, das ist eine böse Geschichte«, antwortete der junge Gamwell. »Der Verwalter meines Vaters, der nach dem Tod des alten Giles Crockleg zu uns kam, war ein Schuft, und ich weiß nicht, warum Vater ihn behielt. Allerdings versah er seine Pflichten auf das sorgfältigste, aber es ärgerte mich, wenn er in meinem Beisein Vater freche Antworten gab, der, wie du weißt, ein sehr geduldiger Mann ist und sich nur selten zu beleidigenden oder harten Worten hinreißen läßt. Eines Tages, ich stand gerade dabei, sprach dieser Verwalter in der ungehörigsten Weise zu Vater. Da schwoll mir die Galle, ich verabreichte dem Kerl eine saftige Ohrfeige, und – du wirst es nicht glauben, lieber Onkel – er fiel tot um. Es hieß, ich hätte ihm das Genick gebrochen. Also schickten sie mich fort, um dem Arm des Gesetzes zu entgehen. Ich war gerade auf dem Weg zu dir, als du mich sahst.«

»Meiner Treu«, sagte Robin, »für einen, der auf der Flucht ist, schlägst du ein gemächliches Tempo ein. Hat man schon einmal einen gesehen, der einen Mann erschlagen hat und nun, statt die Beine in die Hand zu nehmen, wie eine Hofdame, an einer Rose riechend, die Straße entlangtrippelt?«

»Eile mit Weile«, rechtfertigte sich Will Gamwell. »Und außerdem befürchte ich, daß mich das Übermaß an Körperkraft Beweglichkeit gekostet hat. Du hast es doch selbst erlebt, wie ich dich . . .«

»Reden wir nicht mehr davon«, schnitt Robin ihm das Wort ab. »Ich bin froh, dich zu sehen, Will. Und im Sherwood-Forest wird es für alle eine Ehre sein, dich zu den Unseren zählen zu können. Aber bald wird die Obrigkeit Haftbefehl gegen dich erlassen, und darum mußt du deinen Namen ändern. Nach deiner prächtigen scharlachroten Kleidung sollst du fortan Will Scarlet heißen.«

»Der Name paßt gut zu dir«, sagte Little-John und schüttelte Will die Hand, »und ich freue mich, dich willkommen zu heißen. Ich bin Little-John, und das ist ein neuer Kämpfer in unserer Schar, ein Gerber mit Namen Arthur a' Bland. Du wirst berühmt werden, Will Scarlet, schon bald wird man im ganzen Land erzählen, wie Robin Hood Little-John und Arthur a' Bland das Stockfechten beibrachte.«

»Aber mein lieber Little-John«, mischte Robin sich ein, denn er hatte es nicht gern, wenn man sich über ihn lustig machte, »das ist doch alles nicht so wichtig. Behalten wir doch lieber für uns, was heute geschehen ist.«

»Aber gern«, entgegnete Little-John, »ich dachte nur, du wärst ein Freund lustiger Geschichten, weil du doch so oft über das Fett gescherzt hast, das ich im Dienst des Sheriffs angesetzt habe . . .«

»Schon gut, Little-John«, konterte Robin eilig. »Ich glaube, ich habe alles zu diesem Thema gesagt, was es zu sagen gab.«

»Mir hängt es auch schon zum Hals heraus«, versetzte Little-John, »aber dabei fällt mir ein, daß dir ja auch der Regen einen Spaß wert war . . .«

»Also schön«, antwortete Robin, »ich habe mich geirrt. Es sah tatsächlich nach Regen aus.«

»Ja, das schien mir auch so«, sagte Little-John. »Also war es doch zweifellos richtig, daß ich die Nacht im ›Blauen Eber‹ verbrachte, statt mich bei Sturm und Regen auf die Straße zu wagen, nicht wahr?«

»Zum Teufel mit dir!« rief Robin Hood. »Wenn du es so haben willst, denn hast du eben in allem recht.«
»Schon gut, schon gut«, besänftigte ihn Little-John. »Was mich angeht, ich war heute richtig blind. Ich habe nicht gesehen, daß du eine Tracht Prügel bezogen hast, und wollte das einer behaupten, er bekäme es mit mir zu tun.«
»Komm schon«, rief Robin und biß sich auf die Lippen, während die anderen lachten. »Wir gehen jetzt in den Sherwood-Forest zurück. Nach Ancaster kannst du ein anderes Mal wandern.«

3 *Das lustige Abenteuer mit Midge, dem Müller*

Die vier Freibauern waren nun schon eine gute Weile nach dem Sherwood-Forest unterwegs, als sie Hunger verspürten. »Ich wollte, ich hätte etwas zu essen«, klagte Robin Hood. »Ein Laib Brot, ein Stück Weißkäse, dazu ein Krug schäumenden Biers, das täte mir jetzt gut.«
»Weil du gerade davon sprichst«, bemerkte Will Scarlet, »ich hätte auch nichts gegen eine ordentliche Mahlzeit einzuwenden.«
»Ich kenne hier in der Nähe ein Haus«, meldete sich Arthur a' Bland zu Wort, »und wenn ich Geld hätte, könnte ich alles besorgen: Brot, Käse und Bier.«
»Was das betrifft, wißt ihr, daß ich Geld bei mir habe, Herr«, erinnerte Little-John Robin.
»Ganz recht«, sagte Robin. »Was würde es kosten, uns etwas zu essen und zu trinken zu kaufen, Arthur?«
»Mit sechs Pennys gibt es genug Essen für ein Dutzend Leute«, meinte der Gerber.
»Dann gib ihm sechs Pennys, Little-John, denn drei Portionen dürften mir gerade reichen. Nun geh, Arthur, und bring uns das Essen. Ein Stück weiter die Straße hinauf ist ein schattiges Plätzchen, dort wollen wir auf dich warten und unsere Mahlzeit verzehren.«
Nach einer Weile kam der Gerber mit einem großen Laib Brot, einem runden Käse und einem Ziegenlederbeutel voll Bier zurück. Will Scarlet nahm sein Schwert und teilte Brot und Käse in vier Teile. Robin Hood tat einen kräftigen Schluck vom Bier und seufzte

zufrieden. »Noch nie hat mir ein Trunk besser geschmeckt«, sagte er.

Sie aßen schweigend, und schließlich betrachtete Will Scarlet das kleine Stück Brot, das er noch in der Hand hielt, und sagte: »Das bekommen die Spatzen.« Er warf es fort und wischte sich die Krümel von seinem Wams.

Alle hatten sich satt gegessen und getrunken, und Robin sagte: »Ich fühle mich wie neugeboren. Jetzt müßte uns etwas einfallen, um diesem festlichen Mahl einen würdigen Abschluß zu geben. Aber wer ist der Bursche, der da mit einem großen Sack die Straße heraufkommt? Ich beobachte ihn schon die ganze Zeit. Schau doch einmal hin, Little-John, vielleicht kennst du ihn.«

Little-John blickte in die Richtung, die Robin Hood ihm wies. »Ja«, sagte er, »ich glaube, das ist ein junger Müller, den ich schon hin und wieder in der Gegend gesehen habe.«

»Ich denke, ich habe ihn auch schon gesehen. Hat er nicht eine Mühle hinter Nottingham, auf der Straße nach Salisbury?«

»Du hast recht. Das ist der Mann.«

»Ein kräftiger Bursche«, erinnerte sich Robin. »Vor vierzehn Tagen war ich dabei, als er Ned o' Bradford ein paar über den Schädel gab.«

Mittlerweile war der junge Müller so nahe herangekommen, daß sie ihn deutlich erkennen konnten. Sein Wams war voll von Staub, und auf dem Rücken trug er einen großen Mehlsack, auf den er einen dicken Stock gebunden hatte. Rosig wie Hagebutten waren seine Wangen, sein Haar war blaßblond und das Kinn von hellem Flaum bedeckt.

»Ein braver, anständiger Bursche«, sagte Robin Hood, »und als solcher ein Stolz für den englischen Bauernstand. Ich schlage vor, daß wir uns einen kleinen Spaß mit ihm machen. Wir wollen so tun, als ob wir gemeine Diebe wären und ihn um sein hartverdientes Geld erleichtern wollten. Dann nehmen wir ihn mit in den Wald und laden ihn zu einem festlichen Schmaus, wie er ihn in seinem Leben noch nicht vorgesetzt bekommen hat. Und zum Schluß bekommt er einen Taler für jeden Penny, den er in der Tasche hat. Was meint ihr, Freunde?«

»Eine gute Idee«, pflichtete Little-John ihm bei, »aber alle Heiligen-

mögen uns davor bewahren, daß wir heute noch mehr Prügel beziehen. Meine armen Knochen . . .«
»Sei doch still, Little-John«, forderte Robin ihn auf. »Alle Welt wird uns auslachen, wenn du deine törichte Zunge nicht hütest.«
»Meine törichte Zunge, ha!« brummte Little-John, zu Arthur a' Bland gewandt. »Ich wollte, sie hielte unseren Herrn davon ab, uns heute noch einmal in Schwierigkeiten zu bringen.«
Der Müller hatte die Stelle gegenüber ihrem Rastplatz erreicht, und nun sprangen sie alle vier auf ihn zu und umringten ihn.
»Halt an, Freund«, rief Robin dem Müller zu, der sich langsam, den Mehlsack auf den Schultern, um seine eigene Achse drehte und sie verdutzt betrachtete; er mochte ein kräftiger Bursche sein, war aber nicht allzu schnell von Begriff.
»Wer sagt, daß ich anhalten soll«, sagte der Müller.
»Das sage ich«, gab Robin zur Antwort, »und glaube mir, Freund, du tätest gut daran, mir zu folgen.«
»Und wer bist du, guter Freund?« erkundigte sich der Müller und warf den schweren Sack ab. »Und wer sind deine drei Freunde?«
»Wir sind gute Christenmenschen und möchten dir gerne helfen, deine schwere Last zu tragen.«
»Dafür danke ich dir von Herzen, aber mein Sack ist nicht so schwer, daß ich ihn nicht allein tragen könnte.«
»Du hast mich mißverstanden«, gab Robin zurück. »Ich meinte, daß du vielleicht schwer an den Pennys in deinem Sack zu tragen hast, von Silber und Gold ganz zu schweigen. Schon der alte Gaffer Swanthold sagt, daß Gold zu schwer für einen zweibeinigen Esel ist; darum wollen wir dir einen Teil deiner Last abnehmen.«
»O weh!« rief der Müller, »was verlangt ihr von mir? Ich besitze keinen einzigen Penny. Ich bitte euch, tut mir nichts zuleide, und laßt mich in Frieden ziehen. Und ich will euch auch daran erinnern, daß wir uns hier auf Robin Hoods Gebiet befinden, und wenn er euch dabei ertappt, daß ihr einen ehrlichen Handwerker berauben wollt, zieht er euch die Haut über die Ohren.«
»Offen gestanden, ich fürchte Robin Hood nicht mehr als mich selbst«, erwiderte munter Robin Hood. »Bis auf den letzten Penny mußt du alles hergeben. Und wenn du eine Bewegung machst, bekommst du diesen Stock zu spüren.«

»Schlag mich nicht!« rief der Müller und hob abwehrend den Arm. »Du kannst mich durchsuchen, und du wirst nichts finden.«

»Kann ich das?« fragte Robin Hood und musterte ihn prüfend. »Ich glaube nicht, daß du die Wahrheit sprichst. Wenn ich mich nicht sehr irre, hast du etwas in deinem Mehlsack. Leere doch den Sack aus, Arthur; ich wette, du findest ein paar Münzen im Mehl.«

»Ach, verderbt mir doch nicht mein gutes Mehl!« flehte der Müller und fiel auf die Knie. »Ihr richtet mich zugrunde. Laßt das Mehl, und ich gebe euch das Geld, das ich am Boden des Sackes habe.«

»Aha!« rief Robin und stieß Will Scarlet mit dem Ellbogen an. »Habe ich es euch nicht gesagt? Ich habe eine Spürnase für die runden Dinger mit dem Bild unseres Königs Heinrich. Ich konnte das Gold und das Silber im Sack förmlich riechen. Jetzt hol die Münzen heraus, Müller!«

Langsam erhob sich der Müller, langsam und widerstrebend band er den Sack auf, und langsam steckte er die Hände hinein und fing an, im Mehl herumzusuchen. Robin und seine Männer stellten sich um ihn herum, sahen ihm zu und fragten sich, was er da wohl herausholen würde.

Doch während der Müller so tat, als suche er nach dem Geld, füllte er in Wahrheit seine Fäuste mit Mehl. »Da sind sie ja, die lieben Kleinen«, sagte er, und als die anderen sich neugierig vorbeugten, warf er ihnen plötzlich mit vollen Händen das Mehl ins Gesicht, so daß ihre Augen und Nasen voll waren und sie nichts mehr sehen konnten. Am schlechtesten war Arthur a' Bland dran, denn er hatte mit offenem Mund dagestanden, und das viele Mehl in der Kehle machte ihn so husten, daß er sich kaum aufrecht halten konnte.

Während alle vier herumtaumelten, schrien und sich die Augen rieben, bis ihnen die Tränen über die weißen Backen liefen, warf ihnen der Müller immer weiter Mehl ins Gesicht, und bald waren sie allesamt blind, und Haar, Bart und Kleider weiß wie Schnee.

Dann griff er nach seinem derben Knotenstock und fing an, wie ein Verrückter um sich zu schlagen. Hierhin und dorthin sprangen die vier wie Maiskörner auf einem heißen Blech, aber weder konnten sie etwas sehen noch sich verteidigen.

»Halt!« brüllte Robin schließlich. »Hör auf, Freund, ich bin Robin Hood!«

»Du lügst, du Schurke!« rief der Müller und versetzte ihm einen Hieb in die Rippen, daß eine Mehlwolke aufstieg. »Robin Hood hat noch nie einen redlichen Handelsmann beraubt. Mein Geld wolltest du haben, was? Nein, das bekommst du nicht, du langes Scheusal! Aber die anderen sollen auch nicht zu kurz kommen!« Und Little-John bekam eins übergezogen, daß er quer über die Straße taumelte. »Keine Angst, du bekommst auch deinen Teil, Schwarzbart!« rief er und verpaßte dem Gerber einen Hieb, daß Arthur trotz seines Hustens aufheulte. »Und dir, Rotröckchen, will ich auch den Staub aus dem Wams klopfen«, rief er und zog Will Scarlet eins über. Und nun traktierte er sie mit Hohn und Schlägen, bis sie kaum noch stehen konnten; zwischendurch warf er ihnen noch mehr Mehl ins Gesicht. Endlich gelang es Robin Hood, sein Horn an die Lippen zu setzen und dreimal kräftig hineinzustoßen.

Der Zufall wollte es, daß Will Stutely und eine Abteilung von Robins Männern sich im Wald nicht weit von der Stelle aufhielten, wo sich diese Begebenheit abspielte. Als sie den Stimmenwirrwarr vernahmen und das Geräusch von Schlägen, das sich anhörte wie Dreschflegel in der Tenne, blieben sie stehen. »Wenn ich mich nicht irre«, meinte Will Stutely, »wird nicht weit von hier ein Kampf mit Stöcken ausgetragen. Das möchte ich mir ansehen.« Damit wandten sich die Männer in die Richtung, aus der der Lärm kam. Als sie schon in der Nähe waren, hörten sie die drei Signale aus Robins Horn.

»Schnell!« rief der junge David aus Doncaster, »unser Herr ist in Gefahr!« Und ohne einen Augenblick zu zögern, eilten sie weiter und brachen aus dem Dickicht hervor.

Es war ein seltsamer Anblick, der sich ihnen darbot! Die Straße war weiß von Mehl, und weiß waren auch die fünf Männer, die dastanden, denn eine gute Menge Mehl war auch auf den Müller gefallen.

»Was ist dein Wunsch, Herr?« rief Will Stutely. »Und was bedeutet das alles?«

»Dieser gemeine Kerl«, antwortete Robin wütend, »hätte uns um ein Haar erschlagen. Wärest du jetzt nicht gekommen, Stutely, er hätte deinen Herrn getötet.«

Und während er und die drei anderen sich das Mehl aus den Augen rieben und Will Stutely und seine Männer ihre Kleidung säuberten, erzählte er ihnen von dem Schabernack, den sie dem Müller hatten

spielen wollen und für den dieser offenbar kein Verständnis gezeigt hatte.
»Schnell, Leute, ergreift den schurkischen Müller!« rief Stutely, der sich, so wie die anderen auch, das Lachen kaum verbeißen konnte, worauf einige ihm nachliefen und ihn einfingen.
»Ha!« rief Robin, als man den Müller gefesselt vor ihn brachte. »Du wolltest mich also erschlagen, nicht wahr? Bei allen Heiligen . . .« Er unterbrach sich und starrte den zitternden Müller grimmig an. Aber sein Zorn hielt nicht an, und er mußte lachen.
Als sie ihren Herrn lachen sahen, konnten sich auch die anderen nicht zurückhalten und brachen in schallendes Gelächter aus.
»Wie ist dein Name, Mann?« fragte Robin schließlich den Müller.
»Ich bin der Sohn des Müllers und sie nennen mich Midge, weil ich für sie immer der Zwerg, der Knirps bleibe«, antwortete er ängstlich.
»Ich schwöre«, sagte Robin und klopfte ihm auf die Schulter, »Du bist der gewaltigste Midge, der mir je untergekommen ist. Willst du deine mehlige Mühle nicht sein lassen und zu uns in den Wald kommen? Meiner Treu, wer so beherzt ist wie du, hat doch bei den Mühlsteinen nichts verloren.«
»Wenn du mir die Prügel verzeihst, die ich dir verabreicht habe, will ich mich euch gerne anschließen«, erklärte der Müller.
»Dann habe ich heute die drei besten Freibauern von ganz Nottinghamshire für mich gewonnen«, freute sich Robin. »Nun wollen wir rasch zur großen Eiche zurückkehren und zu Ehren unserer neuen Freunde festlich tafeln. Ein oder zwei Becher guten Weins mögen meinen armen Knochen guttun, obwohl es noch eine gute Weile dauern wird, bis ich wieder der alte bin.« Mit diesen Worten führte er seine Freunde wieder in den Wald zurück.
In dieser Nacht prasselte helles Feuer im Wald, denn obwohl Robin und die anderen, Midge ausgenommen, manch blauen Fleck aufzuweisen hatten, waren sie doch nicht so übel dran, daß sie nicht imstande gewesen wären, das schöne Fest zu genießen, mit dem die neuen Mitglieder der Bande willkommen geheißen wurden.
Doch da Little-John seine Zunge nicht im Zaum zu halten wußte, konnte es nicht ausbleiben, daß mit der Zeit die ganze Geschichte seiner Rauferei mit dem Gerber und Robins Kampf mit Will Scarlet in der ganzen Grafschaft bekannt wurden.

Vierter Teil

1 *Robin Hood und Allan a Dale*

Wir haben eben erfahren, wie Robin Hood und Little-John an einem einzigen Tag drei unangenehme Abenteuer zu bestehen hatten, die ihnen blaue Flecken und wehe Glieder einbrachten. Seither war eine halbe Woche verstrichen, und es ging Robin Hood schon etwas besser, aber wenn er sich, ohne nachzudenken, bewegte, erinnerte ihn da und dort ein Schmerz, daß er eine ordentliche Tracht Prügel bezogen hatte.

Es war ein schöner Tag, und noch lag der Morgentau auf der Wiese. Robin Hood saß unter der großen Eiche; zu seiner Linken lag Will Scarlet ausgestreckt auf dem Rücken und starrte, die Hände unter dem Kopf verschränkt, zum Himmel empor; zu seiner Rechten saß Little-John und schnitzte einen Stock aus dem dicken Zweig eines Holzapfelbaums. Viele andere Gefährten saßen oder lagen um sie herum.

Will Scathelock, der mehr Sagen und Legenden kannte als sonst einer, erzählte von den Abenteuern des tapferen Sir Carodoc, der zur Zeit König Artus' lebte, von seiner Liebe zu einem Mädchen und was sie miteinander wagten und erlitten.

Schweigend lauschten die Männer, und als Will geendet hatte, seufzte so mancher tief ergriffen von dieser Geschichte ritterlichen Wagemuts und selbstloser Opferfreudigkeit.

»Von diesen edlen Menschen zu hören, die vor so langer Zeit gelebt haben, vermittelt ein Gefühl der Erbauung«, philosophierte Robin. »Die Seele erhebt ihre Stimme und sagt: ›Vergiß deine läppischen Neigungen und versuche, es ihnen gleichzutun.‹ Zugegeben, das wird einem nicht immer gelingen, aber schon der Versuch allein lohnt. Wie sagte doch unser guter Gaffer Swanthold: ›Wer nach den Sternen greift und sie nicht zu fassen bekommt, hat den Kopf höher als der, der sich bückt, um einen Penny aus dem Staub aufzulesen.‹«

»Das ist ein schöner Gedanke«, hielt Will Stutely ihm entgegen, »aber der eine bekommt einen Penny, der andere nichts – und ohne

Pennys wird man schnell hungrig. Solche Geschichten erquicken das Herz, aber im Alltag . . .«
»Fürwahr, du verstehst es, einen Menschen aus höheren Regionen sehr schnell wieder auf die Erde zurückzuholen«, seufzte Robin. »Aber was du sagst, hat Hand und Fuß. Und da wir nun wieder auf der Erde sind, fällt mir ein, daß wir schon lange niemanden zu einem Festessen geladen haben. Unser Vermögen ist geschrumpft. Suche dir sechs Gefährten aus, Stutely, begib dich mit ihnen nach Fosse Way oder auch woanders hin, und sieh zu, daß du uns jemanden zum Abendessen mitbringst. Mittlerweile wollen wir eine festliche Tafel für den vorbereiten, der uns heute abend die Ehre geben wird. Es wäre mir recht, wenn du Will Scarlet mitnehmen würdest; er soll lernen, wie es bei uns im Wald zugeht.«
»Ich danke dir, Herr, daß du mir diese Aufgabe übertragen hast«, sagte Stutely und sprang auf. »Die Glieder werden ja richtig schlaff, wenn man so faul da herumsitzt. Ich werde auch Midge, den Müller, und Arthur a' Bland mitnehmen; sie können doch gut mit dem Stock umgehen. Habe ich nicht recht, Little-John?«
Alle lachten, bis auf Little-John und Robin, der die Augen verdrehte. »Ich verbürge mich für Midge, den Müller, und für meinen Neffen Scarlet. Noch heute morgen habe ich mir meine Rippen besehen; sie sind so bunt wie das Wams eines Bettlers.«
Nachdem er sich drei weitere Burschen ausgesucht hatte, machten sich Will Stutely und seine Gefährten nach Fosse Way in der Hoffnung auf den Weg, einen reichen Gast aufzuspüren, der sich bereitfinden mochte, an diesem Abend mit Robin und seiner Schar ein festliches Mahl einzunehmen.
Den ganzen Tag lagen sie auf der Lauer. Jeder von ihnen hatte sich als Verpflegung ein ordentliches Stück Fleisch und eine Flasche Märzenbier mitgebracht. Als es Mittag war, setzten sie sich unter einem Weißdornbusch ins Gras und verzehrten, was sie mitgebracht hatten. Danach hielt einer Wache, während die anderen vor sich hin dösten, denn es war ein schwüler Tag.
So verging ihnen die Zeit recht angenehm, doch ließ sich kein Kunde blicken, wie sie ihn gebraucht hätten. Viele Leute kamen vorbei: eine Schar schnatternder Dämchen, ein Kesselflicker, ein Schäfer, ein Landmann; sie achteten alle nur auf ihren Weg und wußten

gar nicht, daß sieben Burschen auf der Lauer lagen. Doch kein fetter Abt, kein reicher Gutsherr, kein mit Gold beladener Wucherer kam daher.
Die Sonne neigte sich, und die Schatten wurden länger. Es wurde still, schläfrig zwitscherten die Vögel, und aus der Ferne war schwach, aber deutlich die Stimme einer Magd zu hören, die mit einer monotonen Melodie die Kühe zum Melken rief.
Stutely erhob sich. »So ein Pech!« brummte er. »Da hocken wir nun den ganzen Tag, und kein fetter Vogel hat sich blicken lassen. Wäre ich nur etwas besorgen gegangen, ich wäre einem Dutzend Gutsherren oder protziger Geldsäcke begegnet. Kommt, Freunde, kehren wir in den Wald zurück.«
Nachdem sie ein Stück gegangen waren, blieb Will Stutely plötzlich stehen. »Pst«, machte er, denn seine Ohren waren scharf wie die eines Fuchses. »Aufgepaßt! Ich glaube, ich höre etwas.« Nun spitzten alle die Ohren, und tatsächlich vernahmen sie ein leises und trauriges Geräusch, wie wenn jemand bittere Tränen weint.
»Laßt uns Nachschau halten«, sagte Will Scarlet. »Hier in der Nähe ist jemand in Not.«
»Ich weiß nicht recht«, brummte Will Stutely und schüttelte zweifelnd den Kopf. »Unser Herr liebt es, seine Nase in Dinge zu stekken, die ihn nichts angehen. Ich für meinen Teil halte mich lieber aus Verwicklungen heraus.« Aber er meinte es nicht ganz so; er war nur ein wenig vorsichtiger geworden, seitdem er sich schon am Galgen hängen gesehen hatte.
Will Scarlet protestierte energisch. »Wie kannst du nur so reden, Stutely? Warte hier, wenn es dir lieber ist. Ich gehe nachsehen, was diesem armen Geschöpf zugestoßen sein mag.«
»Urteile doch nicht immer so voreilig!« wies Stutely ihn zurecht. »Wer sagt denn, daß ich nicht mitgehe? Kommt schon!«
Nachdem sie eine kurze Strecke zurückgelegt hatten, gelangten sie zu einer kleinen Lichtung, wo sich eine Quelle unter überhängenden Büschen in ein glasklares Becken ergoß. Neben diesem Becken und unter den Zweigen einer Weide lag ein weinender Jüngling. Seine blonden Locken waren zerzaust, seine Kleider vernachlässigt, und alles an ihm zeugte von Leid und Schmerz. In den Weidenzweigen über seinem Kopf hing eine Leier aus mit Gold und Silber ein-

gelegtem, blankpolierten Holz. Neben ihm lag ein Bogen aus Eschenholz und ein gutes Dutzend Pfeile.
»Heda!« rief Will Stutely ihn an. »Wer bist du, Junge, und warum bist du so unglücklich?«
Der Jüngling sprang auf, griff nach seinem Bogen und legte einen Pfeil auf.
»Den kenne ich«, sagte einer der Freibauern. »Er ist ein Spielmann, ein fahrender Sänger, den ich schon mehr als einmal in unserer Gegend beobachtet habe. Es ist noch keine Woche her, da sah ich ihn munter herumspringen, eine Blume über dem Ohr, eine Hahnenfeder an der Mütze . . . Aber mittlerweile scheint man dem Hahn seine Federn gerupft zu haben.«
»He!« rief Will Stutely dem Fremden zu, »trockne deine Tränen. Ein großer, kräftiger Bursche weint doch nicht wie ein junges Mädchen! Leg deine Waffe nieder, Mann, wir tun dir nichts zuleide!«
Aber Will Scarlet merkte, wie sehr Will Stutelys Worte den Jungen kränkten; er ging auf ihn zu und legte ihm die Hand auf die Schulter. »Du hast Kummer, armer Junge«, sagte er. »Hör nicht auf das Gerede meiner Freunde. Es sind rauhe Gesellen, aber sie meinen es gut mit dir. Wahrscheinlich verstehen sie dich nicht. Komm mit uns, und vielleicht gibt es da jemanden, der dir helfen kann.«
»Ja, komm mit«, brummte Will Stutely, »ich wollte dir nicht weh tun. Nimm dein Instrument vom Baum und komm.«
Der Jüngling tat, wie ihm geheißen, und schritt mit gesenktem Kopf neben Will Scarlet einher.
Der Himmel verblaßte, und ein grauer Schimmer senkte sich über das Land. Aus der Tiefe des Waldes tönten die geheimnisvollen Flüsterlaute der Nacht; bis auf das Rascheln ihrer Schritte auf den welken, trockenen Blättern des vergangenen Winters war alles still. Endlich fiel ein rötlicher Schein durch die Bäume, und nach einer Weile erreichten sie den von silbernem Mondlicht übergossenen Versammlungsplatz. Mitten auf der Lichtung prasselte ein großes Feuer, an dem Wildbret, Fasane, Kapaune und Flußfische gebraten wurden.
Die kleine Gruppe überquerte den Platz, und viele drehten sich nach ihnen um und betrachteten neugierig den Unbekannten, aber keiner sagte ein Wort. Will Stutely und Will Scarlet begleiteten den

Fremden zu Robin Hood, der unter der alten Eiche saß; Little-John stand neben ihm.
»Guten Abend, junger Freund«, sagte Robin Hood und erhob sich. »Seid Ihr gekommen, um mit uns zu tafeln?«
»Ach, das weiß ich nicht«, antwortete der Jüngling und blickte verwirrt um sich. »Ich glaube, ich träume«, flüsterte er.
»Nein, nein«, sagte Robin und lachte, »du träumst nicht, wie du gleich merken wirst. Du bist heute unser Ehrengast, auf dich wartet ein festliches Mahl.«
Immer noch blickte der Jüngling verwirrt um sich. Dann wandte er sich Robin zu. »Ich glaube, ich weiß jetzt, wo ich bin und was mit mir geschehen ist. Bist du nicht der große Robin Hood?«
»Du hast ins Schwarze getroffen«, antwortete Robin und klopfte ihm auf die Schulter. »Da du mich erkannt hast, weißt du ja wohl auch, daß bei uns der Eingeladene die Zeche bezahlen muß. Ich hoffe, du hast eine volle Börse bei dir.«
»Oh weh«, erwiderte der Jüngling, »ich habe weder Börse noch Geld, ausgenommen die Hälfte eines Silberpennys; die andere Hälfte trägt meine Liebste an einem seidenen Faden um den Hals.«
Die Umstehenden gröhlten vor Lachen, und der arme Junge machte ein Gesicht, als würde er sich zu Tode schämen. Robin aber fuhr Will Stutely an. »Ist das vielleicht der Gast, den du uns bringen wolltest, um unsere Taschen zu füllen? Es sieht so aus, als ob du einen mageren Hahn mitgebracht hättest.«
»Mein Gast ist er nicht, Herr«, verteidigte sich lachend Will Stutely. »Will Scarlet hat ihn mitgebracht. Aber du erinnerst dich vielleicht an unser Gespräch von heute morgen, wonach es Erhebenderes gibt, als einen Penny aus dem Staub aufzulesen. Hier bietet sich jetzt Gelegenheit, Nächstenliebe zu praktizieren.«
Dann erzählte Will Scarlet, wie sie den Jüngling gefunden und in der Annahme mitgebracht hatten, daß Robin ihm vielleicht helfen könnte. Robin Hood wandte sich dem Jüngling zu, legte ihm die Hand auf die Schulter und musterte ihn aufmerksam.
»Ein junges Gesicht«, flüsterte er wie zu sich selbst, »ein liebenswertes, ein gutes Gesicht, wenn ich richtig darin lese. Ja, ja, nicht nur die Alten, auch die Jungen lernen Kummer und Leid kennen.« Bei diesen freundlichen Worten kämpfte der arme Junge mit den Tränen.

»Aber, aber«, sagte Robin eilig, »Kopf hoch, Junge! Ich wette, dein Problem ist nicht so schwer, daß es sich nicht lösen ließe. Wie heißt du?«
»Allan a Dale ist mein Name, Herr.«
»Allan a Dale«, wiederholte Robin nachdenklich. »Allan a Dale. Der Name ist mir nicht ganz fremd. Sicher bist du der Sänger, von dem wir in letzter Zeit gehört haben, dessen Stimme die Menschen entzückt. Kommst du nicht aus dem Rother Valley hinter Stavely?«
»Jawohl«, antwortete Allan, »von dort komme ich.«
»Wie alt bist du, Allan?« fragte Robin.
»Ich bin zweiundzwanzig Jahre alt.«
»Ich finde, du bist noch zu jung, um soviel Kummer zu tragen«, sagte Robin freundlich und rief dann den anderen zu: »Rührt euch, Freunde, und seht zu, daß unser Festmahl fertig wird. Nur du, Will Scarlet, und du, Little-John, bleibt bei mir.«
Nun wandte sich Robin abermals dem traurigen Jungen zu. »Und jetzt«, sagte er, »erzähl uns, was dich bedrückt, und sprich offen. Worte erleichtern den Schmerz. Komm, setz dich neben uns, und rede frisch von der Leber weg.«
Der Jüngling schüttelte den drei Freibauern sein Herz aus: anfangs nur stockend und unzusammenhängend, doch dann, als er sah, daß alle ihm aufmerksam zuhörten, fließend und ohne Unterbrechung. Er erzählte ihnen, wie er als fahrender Sänger aus York ins schöne Rother Valley gekommen war und dort auf Schlössern und Burgen, gelegentlich auch in Bauernhäusern gesungen hatte; wie er eines Abends auf einem Hof vor einem mannhaften Freisassen und einer Jungfrau gesungen hatte, so rein und liebreizend wie eine Frühlingsblume; wie er für sie gespielt und gesungen und wie Ellen ihm zugehört und sich ihn ihn verliebt hatte. Mit leiser Stimme erzählte er dann, wie er ihr hin und wieder begegnet war, wenn sie den Hof verließ, es aber nicht wagte, ihr seine Gefühle zu offenbaren, bis er ihr am Ufer der Rother dann doch von seiner Liebe gesprochen und sie ihm gestanden hatte, daß sie seine Gefühle erwiderte. Dann brachen sie einen Silberpenny in zwei Teile und schworen einander ewige Treue.
Dann entdeckte der Vater, was da vor sich ging, und ließ seine Tochter nicht mehr aus dem Haus. Das Herz wollte ihm schier brechen,

und heute morgen, nachdem er sie eineinhalb Monate nicht mehr gesehen hatte, erfuhr er, daß sie in zwei Tagen einen alten Mann, Sir Stephen of Trent, ehelichen sollte, denn für Ellens Vater würde das eine große Sache sein, wenn seine Tochter einen hohen Herrn heiratete, auch wenn das gegen ihren Willen geschah. Auch wunderte es Allan nicht, daß ein Ritter seine Liebste zur Frau begehrte, war sie doch das schönste Mädchen auf der ganzen Welt.

Die Freibauern lauschten schweigend. Ringsum erklangen die Stimmen ihrer Gefährten, ihre Scherze und ihr Lachen, und der Schein des Feuers spiegelte sich in ihren Gesichtern. So schlicht waren die Worte des armen Jungen, so herzergreifend sein Schmerz, daß es sogar Little-John die Kehle zuschnürte.

Little-John versuchte seine Gefühle hinter heftigen Worten zu verbergen. »Zum Teufel!« stieß er hervor, »ich hätte nicht übel Lust, diesem Sir Stephen das Lebenslicht auszublasen. Was denkt sich eigentlich so ein alter Sack? Daß man junge Mädchen kaufen kann wie ein Huhn am Markt? Er soll sich nur vorsehen! Der bekommt es mit mir zu tun!«

Will Scarlet sah die Dinge ein wenig anders. »Ich finde, das Mädchen hat nicht richtig gehandelt, daß sie so schnell ihre Meinung geändert hat – ganz besonders, wenn es darum geht, einen alten Mann wie Sir Stephen zu heiraten. Das gefällt mir nicht an ihr.«

»Du tust ihr unrecht«, verwahrte sich Allan. »Sie ist sanft und gehorsam. Keiner kennt sie so gut wie ich. Mag sein, daß sie ihrem Vater gehorcht, aber wenn sie Sir Stephen heiratet, wird ihr Herz brechen, und sie wird sterben. Meine Allerliebste, ich . . .« er schüttelte den Kopf und brach ab.

Robin Hood hatte sich die Sache mittlerweile durch den Kopf gehen lassen. »Ich denke, ich habe eine Lösung, Allan. Aber zuerst möchte ich eines wissen: Glaubst du, deine Liebste hat soviel Mut, dich auch gegen den Willen ihres Vaters zu heiraten, wenn ihr zusammen in der Kirche steht, das Aufgebot bestellt und ein Priester gefunden ist?«

»Ganz gewiß«, antwortete Allan.

»Wenn ihr Vater der Mann ist, für den ich ihn halte, werde ich ihn dazu bewegen können, euch seinen Segen zu geben. Aber da fällt mir ein: das mit dem Priester ist gar nicht so einfach. Die hohe

Geistlichkeit ist mir nicht sonderlich gewogen, und der niedere Klerus hat Angst vor den Äbten und Bischöfen und wird sich hüten, mir gefällig zu sein.«
»Was das angeht«, bemerkte Will Scarlet lachend, »kenne ich da einen Mönch, der alles für dich tut, wenn du ihn richtig zu nehmen weißt – er würde sich nicht einmal durch einen Bannfluch der Päpstin Johanna davon abhalten lassen. Man nennt ihn den Mönch von der Abtei zu den Quellen, und er lebt im Tal der Quellen.«
»Aber die Abtei zu den Quellen steht gute hundert Meilen von hier entfernt«, warf Robin ein. »Wenn Allans Liebste in zwei Tagen verheiratet werden soll, bleibt uns nicht genug Zeit, ihn herzuholen.«
»Das stimmt«, entgegnete Will Scarlet und lachte immer noch. »Aber diese Abtei zu den Quellen ist nicht so weit entfernt wie die, die du meinst, Onkel. Die Abtei, von der ich spreche, ist nicht so reich und stolz wie die andere, sondern nur eine kleine Einsiedelei. Ich kenne den Ort gut und kann dich hinführen, denn es ist doch eine beachtliche Entfernung. Aber mit kräftigen Beinen kann man Hin- und Rückweg in einem Tag bewältigen.«
»Dann gib mir deine Hand, Allan«, sagte Robin. »Bei der heiligen Elfrieda verspreche ich dir, daß Ellen heute in zwei Tagen deine Frau ist. Morgen suche ich diesen Mönch auf. Sicher kann ich ihn überreden, dir zu helfen – und wenn ich ihn weichklopfen müßte.«
Wieder lachte Will Scarlet. »Sei nicht so sicher, lieber Onkel«, meinte er. »Aber so wie ich den heiligen Mann kenne, wird er die zwei Liebenden gern vereinen – ganz besonders, wenn es nachher etwas Gutes zu essen und zu trinken gibt.«
Doch nun kam einer der Gesellen, um zu melden, daß das Mahl angerichtet war. Robin und die anderen begaben sich zu dem Platz, wo der festliche Schmaus sie erwartete. Es war ein fröhliches Mahl, und Allan lachte mit den anderen mit, und seine Wangen glühten von der Hoffnung, die Robin ihm gegeben hatte.
Als alle ausgiebig gegessen und gezecht hatten, wandte sich Robin an Allan, der neben ihm saß. »Man spricht soviel von deiner Kunst als Sänger, daß wir auch gerne etwas von dir hören möchten. Willst du uns etwas singen?«
»Gern«, antwortete Allan, denn er war kein drittklassiger Sänger von der Sorte, die sich lange bitten läßt, sondern einer, der gleich »ja«

oder »nein« sagte. Er nahm die Leier zur Hand und ließ die Finger leicht über die Saiten gleiten. Die Männer verstummten, und Allan sang das herrliche Lied von der Hochzeit May Ellens, eines schönen jungen Mädchens, das sich einen Märchenprinzen zum Gemahl erkor.

Kein Laut zerriß die Stille, als Allan a Dale zu Ende war. Aller Augen ruhten auf dem jungen Sänger, denn so einschmeichelnd war seine Stimme und so einschmeichelnd die begleitende Musik, daß die Männer mit angehaltenem Atem dasaßen und sich nicht zu rühren wagten.

»Meiner Treu«, erklärte Robin schließlich, »Junge, du bist ... du darfst nie mehr von uns fortgehen. Willst du nicht bei uns im Wald bleiben?«

Allan ergriff Robins Hand und küßte sie. »Ich will für immer bei euch bleiben, Herr, denn ich habe noch nie soviel Güte erfahren wie heute von dir.«

Will Scarlet streckte Allan seine Hand entgegen und schüttelte sie, und Little-John tat das gleiche. So wurde der berühmte Allan a Dale einer aus Robin Hoods Schar.

2 *Robin Hood sucht den Mönch zu den Quellen auf*

Die Freibauern im Sherwood-Forest waren Frühaufsteher – besonders im Sommer, wenn Tau auf den Wiesen lag und die Vögel ihre Lieder ertönen ließen.

»Ich will also jetzt«, verkündete Robin, »diesen Mönch von der Abtei zu den Quellen besuchen, von dem wir gestern sprachen, und vier meiner treuen Gefährten, nämlich Little-John, Will Scarlet, David aus Doncaster und Arthur a' Bland, mitnehmen. Ihr anderen bleibt hier, und in meiner Abwesenheit soll Will Stutely euer Führer sein.«

Zuvor aber legte Robin Hood ein feingeschmiedetes Kettenhemd und darüber ein jägergrünes Wams an. Auf den Kopf stülpte er sich eine eiserne Haube und darüber eine aus weichem weißen Leder, an der eine Hahnenfeder steckte. Er gürtete sich mit einem Schwert aus gehärtetem Stahl, dessen bläulich schimmernde Klinge mit Drachen,

geflügelten Frauengestalten und anderen seltsamen Zeichnungen verziert war.
So angetan, machte er sich mit seinen vier Gefährten auf den Weg. Will Scarlet ging voran, denn er kannte den Weg besser als die anderen. Meile um Meile schritten sie dahin, folgten bald einer sonnenbeschienenen Straße und bald einem dunklen Waldweg, über dem sich die Bäume zu einem Baldachin wölbten. Lachend und singend wanderten sie immer weiter, bis sie schließlich um die Mittagsstunde an das Ufer eines gewaltigen, klaren, mit Seerosenblättern bedeckten Stroms kamen. An beiden Ufern verliefen breite Pfade, auf welchen sich die Pferde abmühten, die mit Gerstenmehl und anderen Gütern beladenen Schleppkähne in die Stadt zu ziehen. Jetzt aber, in der drückenden mittäglichen Hitze, waren weder Pferde noch Menschen zu sehen. Vor und hinter ihnen erstreckte sich der Fluß, hin und wieder von einer leichten Brise gekräuselt. Weiden säumten die Ufer, und in weiter Ferne schimmerten die roten Ziegel einer Turmspitze. Um sie herum und über die Wellen glitten die Schwalben, in der Sonne glitzernde Libellen schossen hierhin und dorthin, und da und dort stieg ein Fischreiher aus seinem Versteck im Riedgras auf.
»Nun, lieber Onkel«, sagte Will Scarlet, nachdem sie geraume Zeit am Fluß entlanggewandert waren, »jenseits der Biegung vor uns befindet sich eine Furt, wo uns das Wasser nur knapp bis zu den Schenkeln reicht; auf der anderen Seite liegt die bewußte kleine Einsiedelei im Dickicht versteckt; dort haust der Mönch der Abtei zu den Quellen, und dorthin will ich dich führen, denn ich kenne den Weg, der aber auch sonst nicht allzu schwer zu finden ist.«
»Also nein«, ärgerte sich Robin und blieb unvermittelt stehen, »hätte ich gewußt, daß es eine Furt zu durchwaten gilt, ich hätte mich anders gekleidet. Na schön: was sein muß, muß sein. Ihr wartet hier, Burschen, denn dieses Abenteuer möchte ich gerne allein bestehen. Aber haltet die Ohren offen, und wenn ihr mein Horn hört, kommt mir rasch zu Hilfe.«
»Es ist immer das gleiche«, brummte Little-John verdrossen. »Du, dessen Leben wertvoller ist als unseres, willst deine Abenteuer allein bestehen, und wir sollen müßig herumsitzen und Daumen drehen.«
»Dieses Abenteuer ist völlig gefahrlos«, widersprach Robin. »Ich weiß, daß keine Gefahr dich schreckt, Little-John, aber warte trotz-

dem hier auf mich.« Er verließ seine Gefährten und ging allein weiter.
Robin war nur bis zu der Stelle gekommen, wo die Biegung seine Gefährten vor seinen Blicken verbarg, als er unvermittelt den Schritt verhielt – er glaubte, Stimmen vernommen zu haben. Und tatsächlich hörte er zwei Männer Worte miteinander wechseln – zwei Männer, deren Stimmen seltsam ähnlich waren. Das Zwiegespräch kam von einem Punkt hinter dem Ufer, das an dieser Stelle etwa zehn Fuß zum verschilften Schwemmland des Flusses abfiel.
»Sonderbar«, murmelte Robin nach einer Weile, »das sind doch zweifellos zwei Leute, die miteinander reden, aber ihre Stimmen sind praktisch die gleichen. Ich schwöre, ich habe so etwas noch nie erlebt. Der Sache muß ich auf den Grund gehen.« Er schlich sich an das Ufer heran, legte sich bäuchlings ins Gras und lugte über den Rand hinunter.
Schief über das Wasser geneigt, stand da unten eine mächtige Weide, deren Laubwerk Schatten spendete. Rundherum wuchs gefiedertes Farnkraut, wie es sich gern an feuchten Orten festsetzt, und der Duft von Quendel stieg Robin in die Nase. Mit dem breiten Rücken an die Weide gelehnt, vom Farnkraut halb versteckt, saß ein stämmiger, sehniger Mann, und er war allein. Rund wie eine Kugel war sein Kopf und mit kurzgeschnittenem, lockigem, schwarzem Haar bedeckt, das ihm bis tief in die Stirne fiel. Der Scheitel allerdings war glatt geschoren; dies, seine Kutte, die Kapuze und der Rosenkranz ließen deutlich erkennen, daß er ein Mönch war. Seine Bäckchen waren leuchtend rot wie Holzäpfel, wenn auch fast zur Gänze von einem schwarzen Bart bedeckt, der auch Kinn und Oberlippe überzog. Der runde Kopf saß auf einem kurzen, gedrungenen Nacken. Unter buschigen schwarzen Brauen tanzten graue Äuglein, und sein Gehaben reizte zum Lachen. Neben sich hatte er eine Eisenhaube liegen. Er saß mit gespreizten Beinen da, auf den Knien eine gewaltige Pastete, die aus saftigen Fleischstücken verschiedener Sorten und zarten jungen Zwiebeln bestand. In der rechten Hand hielt er einen großen Brotkanten, an dem er ständig kaute, während er mit der Linken hin und wieder in die Pastete langte und einen Brocken herausholte. Dazwischen nahm er einen kräftigen Schluck aus einer bauchigen Flasche Malvasier, die neben ihm lag.

»Meiner Treu«, sagte sich Robin im stillen, »dieser seltsame Vogel genießt hier an einem behaglichen Platz sein Essen. Und da er allein ist, muß der heilige Mann wohl mit sich selbst gesprochen haben.« Der Mönch, der sich unbeobachtet wähnte, verzehrte genüßlich sein Mahl. Als er fertig war, wischte er sich die Hände an Farnkraut und Quendel ab, griff zur Flasche und begann mit sich zu sprechen.
»Lieber Junge, du bist der netteste Kerl auf der Welt, und ich liebe dich, wie ein Bursche sein Mädchen liebt.«
»Du bringst mich zum Erröten, wenn du so zu mir sprichst, aber wir sind ja schließlich allein, und wenn du es unbedingt hören willst, also schön: ich liebe dich so, wie du mich liebst.«
»Na, wie wäre es jetzt mit einem Schluck Malvasier?« – »Nach dir, Junge, nach dir.« – »Ich bitte dich, versüße mir den Trunk mit deinen Lippen.« (Bei diesen Worten ließ er die Flasche von der rechten in die linke Hand wandern.) »Wenn du mich dazu nötigst, muß ich dir wohl zu Gefallen sein, aber ich tue es gern, denn ich trinke ja schließlich auf dein Wohl.« (Er nahm einen besonders kräftigen Schluck.) »Und jetzt, mein lieber Junge, bist du dran.« (Die Flasche wanderte von der Linken in die Rechte zurück.) »Gern tue ich dir Bescheid, lieber Junge, und ich wünsche dir alles Gute, das du mir wünscht.« Wieder tat er einen Schluck, und wahrlich, er trank für zwei.
Nach einer kleinen Weile begann der Mönch von neuem: »Nun, lieber Junge, möchtest du mir nicht ein Lied singen?« – »Ach, ich weiß nicht; bin heute nicht recht bei Stimme; bitte dränge mich nicht; hörst du nicht – ich krächze wie ein Rabe.« – »Aber nein, deine Stimme ist süß wie die eines Dompfaffen. Dich singen zu hören, ist mir lieber als das köstlichste Gericht.« – »Ich wage kaum vor jemandem zu singen, der ein Lied anstimmen kann wie du und der so viele wunderschöne Lieder und Balladen gehört hat, doch wenn du unbedingt willst, nun gut, ich werde mein Bestes tun. Aber wir könnten ja auch zusammen singen; du kennst doch dieses Duett ›Der verliebte Jüngling und das hochnäsige Mädchen‹?« – »Ja, das habe ich schon oft gehört.« – »Na, was glaubst du? Könntest du die Partie des Mädchens singen, wenn ich die des Jungen übernehme?« – »Ich weiß es nicht, aber ich will es versuchen. Fang du mit dem Jungen an, und ich folge dir mit dem Mädchen nach.«

Teils in tiefem Baß, teils mit hoher, quiekender Stimme sang der Mönch Strophe auf Strophe, und schließlich konnte Robin sich nicht länger zurückhalten und brach in schallendes Gelächter aus. Der Mönch ließ sich nicht stören, Robin stimmte ein, und zusammen sangen sie laut um die Wette.

Der Mönch schien Robins Gelächter nicht gehört zu haben, und er schien auch nicht zu wissen, daß sein Besucher schon die längste Zeit mit ihm mitsang, aber kaum war der letzte Ton verklungen, griff der heilige Mann nach der Eisenhaube, stülpte sie sich auf den Kopf, sprang auf und brüllte: »Wo ist der gemeine Spitzel? Zeige dich, du Arm des Bösen, und ich mache Hackfleisch aus dir, wie noch keine Hausfrau in Yorkshire je eines gesehen hat.« Mit diesen Worten zog er ein Schwert unter seiner Kutte hervor, das Robins Waffe in nichts nachstand.

»Tu dein Eisen weg, Freund«, sagte Robin. »Wenn zwei Menschen so gut miteinander gesungen haben, sollen sie sich nicht nachher gleich schlagen.« Dann sprang er die Uferbank herunter. »Nach diesem Lied ist meine Kehle so ausgetrocknet wie ein Stoppelfeld im Oktober. Ob du wohl noch einen Tropfen Malvasier in deiner Flasche hast?«

»Du kennst wahrlich keine Schüchternheit«, brummte der Mönch, »aber als guter Christ kann ich einem Durstigen einen Trunk nicht verwehren.« Und er hielt Robin die Flasche hin.

Robin setzte die Flasche an die Lippen, warf den Kopf zurück und trank. Besorgt sah der Mönch ihm zu und griff schnell nach der Flasche, als Robin fertig getrunken hatte. Dann hielt er sie ans Licht, bedachte seinen Besucher mit einem vorwurfsvollen Blick und trank eilig aus, was noch in der Flasche geblieben war.

»Kennst du dich hier in der Gegend aus, Bruder«, fragte Robin lachend.

»Einigermaßen.«

»Kennst du auch die Abtei zu den Quellen?«

»Einigermaßen.«

»Dann kennst du wohl auch den Bruder, den die Leute den Mönch von der Abtei zu den Quellen nennen?«

»Einigermaßen.«

»Nun denn, lieber Freund oder heiliger Bruder, ich möchte gern wissen, ob dieser Mönch auf dieser oder auf der anderen Seite des Flusses zu finden ist.«

»Aber der Fluß hat ja bloß eine andere Seite.«

»Wie kommst du denn darauf?«

»Na, ganz einfach. Die andere Seite des Flusses ist die andere Seite, stimmt das?«

»Gewiß.«

»Und die andere Seite ist nur eine Seite, habe ich recht?«

»Das läßt sich nicht leugnen.«

»Wenn nun die andere Seite eine Seite ist, dann ist diese Seite die andere Seite. Die andere Seite aber ist die andere, und daher sind beide Seiten des Flusses die andere Seite. Was zu beweisen war.«

»Das ist überzeugend dargelegt«, stellte Robin fest, »aber ich weiß immer noch nicht, ob sich der bewußte Mönch auf der Seite des Flusses befindet, auf der wir stehen, oder auf der Seite des Flusses, auf der wir nicht stehen.«

»Das ist eine praktische Frage, die zu beantworten die Gesetze der Logik nicht anwendbar sind. Ich empfehle dir, dich deiner fünf Sinne zu bedienen: Geruchssinn, Tastsinn und so weiter.«

»Ich hege den dringenden Wunsch«, sagte Robin und beäugte nachdenklich den rundlichen Mönch, »durch die Furt hindurchzugelangen und dort nach dem bewußten Mönch zu suchen.«

»Fürwahr«, entgegnete der andere mit frommem Augenaufschlag, »das ist ein löbliches Unterfangen, insbesondere für einen so jungen Menschen, wie du es bist. Ich werde dich dabei nicht aufhalten, Freund. Der Fluß ist niemandes Eigentum.«

»Ja, guter Vater«, sagte Robin, »aber du siehst ja selbst, daß ich meine beste Kleidung angelegt habe, und ich möchte nicht gern, daß sie naß wird. Du hast kräftige, breite Schultern; könnte ich dich nicht vielleicht dazu überreden, mich hinüberzutragen?»

»Bei der strafenden Hand Unserer Lieben Frau von den Quellen!« stieß der Mönch wütend hervor. »Was erlaubst du dir, du armseliger Wicht, du hergelaufener Grünschnabel, du . . . du . . . wie soll ich dich nennen? Von mir, dem heiligen Bruder Tuck, verlangst du, daß ich dich tragen soll? Also ich schwöre . . .« Er unterbrach sich, und plötzlich schwand der Ärger aus seinem Gesicht, und seine Äuglein zwinkerten. »Aber warum eigentlich nicht?« äußerte er mit frommem Augenaufschlag. »Hat nicht auch der heilige Christophorus Pilger über den Fluß getragen, und sollte ich armer Sünder mich schämen, es ihm gleichzutun? Komm mit mir, Fremder, und ich will dir gern zu Diensten sein.« Kichernd, so als wäre es ein Riesenspaß für ihn, ging er Robin voran.

Bei der Furt angelangt, schürzte er seine Kutte, klemmte sein Schwert unter den Arm und bückte sich, um Robin aufsteigen zu lassen. Doch gleich richtete er sich wieder auf. »Dein Schwert wird naß werden«, sagte er. »Gib es mir, und ich klemme es zusammen mit meinem unter den Arm.«

»Vielen Dank, guter Vater, aber ich möchte dich nicht auch noch damit belasten.«

»Was denkst du«, hielt der Mönch ihm sanft entgegen, »hätte der heilige Christophorus an seine Bequemlichkeit gedacht? Gib mir nur deine Waffe, denn indem ich sie trage, tue ich Gutes für meinen Stolz.«

Worauf Robin Hood sein Schwert abschnallte und es dem Mönch reichte, der es sich unter den Arm klemmte. Abermals bückte sich der Mönch, ließ Robin aufsteigen und machte sich auf den Weg. Leichtfüßig sprang Robin auf der anderen Seite von seinem Rücken.

»Vielen Dank, guter Vater«, sagte er, »du bist fürwahr ein heiliger Mann. Gib mir nun bitte mein Schwert zurück und laß mich gehen, denn ich bin in Eile.«

Den Kopf zur Seite gelegt, einen schelmischen Ausdruck auf dem Gesicht, sah der Mönch Robin lange an. »Nun, mein Junge«, erwiderte er dann augenzwinkernd, »ich zweifle nicht, daß du es eilig hast, deine Geschäfte zu erledigen, aber du solltest auch an meine denken. Deine Geschäfte sind weltlicher Natur, die meinen aber betreffen geistliche Dinge, heilige Werke sozusagen; überdies liegen sie auf der anderen Seite des Flusses. Dein Interesse an dem verehrungswürdigen Einsiedler zeigt, daß du ein guter Mensch und Christ bist. Nun bin ich aber naß geworden, und sollte ich noch einmal die Furt durchwaten, muß ich fürchten, daß Muskelkrämpfe und steife Glieder mich viele Tage lang plagen und von meinen Andachtsübungen abhalten könnten. Da ich deinem Wunsch so geduldig willfahren bin, wirst du mich wohl ebenso gern zurücktragen. Wie du siehst, hat der heilige Godrick, dessen Namensfest wir heute feiern, zwei

Schwerter in meine und keines in deine Hände gelegt. Also laß dich überreden, guter Junge, und trag mich wieder zurück.«
Robin Hood biß sich auf die Lippen. »Du hast mich sauber hinters Licht geführt, Bruder«, sagte er. »Ein durchtriebener Bursche bist du. An deinem Aussehen hätte ich erkennen müssen, daß du nicht so ein heiliger Mann bist, wie du es zu sein vorgibst.«
»Sprich nicht so respektlos mit mir«, versetzte der Mönch, »es könnte dir sonst passieren, daß du eine Schwertspitze zu spüren bekommst.«
»Ruhig Blut, Mönch«, entgegnete Robin. »Der Verlierer hat jedes Recht zu reden, wie ihm der Schnabel gewachsen ist. Gib mir mein Schwert; ich verspreche dir, dich zurückzutragen. Und ich werde die Waffe nicht gegen dich gebrauchen.«
»Davor habe ich keine Angst, Freund. Hier hast du deinen Spieß. Und jetzt beeil dich.«
Keine Frage, daß Robin Hood an dem Mönch eine schwerere Last zu tragen hatte als der Mönch an ihm. Dazu kam, daß er die Furt nicht kannte, da in ein Loch trat, dort über einen Stein stolperte, während die Schwere seiner Last ihm den Schweiß aus allen Poren dringen ließ. Mehr noch: der Mönch stieß Robin die Fersen in die Seiten, um ihn zur Eile anzutreiben, und beschimpfte ihn auf das gröblichste. Robin nahm alles schweigend hin, tastete aber heimlich nach der Schließe, an der das Schwert des Mönches hing, und löste sie. Am anderen Ufer angekommen, sprang der Mönch herunter, aber Robin hielt das Schwert fest, so daß der heilige Bruder mit einemmal ohne Waffe dastand.
»Jetzt habe ich dich, Bürschchen«, sagte Robin, während er sich den Schweiß von der Stirne wischte. »Der nämliche Heilige, von dem wir vorhin sprachen, hat nun mir zwei Schwerter in die Hand gegeben und dir keines. Und wenn du mich jetzt nicht zurückträgst, und zwar eiligst, durchbohre ich deine Haut, bis sie so voller Löcher ist wie ein Wams mit Schlitzen.«
Der Mönch sprach eine Weile kein Wort und sah Robin nur grimmig an. »Nun ja«, sagte er schließlich, »ich gebe es zu, ich hielt dich nicht für so schlau. Gib mir mein Schwert zurück, und ich verspreche dir, es nicht gegen dich zu ziehen. Außerdem verspreche ich dir, dich wieder auf den Rücken zu nehmen und zu tragen.«

Robin gab ihm sein Schwert zurück, und der Mönch achtete darauf, daß die Schließe diesmal nicht gelöst werden konnte. Dann schürzte er abermals seine Kutte, nahm Robin Hood auf den Rücken und watete durch den Fluß. In der Mitte der Furt, wo sie am tiefsten war, blieb er unvermittelt stehen, riß die Schultern hoch und schleuderte Robin wie einen Mehlsack kopfüber in den Fluß.
Hoch spritzte das Wasser auf und schlug über Robins Kopf zusammen. »Das wird den heißblütigen Junker wohl abkühlen«, sagte der heilige Bruder und watete gemächlich ans Ufer zurück.
Robin rappelte sich auf und sah sich verwirrt um. Am Ufer stand der wackere Mönch und lachte. Robin Hood aber kochte vor Wut.
»Warte, du gemeiner Schuft!« brüllte er. »Wenn ich dich erwische, reiße ich dir Arme und Beine aus!« Eilig platschte Robin auf das Ufer zu.
»Du brauchst dich nicht so zu beeilen«, rief ihm der Mönch entgegen. »Keine Bange: ich warte auf dich. Und wenn du nicht in Kürze um Gnade winselst, will ich nie mehr im Dickicht einen Damhirsch schießen.«
Kaum hatte Robin wieder festen Boden unter den Füßen, krempelte er sich die Ärmel hoch, und auch der Mönch schürzte seine Kutte, wobei er einen kräftigen Arm sehen ließ, an dem die Muskeln wie Stricke hervorstanden. Überdies merkte Robin erst jetzt, daß auch der fromme Bruder ein Kettenhemd unter seinem Gewand trug.
»Sieh dich vor«, rief Robin und zog sein Schwert.
»Gewiß«, entgegnete der Mönch, der seine Waffe schon in der Hand hatte, und sogleich begann ein erbitterter Kampf. Die Schwerter funkelten in der Sonne und prallten klirrend aufeinander. Dies war kein bloßes Kräftemessen wie beim Stockfechten, sondern ein Kampf auf Leben und Tod. Eine gute Stunde schlugen sie sich und legten nur kurze Rastpausen ein; dann ging es wieder weiter – noch heftiger als zuvor. Im stillen bewunderte einer den anderen, und schließlich rief Robin: »Halt ein, Freund«, worauf beide die Waffen senkten. »Ich möchte dich um einen Gefallen bitten, bevor wir weiterkämpfen«, sagte Robin und wischte sich den Schweiß von der Stirn. Er war zu der Überzeugung gelangt, daß es ungut wäre, sich besiegen zu lassen, aber auch ungut, einen so tapferen und wackeren Streiter zu besiegen.

»Was willst du von mir?«
»Du sollst mir nur erlauben, dreimal in mein Jagdhorn zu stoßen.«
Der Mönch runzelte die Stirn und musterte Robin mit verschmitzter Miene. »Ich bin ganz sicher, daß da ein Trick dahintersteckt«, antwortete er, »aber ich habe keine Angst vor dir. Du sollst deinen Willen haben, vorausgesetzt, du erlaubst mir, auch dreimal auf dieser kleinen Pfeife zu blasen.«
»Von Herzen gern«, sagte Robin und stieß dreimal kräftig in sein silbernes Horn.
Der Mönch wartete auf die Dinge, die da kommen sollten; in der Hand hielt er eine kleine Silberpfeife, wie Ritter sie verwenden, um ihre Falken auf die Faust zurückzurufen – die Pfeife hing stets neben dem Rosenkranz an seinem Gürtel.
Kaum war das Echo von Robins letztem Hornstoß verklungen, als vier großgewachsene, mit Pfeil und Bogen bewaffnete Männer in grünem Tuch um die Biegung der Straße gelaufen kamen.
»So ist das also, du hinterlistiger Schurke!« rief der Mönch, setzte die Pfeife an die Lippen und ließ einen lauten schrillen Pfiff ertönen. Es knackte in den Büschen auf der anderen Straßenseite, und aus dem Dickicht brachen vier große struppige Hunde hervor.
»Faß ihn, Süßmaul! Faß ihn, Derwisch! Faß ihn, Schönling! Faß ihn, Fangzahn!« rief der Mönch und deutete auf Robin.
Es war ein glücklicher Zufall für den Freibauern, daß neben ihm ein Baum an der Straße stand. Ehe er es sich versah, rasten die Hunde auf ihn zu, und er hatte gerade noch Zeit, sein Schwert fallen zu lassen und sich mit einem kühnen Sprung auf den Baum zu retten, um den sich die Hunde sammelten und ihn verbellten, als ob er eine Katze auf einem Dach wäre. Aber schon pfiff der Mönch sie zurück.
»Faßt sie!« rief er ihnen zu und deutete auf die vier Freibauern, die verwirrt unten auf der Straße standen. Wie Falken auf ihre Beute hetzten die Vierbeiner auf Robins Gefährten los, doch mit Ausnahme von Will Scarlet hoben alle die Bögen und ließen ihre Pfeile fliegen.
An dieser Stelle erzählt die Sage von einer wunderbaren Begebenheit. Jeder einzelne Hund wich ein wenig zur Seite, schnappte nach dem vorbeipfeifenden Pfeil und biß ihn entzwei. So wäre es also den vier wackeren Gesellen schlecht ergangen, hätte sich nicht Will Scar-

let vor seine Kameraden und den heranjagenden Hunden entgegengestellt. »Aber Derwisch!« rief er, »Platz, Schönling! Ruhig, Fangzahn! Was soll denn das?«
Beim Klang seiner Stimme hielten die Hunde sogleich im Lauf an, sprangen schweifwedelnd um Will Scarlet herum und leckten ihm die Hände, wie Hunde es zu tun pflegen, wenn sie einem Menschen begegnen, den sie kennen. »Wie denn das?« wunderte sich der rundliche Mönch. »Bist du ein Zauberer, daß du diese Wölfe in Lämmer verwandelst? – Ha!« rief er, als die Männer näher kamen, »kann ich meinen Augen trauen? Sehe ich den jungen William Gamwell in dieser Gesellschaft wieder?«
»Nein, Tuck«, erwiderte der Jüngling, während sie auf den Mönch zutraten und Robin Hood vom Baum herunterkletterte, »ich heiße nicht mehr Will Gamwell, sondern Will Scarlet, und das ist mein Oheim Robin Hood, bei dem ich jetzt lebe.«
»Herr«, sagte der Mönch ein wenig verlegen und streckte Robin seine breite Hand entgegen, »ich habe deinen Namen oft gehört, dachte aber nie daran, dir im Kampf zu begegnen. Ich bitte dich um Entschuldigung und wundere mich jetzt nicht mehr, daß ich einen so starken Widersacher hatte.«
»Fürwahr, heiliger Bruder«, entgegnete Robin, »so dankbar war ich in meinem ganzen Leben noch nicht wie eben jetzt, daß unser Will Scarlet dich und deine Hunde kannte.«
»Du solltest auch dankbar sein«, versicherte ihm der Mönch in ernstem Ton. »Aber wie kommt es, Freund Will, daß du jetzt im Sherwood-Forest lebst?«
»Ja weißt du denn nicht, was mir mit dem Verwalter meines Vaters passiert ist?«
»Doch, schon, aber ich wußte nicht, daß du dich deswegen versteckt hältst. Was sind das nur für Zeiten, daß sich ein feiner junger Mann wegen einer solchen Kleinigkeit verbergen muß!«
»Wir verlieren Zeit«, mischte Robin sich ein. »Ich muß noch den bewußten Mönch finden.«
»Da hast du aber nicht weit zu gehen, Oheim«, sagte Will Scarlet und deutete auf den Mönch. »Er steht neben dir.«
»Was denn! Du bist der Mann, hinter dem ich schon den ganzen Tag her bin?«

»Gewiß doch«, antwortete der Mönch unschuldsvoll. »Manche Leute nennen mich den Mönch aus dem Tal der Quellen, für andere bin ich der Abt der Abtei zu den Quellen, und wieder andere nennen mich einfach Bruder Tuck.«
»Der letzte Name gefällt mir am besten«, sagte Robin, »weil er so leicht über die Zunge gleitet. Aber warum hast du mir nicht gesagt, wer du bist?«
»Weil du mich nicht gefragt hast, Herr«, erwiderte Tuck. »Und was wünscht du von mir?«
»Es wird spät«, sagte Robin, »und wir können nicht länger hier herumstehen und plaudern. Komm mit uns in den Sherwood-Forest, und auf dem Weg werde ich dir alles erzählen.«
So kehrten sie also ohne Verzug in den Sherwood-Forest zurück; die struppigen Hunde folgten ihnen auf dem Fuß. Es war schon spät nachts, als sie bei der großen Eiche eintrafen.

3 *Wie Robin Hood es zuwege bringt, zwei Liebende zu vereinen*

Und nun war der Morgen gekommen, da die schöne Ellen heiraten sollte und da Allan a Dale, wie Robin versprochen hatte, aus der Schüssel essen sollte, die für Sir Stephen of Trent angerichtet worden war. Vergnügt und munter erhob sich Robin Hood, es erhoben sich seine Gefährten, und als letzter rieb sich auch Bruder Tuck den Schlaf aus den Augen.
»Wohlan«, sagte Robin Hood, nachdem sie alle gefrühstückt und sich den Bauch vollgeschlagen hatten, »es ist Zeit, daß wir das Unternehmen in Angriff nehmen, das wir uns für heute vorgenommen haben. Ich werde mir zwei Dutzend Gefährten auswählen; sie sollen mich begleiten, denn es könnte sein, daß ich Hilfe brauche. Du, Will Scarlet, bleibst hier und führst in meiner Abwesenheit das Kommando.« Dann rief Robin namentlich jene auf, die er dabeihaben wollte. Während die Männer sich freudig mit Pfeil und Bogen und Schwert bewaffneten, legte Robin Hood eine Kleidung an, wie fahrende Sänger sie tragen mochten, und hängte sich, um die Rolle besser spielen zu können, eine Leier um.
Er bot einen lustigen Anblick. Zu jägergrünen Hosen trug er ein rot

und gelb gemustertes Koller, das über und über mit bunten Troddeln, Fransen, Schleifen und flatternden Bändern besetzt war. Von seinem Hut aus rotem Leder wippte munter eine besonders schöne Pfauenfeder.

Die Männer starrten und lachten, denn sie hatten ihren Herrn noch nie so phantastisch kostümiert gesehen. Den Kopf zur Seite gelegt, spazierte Little-John um ihn herum und musterte ihn prüfend, einem Hahn gleich, der gravitätisch um einen ihm nicht vertrauten Gegenstand herumstolziert. »He!« machte er. »Sieh einer an! Ist so etwas möglich? Bei meiner Seele, das ist wirklich hübsch und elegant, was du da trägst, Herr!«

»Schon wahr«, gab Robin zu, während er die Arme hob und an sich herabblickte, »ich sehe aus wie ein Grashüpfer, nur noch bunter; aber es ist recht ansehnlich und steht mir gut. Und noch eines, Little-John: Hier sind zwei Beutel, die du in deiner Tasche mitnehmen sollst, denn in meiner Verkleidung kann ich schlecht darauf achten.«

Little-John nahm die Beutel und wog sie in seiner Hand. »Das klimpert ja nach Gold«, meinte er.

»Es ist mein eigenes, und die Schar leidet keinen Schaden«, antwortete Robin. »Und jetzt rührt euch, Freunde. Wir müssen los.« Und mit Allan a Dale und Bruder Tuck in ihrer Mitte machten sie sich auf den Weg.

Nach langem Marsch kamen sie ins Rother Valley. Hier sah es anders aus als im Wald: Rainhecken, endlose Gerstenäcker, bis zum Horizont reichendes Weideland, auf dem weiße Schafe grasten.

»Wahrhaftig«, philosophierte Robin, »hier ist es wohl genauso schön wie im Wald. Wer nennt die Erde ein Jammertal? Ich glaube, es sind unsere eigenen düsteren Gedanken, die Trübsal in der Welt verbreiten.«

»O nein«, widersprach Bruder Tuck frömmelnd. »Ihr denkt immer nur an weltliche Dinge und an sonst nichts. Aber es gibt besseren Schutz vor Kummer und Leid als Trinken und Mädchenaugen, nämlich Fasten und erbauliche Betrachtungen. Seht mich an: Schaue ich aus, als wäre ich mit Kummer beladen?«

Worauf sich großes Gelächter erhob, denn am Abend vorher hatte der Bruder zweimal soviel Becher Bier geleert als jeder andere.

»Meiner Treu«, sagte Robin, »ich möchte meinen, daß sich dein Kummer und deine Frömmigkeit die Waage halten.«
Endlich erreichten sie das Kirchlein, das, von wogenden Gerstenfeldern umgeben, auf dem Land des reichen Priors von Emmet stand. Hier sollte die schöne Ellen an diesem Tag vermählt werden, und dies war der Ort, zu dem die Freibauern gezogen waren. Gegenüber der Kapelle lief eine Steinmauer die Straße entlang, und dahinter standen Büsche und junge Bäume; da und dort war die Mauer von blühenden Heckenlilien bedeckt, die die warme Luft mit sommerlicher Süße erfüllten. Die Freibauern sprangen über die Mauer und lagerten im hohen weichen Gras, wo sie sich niederließen, denn sie waren müde von der langen Wanderung.
»Und jetzt«, verfügte Robin, »soll einer von euch Wache halten und mir sagen, wenn er jemanden zur Kirche kommen sieht – und dazu bestimme ich David aus Doncaster. Steig auf die Mauer, David, und halte dich unter den Heckenlilien verborgen.«
Der junge David tat, wie ihm geheißen, und die anderen streckten sich im Gras aus. Nur Allan marschierte ruhelos auf und ab, denn er war so aufgeregt, daß er nicht stillstehen oder liegen konnte. Alles war still bis auf das laute Schnarchen Bruder Tucks, der seinen Schlummer mit einem Geräusch genoß, das an das langsame Sägen weichen Holzes gemahnte. Robin lag auf dem Rücken und schaute in die Luft.
»Was siehst du, David?« fragte er schließlich.
»Ich sehe weiße Wolken am Himmel und drei schwarze Raben über das Land fliegen; aber sonst sehe ich nichts, Herr.«
Wieder trat Stille ein, wieder verging eine Zeit, und wieder fragte Robin, der schon ein wenig ungeduldig geworden war: »Und jetzt, David, was siehst du jetzt?«
»Ich sehe Windmühlen, deren Flügel sich drehen. Drei hohe Pappeln, die im Winde schwanken und einen Flug Wacholderdrosseln, die über den Berg fliegen; aber sonst sehen ich nichts, Herr.«
Wieder verging eine Zeit, und wieder fragte Robin den jungen David, und dieser antwortete: »Ich höre den Kuckuck rufen, und ich sehe einen alten Priester, der den Hügel herunterkommt und auf das Kirchlein zugeht. Er trägt einen großen Schlüsselbund in der Hand. Jetzt kommt er zur Kirchentür.«

Robin sprang auf und schüttelte Bruder Tuck an der Schulter. »Komm, heiliger Mann, steh auf!« Grunzend rappelte der Mönch sich hoch. »Beeil dich«, drängte ihn Robin, »denn dort vor der Kirchentür sehe ich einen Mann deines Standes. Geh und sprich mit ihm und sieh zu, daß du in die Kirche hineingelangst, damit du bereit bist, wenn wir dich brauchen. Little-John, Will Stutely und ich werden dir gleich folgen.«

Bruder Tuck kletterte über die Mauer, überquerte die Straße und kam zu der Kirche, wo sich der greise Priester immer noch mit dem großen Schlüsselbund abmühte.

»Guten Morgen, Bruder«, sagte Bruder Tuck, »laß mich dir helfen.« Mit diesen Worten nahm er dem Alten den Schlüsselbund aus der Hand und öffnete rasch die Tür.

»Wer bist du, guter Bruder?« fragte der alte Priester mit hoher, pfeifender Stimme. »Woher kommst du und wohin gehst du?« Wie eine Eule die Sonne blinzelte und zwinkerte er Bruder Tuck an.

»Ich will deine Fragen beantworten«, versprach der rundliche Mönch. »Ich heiße Tuck und würde gern hierbleiben, um die Hochzeit zu sehen, wenn du es mir erlaubst. Ich komme aus dem Tal der Quellen und bin ein armer Einsiedler, ja, das kann man sagen, denn ich lebe in einer Hütte neben jener Quelle, die von der heiligen Ethelrada gesegnet wurde. Sie erlitt das schlimmste Martyrium, das eine Frau je zu erleiden hatte; man schnitt ihr die Zunge heraus, um sie ›mundtot‹ zu machen. Was dann geschah? Hör nur zu: Die von Gott gesegnete Frau kam zu dieser Quelle, aber ich muß gestehen, daß mir das Wasser dort nicht gerade gutgetan hat. Das kalte Naß verursacht mir Bauchgrimmen.«

»Aber ich hätte doch gern gewußt, was diese heilige Frau dazu bewegte, die gesegnete Quelle aufzusuchen«, sagte der alte Priester.

»Weil sie nur von diesem Wasser zu trinken brauchte und sogleich das wiedererlangte, was boshafte Menschen nicht unbedingt als Segen ansehen, nämlich die Fähigkeit zu sprechen. Aber soviel ich weiß, wird heute hier eine Hochzeit gefeiert, und wenn du nichts dagegen hast, möchte ich hier in der Kühle ein wenig ausruhen und dieses so ergreifende Schauspiel genießen.«

»Du bist willkommen, Bruder«, sagte der Alte und ließ Bruder Tuck eintreten. Mittlerweile waren auch Robin Hood in seiner Verkleidung als Spielmann, Little-John und Will Stutely zur Kirche gekommen. Robin setzte sich auf eine Bank neben dem Eingang, Will Stutely und Little-John mit dem Gold aber begaben sich in das Innere. Nach einer Weile sah Robin sechs Reiter kommen – langsam und gelassen, wie es Klerikern von hohem Rang geziemte. Der erste war der Bischof von Hereford, und er machte eine ganz ausgezeichnete Figur. Sein Gewand war aus kostbarer Seide, und um den Hals trug er eine schwere Kette aus geschlagenem Gold. Die Kappe, die seine Tonsur verbarg, war aus schwarzem Samt und mit kostbaren Juwelen besetzt, die im Sonnenlicht glitzerten. Die Beinkleider waren aus feuerfarbener Seide und die Schuhe aus schwarzem Samt. Neben ihm ritt der Prior von Emmet auf einem edlen Zelter, auch er reich gekleidet, wenn auch nicht so prunkvoll wie der Bischof. Nach ihnen kamen zwei hohe Geistliche aus Emmet, und nach diesen zwei Diener des Bischofs.

Blitzende Edelsteine, glitzernde Seide und das Geklingel silberner Glöckchen am Zaumzeug gaben dem näher kommenden Zug sein Gepräge. Robin betrachtete ihn mit Mißvergnügen. »Für einen heiligen Mann ist der Bischof allzu prächtig angetan«, sagte er sich im stillen. »Ich frage mich, ob sein Namensvetter, der heilige Thomas, goldene Ketten um den Hals, Seidengewänder und Samtschuhe trug, die von armen Pächtern mit ihrem Schweiß bezahlt werden mußten. Bischof, Bischof, dein Hochmut mag schneller vor dem Fall kommen, als du denkst.«

Unter Lachen und mancherlei Scherzen kamen Bischof und Prior zur Kirche; sie unterhielten sich ausgezeichnet über gewissen Dinge, und ich möchte meinen, daß ihre Worte ihrem heiligen Stand wirklich schlecht anstanden. Dann stiegen sie ab, und des Bischofs Blick fiel auf Robin, der in der Tür stand. »He, guter Freund«, sprach er ihn an, »wer bist du, daß du in solch lustigem Gefieder einherstolzierst?«

»Ein Spielmann bin ich und komme aus dem Norden«, antwortete Robin, »und ich kann in die Saiten greifen wie kein anderer in England. Glaubt es mir, Herr Bischof, schon so mancher Ritter und Bürger, Kleriker und Laie hat zu meiner Musik getanzt, gar oft sogar gegen ihren Willen – so groß ist der Zauber meiner Musik. Und wenn ich heute bei dieser Hochzeit spielen darf, werde ich die Braut

dazu bringen, dem Mann, den sie heiratet, eine Liebe zu schenken, die nie erlöschen wird, solange die beiden leben.«
»Ist das wahr?« rief der Bischof. »Ist das dein Ernst?« Prüfend musterte er Robin, der seinen Blick unbeirrt erwiderte. »Nun, wenn du es tatsächlich zuwege bringst, daß dieses Mädchen, das meinen armen Vetter Stephen ganz und gar verhext hat, den Mann, den sie heiraten soll, auch wirklich liebt, gebe ich dir – in vernünftigen Grenzen – alles, was du von mir verlangst. Gib uns eine Probe deiner Kunst, Freund.«
Aber davon wollte Robin nichts hören. »Ich spiele nur, wenn ich in Stimmung bin, und daran kann auch die Bitte eines Bischofs nichts ändern. Ich werde erst spielen, sobald Braut und Bräutigam eingetroffen sind.«
»Du bist ein dreister Bursche«, ärgerte sich der Bischof. »So mit mir zu reden! Aber ich muß es wohl im Moment hinnehmen. Seht dort, Prior, da kommt unser Vetter, Sir Stephen, mit der Dame seines Herzens.«
Ein zweiter Reiterzug näherte sich. Allen voran ritt ein großer, grauhaariger, schlanker Mann in ritterlicher Haltung in einem Gewand aus schwarzer Seide, auf dem Kopf eine Mütze aus schwarzem Samt. Robin zweifelte nicht daran, daß er Sir Stephen vor sich hatte. Neben ihm ritt ein stämmiger angelsächsischer Freisasse, Ellens Vater, Edward von Deirwold; hinter ihnen kam eine von zwei Pferden getragene Sänfte, in der die Braut saß. Den Abschluß bildeten sechs Bewaffnete; die Sonne spiegelte sich auf ihren Eisenhauben.
Als sie vor der Kirche angelangt waren, sprang Sir Stephen vom Pferd, um der schönen Ellen aus der Sänfte zu helfen. Robin betrachtete sie und wunderte sich nicht mehr, daß ein stolzer Ritter wie Sir Stephen von Trent die Tochter eines einfachen Freisassen heiraten wollte, denn sie war das schönste Mädchen, das er je gesehen hatte. Jetzt allerdings war jede Farbe aus ihrem Gesicht gewichen und, von Sir Stephen geführt, betrat sie mit gesenktem Haupt die Kirche.
»Warum spielst du nicht, Bursche?« fragte der Bischof und warf Robin einen strengen Blick zu.
»Ich werde trefflicher spielen, als Eure Lordschaft sich träumen läßt; aber erst, wenn der richtige Augenblick gekommen ist.«

Nach der Hochzeit, dachte der Bischof bei sich, lasse ich den vorlauten Burschen auspeitschen. Er wird seine ungeheure Frechheit noch bereuen.

Und nun standen die schöne Ellen und Sir Stephen vor dem Altar. Der Bischof in vollem Ornat öffnete sein Buch, und die schöne Ellen sah sich verzweifelt um, einem Reh gleich, das die Hunde auf seiner Spur weiß. In diesem Augenblick verließ Robin die Säule, an der er gelehnt hatte, tat drei lange Schritte und stand plötzlich zwischen Braut und Bräutigam.

»Seht euch dieses Mädchen an«, begann er mit lauter Stimme. »Was haben wir denn da? Blaß wie Lilien sind die Wangen und nicht rosa, wie sie zu einer glücklichen Braut passen würden. Das ist keine gottgefällige Hochzeit. Ihr seid ein alter Mann, Ritter, und sie ist jung. Glaubt Ihr wirklich, Ihr seid der Rechte, um sie zur Frau zu nehmen? Ich sage Euch, daß Ihr das nicht könnt, denn sie liebt Euch nicht.«

Die Hochzeitsgesellschaft stand wie versteinert, und keiner wußte, wo er hinsehen, was er denken oder sagen sollte; Robin aber setzte sein Jagdhorn an die Lippen und stieß dreimal kräftig hinein, daß man die Posaunen des Jüngsten Gerichts zu hören vermeinte. Little-John und Will Stutely postierten sich mit gezogenen Schwertern neben Robin Hood, und eine mächtige Stimme ertönte: »Guter Herr, hier bin ich, wenn du mich brauchst.« Es war Bruder Tuck, der von der Orgelempore herabrief.

Es erhob sich ein wüstes Geschrei. Edward von Deirwold drängte sich wütend vor und wollte seine Tochter packen und sie fortziehen, aber Little-John stieß ihn zurück. »Bleib stehen, Alter!« sagte er. »Du hast hier nichts mehr zu bestellen.«

»Nieder mit den frechen Eindringlingen!« rief Sir Stephen und wollte sein Schwert ziehen, das er jedoch an seinem Hochzeitstag nicht angelegt hatte.

Nun zogen die Bewaffneten ihre Schwerter, und es sah aus, als ob Blut fließen würde, aber plötzlich entstand Verwirrung an der Tür, laute Stimmen ertönten, und Stahl funkelte im Licht. Die Bewaffneten wichen zurück, und achtzehn Freibauern in grüner Tracht, mit Allan a Dale an der Spitze, kamen den Mittelgang entlanggestürmt. Mit zornbebender Stimme fragte Edward von Deirwold: »Warst du

es, Allan a Dale, der dieses schändliche Schauspiel in einer Kirche angezettelt hat?«
»Nein, das war ich«, antwortete Robin, »und die ganze Welt mag es wissen, denn mein Name ist Robin Hood.«
Plötzlich war es still. Der Prior von Emmet und sein Gefolge drängten sich zusammen wie verängstigte Schafe, während der Bischof von Hereford sein Buch weglegte und sich bekreuzigte. »Der Himmel schütze uns vor diesem schlechten Menschen«, murmelte er.
»Ich will euch nichts Böses«, beruhigte ihn Robin. »Aber dies hier ist Ellens Verlobter, und ihn wird sie heiraten, oder einige von euch werden es bereuen.«
Mit zorniger Stimme mischte sich Edward ein. »Ich verbiete es! Ich bin ihr Vater, und sie wird Sir Stephen heiraten und keinen anderen!«
Sir Stephen hatte bis jetzt stolzes Schweigen bewahrt. »Nein, Freund«, sagte er nun kühl, »du kannst deine Tochter wiederhaben. Nach dem, was heute hier geschehen ist, würde ich sie nicht heiraten, und wenn ich ganz England dafür bekäme. Ich spreche es offen aus: So alt ich bin, ich liebte deine Tochter und hätte sie aufgenommen wie einen Edelstein, den ich im Schweinestall gefunden habe, aber ich wußte wirklich nicht, daß sie diesen Burschen liebt und von ihm geliebt wird. Wenn dir ein lumpiger Bänkelsänger lieber ist als ein hochgeborener Ritter, so ist das deine Sache, Mädchen. Aber ich müßte mich schämen, wollte ich noch länger meine Worte wie Perlen vor die Säue werfen, und darum gehe ich.« Er wandte sich um, rief seine Männer zusammen und ging auf die Tür zu. Vor seinem Zorn waren die Freibauern verstummt, und nur Bruder Tuck beugte sich über das Geländer der Empore und rief: »Alte Knochen müssen jungem Blut Platz machen, das ist nun mal so.«
»Auch für mich gibt es hier nichts mehr zu tun, und darum werde ich mich zurückziehen«, erklärte hastig der Bischof von Hereford und machte Anstalten aufzubrechen. Aber Robin hielt ihn am Ärmel zurück. »Bleibt, Herr Bischof«, sagte er, »ich habe noch etwas mit Euch zu reden.«
Der Bischof folgte dieser Aufforderung, denn er sah, daß ihm nichts anderes übrigblieb.
Nun wandte sich Robin Hood an Edward von Deirwold: »Gib der

Verehelichung deiner Tochter mit diesem Freibauern deinen Segen, und alles wird gut werden. Schau her, Bauer, hier sind zweihundert Goldpennys. Gib deinen Segen, und ich zahle sie dir als Brautpreis für deine Tochter aus. Gibst du deinen Segen nicht, wird sie Allan trotzdem heiraten, aber du bekommst nichts. Also wähle.«

Edward blickte mit zusammengekniffenen Augen zu Boden und überlegte, aber er war ein kluger Mann und vor allem einer, der selbst aus einem zerbrochenen Krug noch Nutzen zu schlagen wußte. So hob er schließlich den Blick und sagte in einem Ton, der allerdings keine Freude bekundete: »Wenn das dumme Ding alles besser weiß, dann soll sie doch machen, was sie will. Ich wollte eine Dame aus ihr machen, aber wenn sie sich entschließt, einen anderen Weg zu gehen, will ich nichts mehr mit ihr zu schaffen haben. Trotzdem gebe ich ihr meinen Segen, sobald sie ihm angetraut ist.«

»Aber gerade das ist nicht möglich«, wandte einer der Herren aus Emmet ein. »Es wurde kein Aufgebot bestellt, und es ist auch kein Priester da, der sie trauen würde.«

»Meinst du?« brüllte Tuck von der Empore herunter. »Kein Priester, eh? Hör mal, hier steht ein Mann, der genauso heilig ist wie du, nimm das gefälligst zur Kenntnis. Und was das Aufgebot betrifft, mach dir bloß keine Sorgen, Bruder, ich werde es schon verkünden.« Und das tat er auch, und zwar gleich neunmal. Dann kam er von der Empore herunter und vollzog die Trauung.

Und nun zahlte Robin zweihundert Goldpennys an Edward von Deirwold aus, wenn auch von gutem Willen wenig zu merken war. Die Freibauern drängten sich um Allan und Ellen und schüttelten ihnen die Hände.

Jetzt erst wandte sich Robin dem Bischof von Hereford zu, der die Vorgänge mit grimmiger Miene verfolgt hatte. »Herr Bischof«, sagte er, »Ihr erinnert Euch wohl an Euer Versprechen, mir – in vernünftigen Grenzen – alles zu geben, was ich verlange, wenn ich es zuwege brächte, daß dieses Mädchen den Mann, den sie heiraten soll, auch wirklich liebt. Das ist mir gelungen, und sie liebt ihren Gemahl – was sie ohne mein Dazwischentreten wohl nicht getan haben würde. Erfüllt also Euer Versprechen. Und weil es Euch besser anstünde, sie abzulegen, bitte ich Euch, gebt die goldene Kette, die Ihr um den Hals tragt, der Braut als Hochzeitsgeschenk.«

Die Wangen des Bischofs färbten sich zornrot, und seine Augen sprühten. Er bedachte Robin mit einem wütenden Blick, sah aber etwas im Gesicht des Freibauern, das ihn zögern ließ. Dann nahm er langsam die Kette ab und reichte sie Robin, der sie Ellen um den Hals legte. »Ich danke Euch im Namen der Braut für dieses schöne Geschenk«, sagte Robin zum Bischof. »Solltet ihr zufällig einmal nachts in den Sherwood-Forest kommen, hoffe ich sehr, Euch zu einem Festmahl laden zu können, wie Ihr es in Eurem ganzen Leben noch nicht genossen habt.«
»Da sei Gott vor!« wehrte der Bischof ab, denn er wußte nur zu gut, welcher Art die Festmähler waren, die Robin Hood seinen Gästen im Sherwood-Forest vorsetzte.
Doch nun rief Robin Hood seine Männer zusammen und, mit Allan und seiner jungen Frau in ihrer Mitte, gingen sie heim in den Sherwood-Forest. Unterwegs zupfte Bruder Tuck Robin am Ärmel. »Du führst ein lustiges Leben, guter Herr«, sagte er, »aber meinst du nicht, daß es um das Seelenheil von euch allen besser bestellt wäre, wenn ihr einen charakterfesten Geistlichen dabei hättet, der die kirchlichen Belange wahrnimmt?«
Robin Hood lachte herzlich und bot dem Mönch an, zu bleiben und Mitglied ihrer Schar zu werden.

Fünfter Teil

1 Robin Hood hilft einem unglücklichen und beklagenswerten Ritter

So verging der Frühling mit Sonnenschein und Regenschauern und blumenbedeckten Wiesen. So verging auch der Sommer mit seiner drückenden Hitze, den laubreichen Baumkronen, den langen Stunden des Zwielichts und den milden Nächten, in welchen die Frösche quakten und das Elfenvolk sich, wie es hieß, auf den Bergen tummelte. Der Herbst kam und brachte die ihm eigenen Freuden und Vergnügungen, denn jetzt, da es galt, die Ernte einzuholen, waren im ganzen Land viele Gruppen von Ährenlesern unterwegs, sangen den lieben langen Tag und schliefen unter Hecken und Heuraufen. Rot glühten die Hagebutten, schwarz färbten sich die Mehlbeeren, und öde lagen die Stoppelfelder. Es war die Jahreszeit, da man Vorräte anlegte. Schinken und Speck hingen in den Räucherkammern, und im Stroh warteten Äpfel, um im Winter gebraten zu werden.

Robin Hood zog die frische Herbstluft ein. »Heute ist ein schöner Tag, Little-John«, sagte er, »und einer, den wir nicht faul verbringen sollten. Such dir ein paar Gefährten aus und gehe nach Osten; ich werde mich nach Westen wenden. Jeder soll einen Gast mitbringen, mit dem wir abends unter der alten Eiche tafeln können.«
»Wunderbar«, rief Little-John und klatschte vor Freude in die Hände. »Ich könnte mir nichts Schöneres wünschen. Ich bringe dir heute einen Gast mit, oder du siehst mich nie wieder.«
Und weil wir nicht zugleich an zwei Orten sein können, wollen wir Little-John seiner Wege ziehen lassen und uns an Robin Hoods Fersen heften – und befinden uns dabei in guter Gesellschaft: Will Scarlet, Allan a Dale, Will Scathelock, Midge, der Sohn des Müllers, und noch viele andere halten mit. Zwei Dutzend oder mehr Freibauern waren mit Bruder Tuck im Lager geblieben, um alles für das festliche Mahl vorzubereiten.
Robin marschierte aufs Geratewohl los, und die anderen folgten ihm. Unweit der Stadt Mansfield, deren Türme und Zinnen in der

Sonne leuchteten, verließen sie den Wald. Weiter ging es über Wege und Straßen, durch Marktflecken und Dörfer, wo züchtige Frauen und fröhliche Mädchen durch die Fenster die gut aussehenden jungen Männer bewunderten, bis sie schließlich Alverton in Derbyshire erreichten. Mittlerweile war es Mittag geworden, aber noch hatten sie keinen Gast zu Gesicht bekommen, der es wert gewesen wäre, ihn zur abendlichen Tafel mitzunehmen. Daher hieß Robin sie, als sie eine Wegkreuzung erreichten, an der ein Heiligenbild stand, stehenbleiben, weil an beiden Seiten hohe Hecken wuchsen und man sich prächtig versteckt halten, bequem die Straße beobachten und gleichzeitig das Mittagsmahl verzehren konnte. »Hier ist gut sein«, meinte Robin, »hier können friedfertige Menschen, wie wir es sind, in Ruhe essen. Und wer weiß, vielleicht fällt auch noch etwas in unseren Glückstopf.« Sie überkletterten einen Zauntritt, ließen sich im Gras nieder und schnürten ihre Ranzen auf.

Eine der Landstraßen vor ihnen wand sich einen steilen Hang hinauf, um hinter einer durch Hecken scharf abgegrenzten Kuppe zu verschwinden. Dahinter waren die Dächer einiger Häuser und der obere Teil einer Windmühle zu sehen, deren Rad sich gemächlich drehte.

Die Freibauern beendeten ihre Mahlzeit, aber immer noch verstrich die Zeit, und kein Mensch erschien am Horizont. Endlich kam ein Mann langsam den Hang herunter und über die steinige Straße auf die Stelle zugeritten, wo Robin und seine Bande versteckt lagen. Es war ein stattlicher Ritter, doch seine Haltung zeugte von Niedergeschlagenheit, und sein Gesicht war von Gram gefurcht. Seine Kleidung war einfach und gediegen, aber weder hatte er eine goldene Kette um den Hals noch Edelsteine an seinem Wams. Trotzdem zweifelte Robin nicht daran, daß er einen Mann vornehmer Herkunft vor sich hatte. Den Kopf gesenkt, tief in Gedanken versunken, kam der Reiter langsam näher, und selbst sein Pferd ließ, so als teile es den Kummer seines Herrn, den Kopf hängen.

»Das ist fürwahr eine traurige Gestalt und heute morgen offenbar mit dem linken Fuß aufgestanden; trotzdem will ich mit ihm sprechen. Vielleicht gibt es für uns arme Hungernde doch etwas zu futtern. Bleibt hier und wartet.« Mit diesen Worten erhob er sich, überquerte die Straße und wartete bei dem Heiligenbild auf den sich nähernden traurigen Ritter. Als dieser nun herangeritten kam, trat Robin vor und legte seine Hand auf den Zügel. »Halt, Herr Ritter!« sprach er ihn an. »Ich bitte Euch, bleibt stehen, denn ich habe ein paar Worte mit Euch zu sprechen.«

»Wer bist du, Freund, daß du einen Reisenden auf einer Straße Seiner Allergnädigsten Majestät aufhältst?« fragte der Ritter.

»Du liebe Zeit«, sagte Robin Hood, »diese Frage ist schwer zu beantworten. Die einen nennen mich gütig, die anderen grausam; die einen nennen mich einen braven, rechtschaffenen Kerl, die anderen heißen mich einen gemeinen Dieb. Die Welt hat soviel verschiedene Augen, wie die Kröte Flecken, und darum hängt es von Euch ab, mit welchen Augen Ihr mich betrachten wollt. Mein Name ist Robin Hood.«

»Fürwahr«, bemerkte der Ritter, während ein Lächeln um seine Lippen spielte, »dein Hochmut ist bestechend. Und was die Augen angeht, mit welchen ich dich betrachte, sind sie durchaus wohlwollend, denn ich höre viel Gutes von dir und wenig Schlechtes. Was willst du von mir?«

»Gewiß kennt Ihr den Spruch des alten Gaffer Swanthold ›Gut Wort gilt wohl bösem Streich‹. Ich will Euch die Wahrheit dieses Spruches beweisen: Wenn Ihr heute mit mir in den Sherwood-Forest kommen wollt, lade ich Euch zu einem Schmaus, wie er Euch in Eurem ganzen Leben noch nicht vorgesetzt wurde.«

»Du bist wirklich sehr gütig, mein Freund«, sagte der Ritter, »aber ich fürchte, du würdest einen verdrießlichen und kummervollen Gast an mir haben. Du solltest mich in Frieden ziehen lassen.«

»Dagegen wäre nichts einzuwenden«, meinte Robin, »wenn wir nicht mitten im Wald, aber so weitab von Landstraßen und ausgetretenen Pfaden eine Art Gasthof betrieben, daß sich nur selten ein Gast zu uns verirrt. Darum machen wir uns, wenn wir unserer eigenen Gesellschaft überdrüssig sind, auf und holen uns Besucher. So sieht das aus, Herr Ritter, und ich will auch noch eines hinzufügen: Wir rechnen damit, daß unsere Gäste ihre Rechnung bezahlen.«

»Ich verstehe, was du meinst«, sagte der Ritter ernst, »aber ich bin nicht euer Mann, denn ich habe kein Geld.«

»Ist das wahr?« fragte Robin und musterte den Ritter prüfen. »Ich müßte Euch wohl glauben, aber Ihr werdet es mir nicht übelnehmen, wenn ich mich selbst überzeuge.« Das Pferd am Zügel festhaltend, steckte er zwei Finger in den Mund und stieß einen schrillen Pfiff aus. Die Freibauern kamen über die Hecke gesprungen und liefen auf Robin und den Ritter zu. »Das ist ein Teil meiner Gefährten«, fuhr Robin fort. »Sie teilen Freude und Leid, Gewinn und Verlust mit mir. Und nun, Herr Ritter, sagt mir, wieviel Geld Ihr wirklich bei Euch habt.«

Eine kleine Weile schwieg der Ritter, dann stieg ihm eine brennende Röte in die Wangen. Er sah Robin ins Gesicht und antwortete: »Ich weiß nicht, warum ich mich schämen sollte, denn es besteht kein Grund dazu. In meiner Börse habe ich zehn Shilling, und das ist alles, was Sir Richard of the Lea auf der Welt besitzt.«

Stille trat ein, bis Robin schließlich die Frage an ihn richtete: »Und gebt Ihr mir Euer Wort als Ritter, daß das alles ist, was Ihr bei Euch habt?«

»Ja, das ist alles. Aber hier ist meine Börse. Du kannst dich selbst überzeugen.«

»Steckt Eure Börse ein, Sir Richard«, sagte Robin. »Am Wort eines so edlen Ritters zu zweifeln liegt mir fern. Ich bin bestrebt, die Stolzen zu erniedrigen und jenen zu helfen, die mit Kummer beladen sind. Seid guten Mutes und kommt mit uns in den Sherwood-Forest, Sir Richard. Vielleicht kann ich Euch helfen. Ihr kennt doch die Geschichte von dem kleinen Maulwurf, der einen Graben zog, über den der Mann stolperte, der dem guten König Aethelstan nach dem Leben trachtete?«

»Du meinst es sicher gut mit mir, Freund, aber mein Kummer ist so groß, daß du mir kaum wirst helfen können. Trotzdem will ich euch heute begleiten.« Und so brachen sie zum Sherwood-Forest auf; Robin ging zur Linken und Will Scarlet zur Rechten des Ritters, während die anderen hinterdreinstapften.

Sie waren schon einige Stunden unterwegs, als Robin das lange Schweigen brach. »Herr Ritter«, sagte er, »ich möchte dich nicht mit müßigen Fragen quälen, aber willst du mir nicht verraten, was dich bedrückt?«

»Ich sehe keinen Grund, es dir zu verschweigen«, antwortete der Ritter. »Ich mußte meine Burg und meine Ländereien verpfänden. Heute in drei Tagen muß ich meine Schuld zahlen, oder ich verliere alles an die Priorei von Emmet, und was die einmal geschluckt haben, geben sie nie wieder heraus.«

»Ich verstehe eines nicht«, bemerkte Robin. »Warum müßt ihr Ritter auf so großem Fuß leben, daß euer Reichtum dahinschmilzt wie Schnee unter der Frühlingssonne?«

»Du tust mir unrecht, Robin«, sagte der Ritter. »Ich habe einen Sohn. Er ist erst zwanzig Jahre alt und hat sich trotzdem schon seine Rittersporen verdient. Voriges Jahr wurde in Chester ein Turnier abgehalten; mein Sohn nahm daran teil, und meine Gemahlin und ich waren unter den Zusehern. Wir waren die stolzesten Eltern, denn unser Sohn warf alle Gegner aus dem Sattel. Bei einem Zweikampf mit einem bekannten Ritter, Sir Walter von Lancaster, geschah es. Beide Lanzen zerbrachen, aber ein Splitter der Lanze meines Sohnes drang durch das Helmvisier und bohrte sich Sir Walter ins Auge und ins Gehirn. Er starb noch, bevor ihm sein Schildknappe den Helm abbinden konnte. Sir Walter hatte einflußreiche Freunde bei Hof, und seine Verwandten entfesselten eine Hetze gegen meinen Sohn. Um ihn vor dem Gefängnis zu bewahren, mußte ich ein Lösegeld von sechshundert Pfund in Gold zahlen. Aber das war immer noch nicht genug, und mittels allerlei Ränke und Betrügereien nahmen sie mich aus wie eine Weihnachtsgans, und ich mußte der Priorei von Emmet Gut und Land verpfänden. Aber du sollst wissen, daß mein Kummer nicht so sehr meinem Besitz gilt, sondern meiner Gemahlin.«

»Wo ist denn jetzt dein Sohn?« fragte Robin, der aufmerksam zugehört hatte.

»In Palästina. Als guter Christ kämpft er für das Kreuz und das Heilige Grab. Zu groß war der Haß der Verwandten Lancasters, als daß er in England hätte bleiben können.«

»Fürwahr«, sagte Robin bewegt, »dir ist ein schweres Los beschieden. Und was schuldest du Emmet jetzt für deinen Besitz?«

»Nur vierhundert Pfund.«

Zornig schlug Robin sich auf die Schenkel. »Diese Blutsauger! Wegen vierhundert Pfund sollst du deinen ganzen Besitz einbüßen? Aber was willst du tun, wenn du dein Land verlierst?«

»Nicht mein Geschick ist es, was mich bekümmert«, antwortete der Ritter, »sondern das meiner Gemahlin, denn wenn ich meinen Besitz verliere, muß sie bei einem Verwandten Zuflucht nehmen und wird von seiner Gnade abhängig sein, und das wird ihr das Herz brechen. Ich selbst, ich gehe übers Meer, um zusammen mit meinem Sohn in Palästina für das Heilige Grab zu kämpfen.«

Will Scarlet richtete das Wort an ihn: »Hast du denn keine Freunde, die dir helfen können?«

»Keinen einzigen. Als ich noch reich war, konnt ich mich der Freunde kaum erwehren. Doch wenn im Wald die Eiche fällt, laufen die Schweine davon, weil sie Angst haben, erschlagen zu werden. Ja, meine Freunde haben mich verlassen. Jetzt bin ich nicht nur arm; ich habe auch mächtige Feinde.«

»Du sagst, du hast keine Freunde, Sir Richard«, versuchte Robin ihn zu trösten. »Ich will mich nicht rühmen, aber schon so mancher hat in Robin Hood einen Freund in der Not gefunden. Faß Mut, Herr Ritter, vielleicht kann ich dir helfen.«

Mit einem leisen Lächeln schüttelte der Ritter den Kopf. Dennoch war ihm leichter ums Herz, denn auch die geringste Hoffnung bringt einen hellen Schimmer in die Dunkelheit – wie ein kleines Kirchenlicht.

Der Tag ging zur Neige, als sie zur großen Eiche kamen. Schon aus der Entfernung konnten sie sehen, daß Little-John einen Gast mitgebracht hatte – und es war kein anderer als der Bischof von Hereford, der wütend auf und ab schritt. Wie Schafe im Sturm standen drei verängstigte schwarze Mönche in einer Gruppe hinter ihm. Sechs Pferde waren an nahe Bäume gebunden, darunter auch ein Berber, auf dem der Bischof gerne ritt. Die anderen waren durchwegs mit allerlei Ballen und Packen beladen, unter welchen einer Robins Augen aufleuchten ließ, denn es war eine nicht übermäßig große, aber mit breiten Eisenbändern bewehrte Kiste.

Als der Bischof Robin sah, wollte er auf ihn zustürzen, aber der Mann, der ihn und die drei Mönche bewachte, drohte ihm mit dem Stock, so daß Seine Lordschaft zurückweichen mußte.

»Ich komme gleich zu Euch, Herr Bischof«, rief Robin ihm zu, »gibt es doch in ganz England keinen, den ich jetzt lieber sehen möchte.« Mit diesen Worten eilte er auf den Kirchenfürsten zu.

»Wie behandelt ihr, du und deine Bande, so einen hohen geistlichen Würdenträger, wie ich es bin?« stieß der Bischof laut und zornig hervor. »Ich zog mit diesen Brüdern, mit unseren Lastpferden und einem Dutzend Wachen friedlich über die Straße, als plötzlich ein sieben Ellen langer Kerl mit achtzig Mann oder mehr im Gefolge vor mir stand und mir befahl stehenzubleiben – mir, dem Bischof von Hereford! Unsere Wachen – diese Feiglinge – machten sich aus dem Staub. Aber nicht genug, daß dieser Kerl mich aufhielt und mir androhte, Robin Hood würde mich bis aufs Hemd ausziehen, beschimpfte er mich auch noch auf das gröblichste – ›fetter Pfaffe‹, ›menschenfressendes Ungeheuer‹, ›feiler Wucherer‹ und ähnliches mehr –, so als wäre ich ein Landstreicher oder ein Kesselflicker. Und als ich hier eintraf, kam ein großer dicker Mann, ein falscher Priester, auf mich zu und klopfte mir auf die Schulter, so als ob wir beide miteinander Schweine gehütet hätten.«

»Hol dich doch der Henker!« rief Bruder Tuck und pflanzte sich vor dem Bischof auf. »Sag das noch einmal!« Er hielt ihm die Faust unter die Nase. »Einen falschen Priester nennst du mich? Ich bin so heilig wie du und hätte es vielleicht auch weiter gebracht, wenn ich nicht armer Leute Kind gewesen wäre. Ich bin genauso gelehrt wie du, auch wenn meine Zunge nie mit diesem scheußlichen Latein fertig geworden ist. Und ich kann meine Vaterunser und Avemarias ebenso fehlerfrei herunterleiern wie du, Dickwanst.«

Wütend funkelte der Bischof den rundlichen Mönch an, und sogar Sir Richard lachte; nur Robin blieb ernst. »Mäßige dich, Tuck«, sagte er. »Du mußt Seiner Lordschaft die gebührende Ehrerbietung erweisen. Ach, Herr Bischof, daß meine Männer Euch so übel mitgespielt haben! Vor dem geistlichen Gewand haben sie sonst den größten Respekt. Little-John, komm sofort her!«

Little-John trat vor und setzte eine Miene auf, als wollte er sagen: »Erbarme dich meiner, guter Herr!« Und Robin fragte den Bischof: »Ist das der Mann, der so dreist mit Eurer Lordschaft gesprochen hat?«

»Jawohl, das ist er«, antwortete der Bischof. »Ein böser Mensch.«

»Und hast du, Little-John, Seine Lordschaft tatsächlich einen fetten Pfaffen genannt?«

»Ja«, gab Little-John kleinlaut zu.

»Und ein menschenfressendes Ungeheuer?«

»Ja«, gab Little-John noch verzagter zu.

»Und einen feilen Wucherer?«
»Ja«, antwortete Little-John in so jämmerlichem Ton, daß sogar der Drache von Wentley zu Tränen gerührt gewesen wäre.
»Wer hätte das gedacht!« wandte sich Robin Hood kopfschüttelnd an den Bischof. »Bis jetzt ist Little-John immer ein überaus wahrheitsliebender Bursche gewesen.«
Womit er großes Gelächter hervorrief, so daß glühende Röte das Gesicht des Bischofs übergoß. »Wir sind rauhe Burschen, Herr Bischof«, fuhr Robin fort, »aber auch nicht so übel, wie Ihr vielleicht denkt. Keiner von uns würde Euch ein Haar krümmen. Ich weiß, unsere Scherze ärgern Euch, aber hier im Sherwood-Forest sind wir alle gleich. Hier gibt es weder Bischöfe noch Grafen, noch Barone – nur Männer. Und solange Ihr unter uns weilt, müßt Ihr dieses Leben mit uns teilen. Und jetzt rührt euch, Freunde, und bereitet uns ein festliches Mahl. Mittlerweile wollen wir unsere Gäste mit Wettkämpfen unterhalten.«
Und während die einen die Feuer entfachten, um das Fleisch zu braten, liefen die anderen, um ihre Stöcke und Langbögen zu holen. Robin rief Sir Richard of the Lea zu sich. »Herr Bischof«, sagte er, »wir haben heute noch einen anderen Gast. Ihr solltet ihn kennenlernen, denn ich und meine Männer werden bemüht sein, euch beiden bei unserem Festmahl alle Ehren zu erweisen.«
»Sir Richard«, sagte der Bischof in vorwurfsvollem Ton, »ich fürchte, wir sind Leidensgefährten in dieser Mör . . .« Er unterbrach sich und sah Robin von der Seite an.
»Tut Euch keinen Zwang an, Bischof«, lachte Robin. »Hier im Sherwood-Forest reden wir, wie uns der Schnabel gewachsen ist. ›Mördergrube‹ wolltet Ihr doch sagen?«
»Vielleicht wollte ich das sagen, Sir Richard, aber jedenfalls sah ich Euch jetzt eben über die ordinären Scherze dieser Leute lachen. Mir wäre es passender erschienen, Eurer Mißbilligung durch ein Stirnrunzeln Ausdruck zu verleihen.«
»Ein guter Witz ist ein guter Witz«, hielt Sir Richard ihm entgegen, »und ich würde genauso gelacht haben, wenn er gegen mich gerichtet gewesen wäre.«
Doch nun ließ Robin Hood weiches Moos auf den Boden breiten und darauf Hirschfelle. Dann lud er seine Gäste ein, Platz zu neh-

men. Es folgte ein Wettschießen, daß jedem das Herz im Leibe lachte. Die ganze Zeit über erzählte Robin dem Bischof und dem Ritter so heitere Geschichten, daß der eine seinen Zorn und der andere seine Sorgen vergaß und beide immer wieder laut und herzlich lachten.

Zehn Männer schossen jeder drei Pfeile, und obwohl die Scheibe nur drei Handspannen breit war und in einhundertvierzig Yard Entfernung hing, verfehlten nur zwei Pfeile das Zentrum.

»Bei Unserer Lieben Frau«, sagte der Bischof zu Robin, »ich habe mein ganzes Leben noch nie so gute Schützen gesehen. Aber ich habe soviel von deiner Kunst gehört, willst du uns nicht eine Probe davon geben?«

»Nun ja«, erwiderte Robin, »der Tag verliert an Helligkeit, und die Umrisse verschwimmen, aber ich will sehen, was ich tun kann.« Er erhob sich, zog sein Messer und schnitt einen Haselstock ab, ein wenig dicker als ein Männerdaumen. Während er die Rinde entfernte, schritt er achtzig Yards ab, steckte den Stock in den Boden und kehrte zu den anderen zurück. Allan a Dale reichte ihm seinen Eibenholzbogen. Lange suchte Robin in seinem Köcher, bis er einen Pfeil fand, der ihm zusagte. Es war so still, daß man ein Blatt hätte fallen hören. Rasch spannte Robin den Bogen, zielte und gab die Sehne frei. So schnell flog der Pfeil dahin, daß das Auge ihm nicht zu folgen vermochte. Jubelnd schrien die Freibauern auf, und Will Scathelock lief, um den Haselzweig zu holen. Der Pfeil hatte ihn genau in der Mitte gespalten. Abermals jubelten Robins Gefährten, denn sie waren stolz auf ihren Herrn und seine Kunst.

Schon saß Robin wieder unter seinen Gästen, und ohne ihnen Zeit für Worte des Lobes zu lassen, rief er die besten Stockfechter seiner Schar zusammen. So saßen alle und bewunderten die Kämpfe, bis es zu dunkel war, um Schläge auszuteilen und abzuwehren.

Dann trat Allan a Dale vor und griff in die Saiten. Mit seiner schönen Stimme sang er Lieder von Liebe und Krieg, von Herrlichkeit und Trauer, und alle lauschten hingegeben und regungslos. Er sang, bis der Mond am Himmel stand.

Schließlich kamen zwei Burschen und meldeten, daß angerichtet war. Robin führte seine Gäste zu dem Platz, wo weiße Tücher auf dem Gras ausgebreitet waren und leckere Düfte aus großen, dampfenden Schüsseln aufstiegen. Rundum brannten Fackeln, die alles in ein rotes Licht tauchten. Die Männer griffen herzhaft zu, und das Geklapper der Teller mischte sich mit munteren Reden und Gelächter. Doch als sie fertig gegessen und getrunken hatten, bat Robin um Stille.

»Ich habe Euch eine Geschichte zu erzählen«, begann er und schilderte seinen Zuhörern, was Sir Richard zugestoßen war und wie er sein Land hatte verpfänden müssen. Das Gesicht des Bischofs verdüsterte sich, denn er kannte die Geschichte von Sir Richard, und er ahnte Böses. »Nun denn, Herr Bischof«, wandte Robin sich jetzt an ihn, »meint Ihr nicht, daß Sir Richard übel mitgespielt wurde, noch dazu von einem Mann der Kirche, der sich doch durch Bescheidenheit und Wohltun auszeichnen sollte?«

Der Bischof sagte kein Wort und starrte nur verdrießlich zu Boden.

»Ihr seid der reichste Bischof von England«, fuhr Robin fort. »Könnt Ihr Eurem bedürftigen Bruder nicht helfen?« Aber der Bischof blieb auch weiterhin stumm.

Nun wandte sich Robin Little-John zu. »Geh mit Will Stutely, und bring diese fünf Lastpferde her.« Die Freibauern taten, wie ihnen geheißen, und wo das Licht am hellsten war, standen andere Gefährten auf, um Platz für die Pferde zu machen.

»Wer hat eine Liste aller dieser Güter?« fragte Robin und sah die drei Mönche an.

»Die habe ich«, antwortete der kleinste von ihnen mit zitternder Stimme, ein alter Mann mit einem sanften, runzligen Gesicht, »aber tu mir nichts zuleide.«

»Noch nie habe ich einem schuldlosen Mann ein Leid getan«, beruhigte ihn Robin. »Aber gib sie mir, Vater.« Der Alte tat, wie ihm geheißen, und reichte das Verzeichnis Robin, der es an Will Scarlet weitergab und ihn bat, es laut vorzulesen. Und Will Scarlet begann mit fester Stimme: »Drei Ballen Seide für Quentin, Krämer zu Ancaster.«

»Die rühren wir nicht an«, bestimmte Robin, »denn dieser Quentin ist ein anständiger Kerl, der sich durch redliche Arbeit Wohlstand erworben hat.«

»Einen Ballen Seidensamt für die Abtei Beaumont.«

»Wozu brauchen diese Priester Seidensamt?« wunderte sich Robin.

»Aber obwohl sie ihn nicht brauchen, wir werden ihnen nicht alles wegnehmen. Schneidet ihn in drei Teile: ein Drittel für die Armen, ein Drittel für uns und ein Drittel für die Abtei.«

»Drei Dutzend große Wachskerzen für die Kapelle zum heiligen Thomas.«

»Kerzen gehören in die Kapelle«, sagte Robin. »Wir wollen doch dem heiligen Thomas nichts wegnehmen, was ihm gehört.« Und die Kerzen kamen zu den Seidenballen des rechtschaffenen Quentin. So ging Robin die ganze Liste durch und teilte alles auf, wie es ihm richtig dünkte. Einiges wurde unberührt weggelegt, aber vieles geöffnet und geteilt. Bald war der Rasen voll von Seiden und Samtstoffen und golddurchwirkten Tüchern und kostbaren Weinen, und schließlich kam der letzte Posten auf der Liste.

»Eine Kiste im Eigentum des hochlöblichen Herrn Bischof von Hereford.«

Bei diesen Worten schüttelte es den Bischof. Die Kiste wurde heruntergehoben.

»Habt Ihr den Schlüssel zu dieser Kiste, Herr Bischof?« fragte Robin.

Der Bischof schüttelte den Kopf.

»Will Scarlet, du bist der Stärkste«, sagte Robin, »hol dein Schwert und öffne die Kiste.« Will Scarlet stand auf, entfernte sich und kam nach einer kleinen Weile mit einem Schwert zurück. Dreimal mußte er auf die eisenbewehrte Kiste einschlagen, bis sie aufsprang. Ein großer Haufen Goldmünzen, rot glitzernd im Fackellicht, rollte heraus.

»Will Scarlet, Allan a Dale und du, Little-John, zählt das Geld«, befahl Robin.

Es dauerte eine ganze Weile, bis das Geld gezählt war, und am Ende verkündete Will Scarlet, daß die Kiste fünfzehnhundert Pfund in Gold enthalten hatte. Und Will Scarlet fand auch ein Papier, aus dem hervorging, daß es sich bei dem Gold um Zinsen, Strafen und verwirkte Pfänder aus dem Besitz des Bistums Hereford handelte.

»Herr Bischof«, sagte Robin Hood, »ich werde Euch nicht bis aufs Hemd ausziehen, wie Little-John Euch das prophezeit hat, denn Ihr sollt ein Drittel Eures Goldes behalten. Ein Drittel könnt Ihr für Eure und die Bewirtung Eures Gefolges gewiß entbehren, denn Ihr seid sehr reich; und ein Drittel sollt Ihr für wohltätige Zwecke verwenden, denn Ihr seid ein harter Mann gegenüber Euren Pächtern und denkt nur an Eure Einkünfte.«

Hier hob der Bischof den Blick, sagte aber nichts; dennoch war er froh, daß er wenigstens einen Teil seines Vermögens behalten durfte.

Dann richtete Robin das Wort an Sir Richard of the Lea. »Die Kirche war drauf und dran, dich deines gesamten Besitzes zu berauben, und darum erscheint es mir nur recht und billig, einen Teil des übermäßigen Einkommens eben dieser Kirche dafür zu verwenden, dir zu helfen. Du sollst jene fünfhundert Pfund erhalten, die wir für Leute bestimmt haben, die das Geld dringender brauchen als der Bischof. Damit sollst du deine Schuld an die Priorei von Emmet begleichen.«

Sir Richard sah Robin Hood an, bis ihm die Augen feucht wurden. »Ich danke dir von ganzem Herzen, Freund«, sagte er schließlich, »aber denke nicht schlecht von mir, wenn ich dein Geschenk nicht annehmen kann. Gern werde ich das Geld nehmen und meine Schulden bezahlen – und es in einem Jahr dir oder dem Bischof von Hereford zurückerstatten. Darauf gebe ich mein Ehrenwort. Mir das Geld zu leihen, fühle ich mich berechtigt; keiner ist so verpflichtet, mir Hilfe zu leisten, wie ein Mann der Kirche, die so rücksichtslos auf ihren Vorteil bedacht war.«

»Ich habe zwar kein Verständnis für deine Bedenken«, erwiderte Robin, »aber es soll geschehen, wie du es wünscht. Aber habe die Freundlichkeit, es *mir* zurückzuzahlen; es könnte sein, ich habe bessere Verwendung dafür als der Bischof.« Dann ließ er fünfhundert Pfund abzählen und für Sir Richard in einen Lederbeutel tun. Der Rest wurde geteilt: die Hälfte wanderte in die Schatzkammer der Bande, die andere wurde dem Bischof zurückgegeben.

Sir Richard erhob sich. »Ich kann nicht länger bleiben, Freunde«, sagte er, »meine Gemahlin wird sich Sorgen machen, wenn ich nicht heimkomme.«

»Wir können dich nicht ohne Begleitung gehen lassen, Sir Richard«, sagte Robin, und Little-John fügte hinzu. »Laß mich zwanzig Gefährten aus unseren Reihen aussuchen und sie bewaffnen, Herr. Dann laß uns Sir Richard als Knappen dienen, bis er andere gefunden hat, die unsere Plätze einnehmen.«

»Es soll geschehen, Little-John«, antwortete Robin.
Will Scarlet meinte: »Geben wir ihm eine Halskette und Sporen aus Gold, wie es sich für einen Mann seines Standes geziemt.«
»Es soll geschehen, Will Scarlet«, sagte Robin.
Will Stutely schlug vor: »Geben wir ihm diesen Ballen Samt und diese Rolle Seidentuch für seine Gemahlin mit als Geschenk von Robin Hood und seinen Gefährten.«
Alle klatschten vor Freude in die Hände, und Robin sagte: »Das war eine gute Idee, Will Stutely, und es soll geschehen.«
Sir Richard of the Lea blickte von einem zum anderen und mühte sich, seine Selbstbeherrschung zu bewahren. Mit rauher, schwankender Stimme stieß er endlich hervor. »Nie wird Sir Richard of the Lea die Wohltaten vergessen, die ihr ihm heute erwiesen habt; und wenn ihr einmal in Schwierigkeiten seid, zögert nicht, zu mir und zu meiner Gemahlin zu kommen. Eher sollen die Mauern von Burg Lea fallen, bevor euch ein Leid zugefügt wird. Ich . . .« Die Stimme versagte ihm, und er wandte sich ab.
Little-John und die von ihm ausgesuchten neunzehn Gefährten hielten sich zum Abmarsch bereit. Robin legte Sir Richard eine goldene Kette um den Hals, und Will Scarlet kniete nieder und schnallte dem Ritter goldene Sporen an die Fersen; Little-John brachte Sir Richards Pferd, und der Ritter schwang sich in den Sattel. Nachdem er Robin eine Weile gemustert hatte, beugte er sich plötzlich herab und küßte ihn auf die Wange. Der Ritter und seine Begleitung brachen auf, und bald waren die lodernden Fackeln und schimmernden Rüstungen im Wald verschwunden.
»Auch ich muß mich auf den Weg machen, guter Freund«, sagte der Bischof mit betrübter Stimme. »Es ist spät geworden.«
Aber Robin legte ihm die Hand auf den Arm. »Nicht so eilig, Herr Bischof«, sagte er. »In drei Tagen muß Sir Richard seine Schuld begleichen, und bis dahin muß ich Euch bitten, bei uns zu bleiben; Ihr könntet sonst Übles für den Ritter aushecken. Aber es wird Euch an Vergnügungen nicht fehlen, denn ich weiß, Ihr liebt die Hirschjagd. Vergeßt Euren Ärger und seid drei Tage lang ein fröhlicher Freibauer. Es wird Euch leid tun, wenn Ihr uns wieder verlassen müßt."
Es war eine schöne Zeit, die der Bischof und sein Gefolge im Sherwood-Forest verbrachten, und er bedauerte es tatsächlich, als er auf-

brechen mußte. Dennoch gelobte er sich, er würde es Robin noch einmal spüren lassen, daß er ihm so übel mitgespielt hatte.

2 *Sir Richard of the Lea bezahlt dem Prior von Emmet seine Schuld*

Weiß und staubig lag die Straße in der Sonne. Zu beiden Seiten zogen sich von Weiden gesäumte Wassergräben dahin, und in der Ferne leuchteten die von Pappeln umgebenen Türme der Priorei von Emmet.

Mit einem Gefolge von zwanzig stämmigen Bewaffneten ritt ein Reiter über den Dammweg. Er trug ein einfaches langes Gewand aus grauem Wollstoff, das in der Mitte durch einen breiten Ledergürtel zusammengehalten wurde, an dem ein langes Jagdmesser und ein blankes Schwert hingen. Doch so bescheiden er auch gekleidet war, das Pferd, das er ritt, war ein edler Berber, und das Zaumzeug reich mit Seide und silbernen Glöckchen verziert.

Sie kamen zum großen Tor der Priorei von Emmet, und der Ritter wies einen seiner Knappen an, mit dem Schwertknauf an das Pförtnerhaus zu klopfen.

Der Pförtner hatte in seinem Verschlag gedöst, doch nun sprang er auf, öffnete die kleine Seitentür und begrüßte die Fremden.

»Wo ist der Prior?« fragte ihn der Ritter.

»Er ist beim Essen, guter Herr, und erwartet Euch, denn wenn ich nicht irre, seid Ihr Sir Richard of the Lea.«

»Der bin ich, und nun will ich zu ihm gehen.«

»Aber soll ich Euer Pferd nicht in den Stall bringen?« fragte der Pförtner. »Das ist wohl das edelste Tier, das ich in meinem ganzen Leben gesehen habe!«

»Nein, der Stall hier ist nicht nach meinem Geschmack«, entgegnete der Ritter. »Öffne das Tor.« Zusammen mit seinen Männern ritt er in den Hof ein. Rüstungen und Schwerter klirrten, Pferdehufe stampften auf dem Kopfsteinpflaster, und erschreckt flogen die Tauben zum Dach auf.

Während der Ritter über den Dammweg nach Emmet ritt, fand dort ein beschwingtes Bankett statt. Durch die großen Bogenfenster fiel

die Nachmittagssonne auf den Steinboden und die mit einem schneeweißen Leinentuch bedeckte Tafel, auf der ein fürstliches Mahl angerichtet war. Am Kopfende des Tisches saß der Prior Vincent von Emmet in einem kostbaren Gewand aus feinem Tuch und Seide; auf dem Kopf trug er eine mit Gold verzierte Samtmütze, und um den Hals hatte er eine schwere goldene Kette hängen. Auf der Lehne seines Armsessels saß sein Lieblingsfalke, denn der Prior liebte die Beizjagd. Zu seiner Rechten saß in einem mit Pelz besetzten, purpurfarbenen Gewand der Sheriff von Nottingham, und zu seiner Linken, dunkel und schlicht gekleidet, ein berühmter Rechtsgelehrter. Um den Tisch herum hatten sich der Kellermeister und andere hohe geistliche Herren niedergelassen.
Es herrschte eitel Frohsinn unter der Tafelrunde. Der Advokat schmunzelte verschmitzt, denn er hatte achtzig Goldpennys in seiner Tasche, das Honorar, das ihm der Prior für seinen Beistand in dem Fall zwischen ihm und Sir Richard of the Lea bezahlt hatte. Weil er nicht allzuviel Vertrauen in den Prior setzte, hatte er auf Vorauszahlung bestanden.
»Aber seid Ihr auch ganz sicher, daß Ihr das Land bekommt, Herr Prior?« erkundigte sich der Sheriff von Nottingham.
»Ganz sicher«, antwortete der Prior, nahm einen kräftigen Schluck Wein und schmatzte genüßlich. »Ich habe ihn beobachten lassen und weiß genau, daß er kein Geld hat, um seine Schuld zu zahlen.«
»Das Land ist verfallen, wenn er heute nicht zahlt«, bestätigte der Advokat, »aber er muß es Euch noch schriftlich überlassen, Herr Prior, sonst könntet Ihr Schwierigkeiten mit ihm haben.«
»Ja, ich weiß«, sagte der Prior, »aber er ist ja so arm, daß er mir seine Ländereien gern für zweihundert Pfund in barem Geld überlassen wird.«
Der Kellermeister konnte sich nicht mehr zurückhalten. »Ich finde, es ist eine Schande, einem vom Unglück verfolgten Ritter das Messer an die Kehle zu setzen. Ihm den schönsten Besitz in ganz Derbyshire für schäbige fünfhundert Pfund abzuluchsen! Also ich ...«
»Das wagst du mir ins Gesicht zu sagen, Kerl?« fiel ihm der Prior empört ins Wort.
In diesem Augenblick drang das Klappern von Pferdehufen und das Klirren von Rüstungen vom Hof herauf. Der Prior ersuchte einen

der Mönche, der am unteren Ende der Tafel saß, einen Blick hinunterzuwerfen, um zu sehen, wer gekommen war – obwohl er genau wußte, daß es Sir Richard sein mußte.
Der Mönch stand auf, schaute hinunter und berichtete: »Ich sehe zwei Dutzend Bewaffnete und einen Ritter, der eben vom Pferd steigt. Er trägt ein langes graues Gewand von, wie mir scheint, ärmlichem Zuschnitt – aber sein Pferd hat das schönste Geschirr, das ich je gesehen habe. Der Ritter ist abgestiegen, sie kommen hierher, sie müssen schon in der großen Halle sein.«
»Da seht Ihr es ja!« höhnte der Prior. »So arm ist der Ritter, daß er sich nicht einmal ein Stück Brot kaufen kann, aber er hält sich ein Gefolge, schmückt sein Pferd und hat kaum genug, um sich selbst zu bedecken. Geschieht es diesem Menschen nicht recht, wenn man ihn demütigt?«
»Aber seid Ihr auch sicher, daß dieser Ritter uns kein Leid zufügen wird?« erkundigte sich furchtsam der kleine Advokat. »Solche Männer sind sehr aufbrausend, wenn etwas nicht nach ihrem Willen geht, und er kommt mit einem Haufen gefährlicher Burschen. Vielleicht solltet Ihr ihm seine Schuld doch stunden.«
»Du brauchst keine Angst zu haben«, beruhigte ihn der Prior und maß ihn geringschätzig. »Der Ritter ist ein sanftmütiger Mann und würde einem alten Weib wie dir nie etwas zuleide tun.«
Der Prior hatte noch nicht ausgesprochen, als sich eine Tür am anderen Ende des Refektoriums öffnete und Sir Richard mit gefalteten Händen und gesenktem Haupt eintrat. Während seine Knappen an der Tür stehenblieben, durchquerte er langsam den Saal. Vor dem Prior beugte er ein Knie und sagte: »Gott beschütze Euch, Herr Prior. Ich bin gekommen, wie ich es versprochen habe.«
Die Antwort des Priors lautete: »Hast du mir mein Geld mitgebracht?«
»Ach! Ich habe nicht einmal einen Penny bei mir«, erwiderte der Ritter, und des Priors Augen leuchteten auf.
»Ihr seid mir ein schöner Schuldner«, lachte er. »Auf Euer Wohl, Herr Sheriff!«
Aber der Ritter kniete immer noch auf dem harten Steinboden.
»Und was willst du noch von mir?« fragte ihn der Prior in scharfem Ton.

Bei diesen Worten flog eine Röte über das Gesicht des Ritters, aber er blieb knien. »Ich bitte Euch um Erbarmen«, sagte er, »so wie Ihr hofft, daß sich der Himmel Euer erbarmen möge, erbarmt Euch meiner. Nehmt mir mein Land nicht weg. Verurteilt einen wahren Ritter nicht zur Armut.«

»Die Frist ist abgelaufen und Euer Land ist verfallen«, mischte sich der Advokat ein.

»Ihr seid ein Mann des Rechts«, hielt Sir Richard ihm entgegen. »Wollt Ihr mir nicht beistehen in der Stunde meiner Not?«

»Das kann ich nicht«, rechtfertigte sich der Advokat. »Ich halte es mit dem Prior, der mir mein Honorar bezahlt hat.«

»Wollt *Ihr* nicht mein Freund sein, Sheriff?« fragte Sir Richard.

»Um Himmels willen«, antwortete der Angesprochene, »das geht mich nichts an. Aber ich will sehen, was ich tun kann«, und dabei stieß er den Prior unter dem Tisch mit dem Knie an. »Wollt Ihr ihm nicht einen Teil seiner Schuld erlassen, Herr Prior?«

Der Prior lächelte grimmig. »Zahl mir dreihundert Pfund, und du bekommst deinen Schuldschein zurück.«

»Ihr wißt doch, daß es mir genauso schwerfällt, vierhundert oder dreihundert Pfund zu zahlen«, erwiderte Sir Richard. »Wollt Ihr mir nicht noch ein Jahr Aufschub gewähren?«

»Keinen Tag länger!«

»Ist das Euer letztes Wort?«

»Hinaus mit dir!« schrie der Prior zornbebend. »Zu Unrecht nennst du dich Ritter! Zahl deine Schuld, oder übertrage mir dein Land und scher dich aus meiner Halle!«

Sir Richard erhob sich. »Betrügerischer, lügenhafter Priester!« donnerte er, und der Rechtsgelehrte zuckte zusammen. »Ich nenne mich nicht zu Unrecht Ritter, wie du wohl weißt. Im Kampf wie im Turnier habe ich stets meinen Namen hochgehalten. Hast du so wenig Anstand, daß du einen Ritter vor dir knien läßt, daß du ihn in deine Halle kommen läßt und ihm weder Speise noch Trank anbietest?«

Mit zitternder Stimme meldete sich der Advokat zu Wort: »Das ist bestimmt nicht die richtige Art, über geschäftliche Dinge zu sprechen. Was wollt Ihr diesem Ritter zahlen, Herr Prior, damit er Euch sein Land überschreibt?«

»Ich hätte ihm zweihundert Pfund gegeben, aber nachdem er mich

so unerhört beleidigt hat, bekommt er hundert Pfund und nicht einen Penny mehr.«
»Und hättest du mir tausend Pfund geboten, du Lügenmaul«, sagte der Ritter, »du würdest keinen Fußbreit von meinem Boden bekommen haben.« Er wandte sich nach seinen Knappen um. »Komm her«, rief er, und der größte von allen trat vor und reichte ihm einen großen Lederbeutel. Sir Richard leerte ihn auf dem Tisch aus, so daß sich eine Flut von Goldmünzen nach allen Seiten ergoß. »Und vergiß nicht, daß du gesagt hast, meine Schuld für dreihundert Pfund aufzuheben. Du bekommst nicht einen Penny mehr.« Mit diesen Worten zählte er dreihundert Pfund ab und schob sie dem Prior hin. Der Prior ließ den Kopf hängen. Nicht nur mußte er jetzt jede Hoffnung auf Sir Richards Besitz aufgeben, er hatte ihm auch noch hundert Pfund nachgelassen und dem Advokaten unnötigerweise achtzig Goldpennys bezahlt. »Gib mir das Geld zurück«, herrschte er diesen jetzt an.
»Nein«, kreischte der Advokat, »das ist mein Honorar, das bekommt Ihr nicht zurück!« Und er zog sein Gewand enger um sich.
»Ich habe die Frist eingehalten und meine Schuld beglichen, Herr Prior«, sagte Sir Richard. »Ich habe nichts mehr mit Euch zu schaffen.« Sprach's, machte kehrt und ging auf den Ausgang zu.
Die ganze Zeit hatte der Sheriff mit weitaufgerissenen Augen den großgewachsenen Knappen angestarrt, der wie aus Stein gehauen dastand. »Reynold Grünblatt!« stammelte er.
Der große Knappe – es war kein anderer als Little-John – lachte den Sheriff an. »Einen guten Tag zu wünschen, ehrenwerter Herr. Ich habe Eure schönen Reden gehört und werde nicht verabsäumen, Robin Hood darüber zu berichten. Lebt wohl und auf Wiedersehen im Sherwood-Forest!« Dann machte auch er kehrt und folgte Sir Richard. Blaß und verstört sank der Sheriff auf seinen Stuhl zurück.

Zwölf Monate und ein Tag waren vergangen, seitdem der Prior von Emmet, wie eben berichtet, zu einem Festschmaus geladen hatte, und wieder hielt der Herbst seinen Einzug. Doch für Sir Richard of the Lea hatte das Jahr große Veränderungen gebracht, denn wo früher verwildertes Weideland gewesen war, kündeten goldfarbene Stoppelfelder von reicher Ernte. Auch auf der Burg hatte sich vieles verändert, denn wo vorher leere Wallgräben abbröckelndes Gemäuer umschlossen hatten, befand sich nun alles in bestem Zustand.

Die Ketten rasselten, als an diesem Tag die Zugbrücke schon frühmorgens über den Burggraben fiel. Langsam öffnete sich das Tor, und eine stattliche Anzahl bewaffneter Knappen verließ den Innenhof, an ihrer Spitze ein Ritter in glänzender Rüstung. In der Hand hielt er eine Lanze, auf der ein blutroter, handspannenbreiter Wimpel flatterte. Drei mit Packen und Ballen aller Größen beladene Lastpferde beschlossen den Zug.

Es war Sir Richard of the Lea, der aufgebrochen war, um seine Schuld an Robin Hood zu begleichen. Gemessenen Schrittes zogen sie dahin, bis sie von einem Hügel aus die Stadt Denby vor sich liegen sahen, vor deren Toren viele Fahnen und Wimpel flatterten. Sir Richard fragte einen seiner Knappen: »Was gibt es denn heute in Denby?«

»Heute wird dort ein Jahrmarkt abgehalten«, antwortete der Bewaffnete. »Auch ein großer Ringkampf ist angesagt, und der Sieger bekommt ein Faß Wein, einen Goldring und ein Paar Handschuhe.«

»Meiner Treu«, erklärte Sir Richard, der Wettkämpfe liebte, »das wollen wir uns ansehen. Ich glaube, wir haben genügend Zeit, um uns hier ein Weilchen aufzuhalten.«

In Denby ging es hoch her. Auf der Wiese schlugen Akrobaten ihre Purzelbäume, Dudelsackpfeifer spielten auf, und die Jugend tanzte dazu. Die meisten Besucher aber drängten sich um den Ring, und dorthin lenkten auch Sir Richard und seine Männer ihre Schritte. Als der Schiedsrichter Sir Richard erblickte und ihn erkannte, kam er auf ihn zu, nahm ihn bei der Hand und lud ihn ein, bei ihm Platz zu nehmen. Sir Richard willigte ein und begab sich mit den anderen zur Tribüne, die neben dem Ring errichtet worden war.

Es hatte schon viel zu sehen gegeben an diesem Morgen, denn ein Freibauer namens Egbert aus Stoke in Staffordshire hatte mit Leichtigkeit alle geworfen, die gegen ihn angetreten waren, bis dann ein Ortsansässiger, weithin unter dem Namen William mit der Narbe bekannt, der den rechten Augenblick abgewartet hatte, in den Ring sprang. Es folgte eine zähe Runde, und am Ende warf William den Egbert, worauf großes Geschrei und Händeschütteln folgte, denn die Bürger Denbys waren mächtig stolz auf ihren Lokalhelden.

Als Sir Richard eintraf, paradierte William stolzgeschwellt im Ring auf und ab und forderte die Zuschauer auf, ihre Kräfte mit ihm zu messen. »Ich, William mit der Narbe, trete gegen jedermann an, der es mit mir aufnehmen will, ganz gleich, ob er aus Derbyshire, Nottingham, Stafford oder York kommt. Ich will nicht der tapfere William mit der Narbe sein, wenn ich nicht alle samt und sonders zu Boden werfe.«
Alle lachten über den Prahlhans, und dann hörte man eine laute Stimme rufen: »Nimm nicht den Mund so voll, Freundchen! Hier kommt einer aus Nottinghamshire, der es mit dir aufnehmen will!« Ein hochgewachsener Jüngling drängte sich durch die Menge und sprang leichtfüßig in den Ring. Er war nicht so schwer wie der gedrungene William, aber größer und breiter in den Schultern. Sir Richard faßte ihn genau ins Auge und fragte dann den Schiedsrichter: »Kennst du diesen Jüngling? Ich glaube, ich habe ihn schon einmal gesehen.«
»Nein«, antwortete der Schiedsrichter, »mir ist er fremd.«
Der junge Mann legte seinen Stock zur Seite, zog sich Wams und Hemd aus und stand bald, so wie sein Gegner, mit nacktem Oberkörper da. Dann spuckten beide in die Hände und hockten sich nieder, wobei sie sich aufmerksam beobachteten, um einen möglichst wirkungsvollen Griff anzusetzen. Dann sprangen sie blitzschnell aufeinander zu, und ein lauter Schrei ertönte, denn William hatte seinen Gegner besser zu fassen bekommen. Eine kleine Weile zerrten sie aneinander, brüllten und wanden sich, dann setzte William zu seinem hinterlistigsten Schwung an, aber der Fremde kam ihm zuvor, und der Schlag ging ins Leere. Und plötzlich befreite sich der Fremde mit einem geschickten Haken, und der Mann mit der Narbe sah sich von so starken Armen umfangen, daß ihm schier die Luft wegblieb. Schwer atmend und schweißbedeckt wanden sie sich eine Weile, aber dann wurde die Umarmung des Fremden William doch zuviel; seine Muskeln erschlafften, und ein trockenes Schluchzen entrang sich seiner Kehle. Nun nahm der Fremde seine ganze Kraft zusammen, versetzte seinem Gegner einen Hieb mit der rechten Ferse, und William krachte zu Boden und lag da, als könnte er nie wieder aufstehen.
Aber keine Hand rührte sich, um dem Fremden Beifall zu spenden.

Im Gegenteil: Weil ihm der Sieg so leichtgefallen war, erhob sich unheilvolles Gemurmel, und ein anderer Schiedsrichter, ein Verwandter von William mit der Narbe, musterte ihn drohend: »Wenn du den Mann erschlagen hast, geht es dir schlecht, das kann ich dir schon jetzt sagen.«
»Er ist ein Risiko eingegangen wie ich auch«, erwiderte furchtlos der Fremde. »Ich habe kein Gesetz verletzt – selbst wenn ich ihn erschlagen hätte.«
»Das werden wir ja sehen«, entgegnete der Richter stirnrunzelnd, während neuerlich Unmutsäußerungen laut wurden, denn, wie gesagt, die Bürger von Denby waren stolz auf ihren Narbenmann.
»Der junge Mann hat recht«, meldete sich Sir Richard sanft zu Wort. »Wenn sein Gegner tot ist, hat er den Tod im Ring gefunden – es war ein fairer Kampf.«
Mittlerweile hatten drei kräftige Männer William aufgehoben und festgestellt, daß er nicht tot, sondern nur von seinem schweren Fall ganz benommen war. Der oberste Schiedsrichter erhob sich. »Junger Mann«, sagte er zu dem Fremden, »der Preis gehört dir. Hier ist der goldene Ring, hier sind die Handschuhe, und dort steht das Faß Wein.«
Der Jüngling, der sich wieder angekleidet und seinen Stock zur Hand genommen hatte, verbeugte sich stumm, steckte die Handschuhe an seinen Gürtel und den Ring an seinen Daumen, sprang leichtfüßig über die Seile, bahnte sich einen Weg durch die Menge und war verschwunden.
»Wer dieser Jüngling wohl gewesen sein mag«, wunderte sich der Richter und sah Sir Richard fragend an. »Nach seinen roten Wangen und blonden Haaren zu urteilen, schien er mir ein echter Angelsachse zu sein. Unser William ist auch ein kräftiger Bursche, und ich kann mich nicht erinnern, daß er je eine Niederlage erlitten hätte – wenngleich er mit den wirklich großen Kämpfern wie Thomas aus Cornwall, Diccon aus York und dem jungen David aus Doncaster nie zusammengetroffen ist. Steht er nicht sicher im Ring?«
»Ganz gewiß – und doch wurde er in einem fairen Kampf besiegt«, mußte Sir Richard zugeben und fügte nachdenklich hinzu: »Ich hätte zu gern gewußt, wer er ist.«
Nachdem er noch eine Weile mit den Umstehenden geplaudert

hatte, rief der Ritter seine Männer zusammen, um seinen Weg fortzusetzen.

Mittlerweile spazierte der fremde Jüngling sorglos auf dem Platz herum, ohne auf die feindseligen Zurufe der Menge zu achten. »Seht euch den frechen Kerl an!« hieß es und »Wie der angibt!« und »Glaubt, weiß Gott, wer er ist!« und »Ich wette, er hat unseren guten William mit einem schmutzigen Trick besiegt!« und »Sicher hat er sich die Hände mit Vogelleim bestrichen!« und »Dem sollten wir es eintränken!« Aber der Fremde ließ es sich nicht anfechten und ging seelenruhig auf das Zelt zu, wo getanzt wurde, stellte sich zum Eingang und sah hinein. Plötzlich traf ihn ein Stein am Arm, und als er sich umdrehte, stellte er fest, daß eine aufgebrachte Menge ihm vom Ring bis hierher gefolgt war. Sie johlten und brüllten, und aus dem Tanzzelt kamen die Leute nachsehen, was da vorging. Schließlich näherte sich ihm ein stämmiger, breitschultriger Schmied, einen mächtigen Schlehdornknüppel schwingend, mit drohender Gebärde.

»Bist du nach Denby gekommen, um einen anständigen Burschen übers Ohr zu hauen, du Satansbrut?« knurrte er. »Das soll dir leid tun!« Plötzlich führte er einen Streich gegen den Jüngling, der einen Ochsen niedergeschlagen hätte, doch der Fremde fing ihn ab und schlug so kräftig zurück, daß der Schmied wie vom Blitz getroffen stöhnend zu Boden sank. Wütend brüllte die Menge auf, aber der Fremde stellte sich mit dem Rücken zum Zelt und schwang seinen Stock, so daß keiner ihm nahe zu kommen wagte. Doch irgendein Feigling traf ihn von hinten mit einem spitzen Stein auf den Kopf. Er wankte, und Blut quoll aus der Wunde und lief ihm über Gesicht und Wams. Und nun stürzte sich die Menge auf ihn und trampelte ihn nieder.

Schlimm hätte es dem Jüngling ergehen und ihn sogar das Leben kosten können, wenn Sir Richard nicht den Jahrmarkt besucht hätte, denn plötzlich wurden Schreie laut, Stahl blitzte auf, mit der Breitseite ihrer Schwerter verteilten die Knappen links und rechts ihre Hiebe, und Sir Richard of the Lea kam auf seinem Schimmel herangesprengt. Die Angreifer ließen von ihrem Opfer, das mit Blut und Staub bedeckt dalag, ab und verschwanden wie Schnee in der Sonne. Der junge Mann erhob sich, wischte sich das Blut vom Gesicht und

blickte auf. »Sir Richard of the Lea«, sagte er, »vielleicht habt Ihr mir heute das Leben gerettet.«
»Wer bist du, daß du meinen Namen kennst«, wollte der Ritter wissen. »Ich glaube, ich habe dich schon einmal gesehen, junger Mann.«
»Ja, das habt Ihr«, bestätigte der Jüngling. »Ich bin David aus Doncaster.«
»Ha!« machte Sir Richard. »Mich wundert, daß ich dich nicht erkannt habe, aber dein Bart ist länger, und du selbst bist in diesen Jahren noch stattlicher geworden. Geh dort ins Zelt, David, und wasch dir das Blut aus dem Gesicht. Und du, Ralph, bring ihm ein sauberes Wams. Es tut mir zwar leid, daß man dich hier so behandelt hat, aber ich bin auch froh, daß ich Gelegenheit hatte, einen Teil der Dankesschuld abzutragen, die ich gegenüber deinem Herrn, Robin Hood, habe. Es hätte dir übel ergehen können, wenn ich nicht gekommen wäre.«
Der Ritter führte David in das Zelt, wo sich der Jüngling das Gesicht wusch und das saubere Wams anlegte.
Mittlerweile hatte sich die Nachricht verbreitet, daß der Fremde kein Geringerer als der große David aus Doncaster war, der beste Ringkämpfer im Land, der erst im letzten Frühjahr in Selby in Yorkshire den kräftigen Adam o' Lincoln besiegt hatte. Und so kam es, daß die Leute, als David mit gewaschenem Gesicht und sauberem Wams aus dem Zelt trat, ihn nicht mit zornigen Zurufen empfingen, sondern sich um ihn drängten und stolz zu sein schienen, daß einer der großen Ringer Englands sich herabgelassen hatte, auf dem Jahrmarkt von Denby seine Kunst zu zeigen.
»Freunde!« rief Sir Richard. »Das ist David aus Doncaster. Ihr braucht euch also nicht zu schämen, daß euer Mann von einem so berühmten Ringer geworfen wurde. Er nimmt euch nicht übel, was nachher geschehen ist, aber laßt euch das eine Lehre sein, und empfangt in Zukunft Fremde freundlich und höflich. Hättet ihr ihn erschlagen, es wäre euch übel ergangen, denn Robin Hood wäre mit euch verfahren wie der Turmfalke, wenn er in einen Taubenschlag eindringt. Ich habe David den Wein abgekauft, und ich schenke ihn euch. Aber fallt nie wieder über einen Mann her, nur weil er ein aufrechter Freibauer ist.«

Alle brüllten ihre Zustimmung, dachten aber in Wahrheit mehr an den Wein als an die Worte Sir Richards. Und dann verließ Sir Richard mit David und seinem Gefolge den Jahrmarkt von Denby. Noch nach Jahren, als die Männer, die diesen Ringkampf mit angesehen hatten, schon vom Alter gebeugt waren, schüttelten sie die Köpfe, wenn die Rede auf Wettkämpfe kam, und sagten: »Ja, ja, aber du hättest den großen David aus Doncaster sehen sollen, wie der unseren William mit der Narbe auf dem Jahrmarkt zu Denby besiegte!«

Robin Hood stand mit Little-John und dem Großteil seiner Gefährten auf dem Versammlungsplatz und wartete auf die Ankunft Sir Richards. Endlich sahen sie Stahl durch das herbstliche Laub blitzen, und Sir Richard an der Spitze seiner Männer erschien auf der Lichtung. Er sprang vom Pferd und schloß Robin Hood in die Arme. »Nun«, sagte Robin und musterte Sir Richard prüfend, »du siehst doch etwas fröhlicher aus als vor einem Jahr.«
»Das habe ich dir zu verdanken, Robin«, antwortete der Ritter und legte ihm seine Hand auf die Schulter. »Wärest du nicht gewesen, ich würde heute in einem fernen Land ein elendes Dasein führen. Aber ich halte mein Wort und bringe dir das Geld zurück, das du mir geliehen hast. Ich konnte es zweimal verdoppeln und bin wieder reich geworden. Außerdem habe ich ein paar kleine Geschenke für dich und deine tapferen Gefährten mitgebracht.«
Seinen Männern rief er zu: »Bringt die Lastpferde!«
»Nein, Sir Richard«, protestierte Robin, »nimm es mir nicht übel, aber hier im Sherwood-Forest kommt das Geschäftliche erst, nachdem wir gegessen und getrunken haben.« Worauf er Sir Richard bei der Hand nahm und zum Sitz bei der großen Eiche führte. »Wie kommt es«, fragte er, »daß der junge David aus Doncaster mit dir gekommen ist?«
Sir Richard berichtete ihm, was in Denby vorgefallen und wie es dem jungen David an den Kragen gegangen war, und schloß: »Das ist auch der Grund für unsere Verspätung, Robin. Sonst wären wir schon vor einer Stunde dagewesen.«
Robin ergriff die Hand des Ritters und sagte ergriffen: »Ich fürchte, ich werde meine Dankesschuld dir gegenüber nie abtragen können, denn, glaub mir, lieber würde ich meine rechte Hand verlieren als

erfahren müssen, daß David aus Doncaster etwas zugestoßen ist.« Sie plauderten noch eine Weile, bis gemeldet wurde, daß der Festschmaus angerichtet war.
Nachdem alle gegessen und getrunken hatten, befahl der Ritter, die Lastpferde zu holen. Dann brachte einer der Knappen dem Ritter ein Kistchen; Sir Richard öffnete es und entnahm ihm einen Beutel mit fünfhundert Pfund, die Robin ihm geliehen hatte.
»Sir Richard«, sagte Robin, »du würdest uns allen eine Freude machen, wenn du das Geld als Geschenk von uns hier im Sherwood-Forest annehmen würdest. Habe ich recht, meine Freunde?«
»Jawohl!« kam die Antwort wie aus einem Mund.
»Ich danke euch aus tiefstem Herzen«, erwiderte der Ritter in ernstem Ton, »aber das kann ich nicht annehmen. Ich habe es mir gern von euch geliehen, aber als Geschenk kann ich es nicht behalten.«
Robin drang nicht weiter in ihn und gab Little-John das Geld mit dem Auftrag, es in die Schatzkammer zu bringen, denn er wußte, daß nichts soviel Abneigung und Bitterkeit erzeugen kann wie ein aufgezwungenes Geschenk.
Dann ließ Sir Richard die Packen auf den Boden legen und öffnen, und es erhob sich ein Sturm der Begeisterung, als zweihundert Bogen aus feinstem spanischen Buchenholz, reich mit silberner Einlegearbeit verziert, zum Vorschein kamen. Dazu gab es zweihundert mit Goldfäden bestickte Lederköcher und in jedem Köcher zwanzig Pfeile mit polierter Spitze, die wie Silber glänzte.
Sir Richard übergab jedem Freibauern einen Bogen und einen Köcher mit Pfeilen, Robin aber erhielt einen mit Goldarbeit eingelegten Bogen, und jeder einzelne Pfeil in seinem Köcher war mit Gold belegt.
Die Männer bedankten sich und gelobten einander, ihr Leben für Sir Richard und seine Gemahlin einzusetzen, sollte sich jemals die Notwendigkeit ergeben.
Als die Stunde des Aufbruchs schlug, rief Robin seine Männer zusammen, und jeder einzelne Freibauer nahm eine Fackel zur Hand, um Sir Richard durch den Wald zu geleiten. Am Waldrand angekommen, küßte der Ritter Robin auf die Wange und ritt davon.
So half Robin Hood einem edlen Ritter aus seiner Not, die sonst sein Glück für immer zerstört hätte.

Sechster Teil

1 Little-John wird Barfüßer

Ein kalter Winter war vorüber, und der Frühling gekommen. Wie ein zarter Schleier hingen die sprossenden Blätter an den Zweigen. In leuchtendem Grün lagen die Wiesen, in sattem, samtenen Braun die Felder. Die Bauern führten den Pflug, und zwischen den frischen Ackerschollen suchten Vogelschwärme nach fetten Würmern.

Auf einem Hirschfell vor der alten Eiche lag Robin Hood und wärmte sich wie ein alter Fuchsrüde in der Sonne. Die Arme um die Knie geschlungen, sah er Little-John zu, der aus Hanffäden eine Bogensehne drehte. In ihrer Nähe saß Allan a Dale und spannte eine neue Saite auf seine Leier.

»Im Frühling durch diesen Wald zu streifen, das ist mir mehr wert als König von England zu sein«, sagte Robin nachdenklich. »Welcher Palast ist so schön wie jetzt unsere Bäume, und welchen König gelüstet es nach Kiebitzeiern und Neunaugen wie mich nach saftigem Wildbret und schäumendem Bier. Wie sagt doch Gaffer Swanthold: ›Besser ist ein würziger Brotkanten als ein saurer Honig.‹«

»Jawohl«, verkündet Little-John, während er seine neue Bogensehne mit gelbem Bienenwachs einrieb, »auch für mich ist das Leben, das wir führen, genau das richtige. Du sprichst vom Frühling, aber ich finde, auch der Winter hat seine Freuden. Haben wir, du und ich, im vergangenen Winter nicht viele schöne Stunden im ›Blauen Eber‹ zugebracht? Erinnerst du dich noch an den Abend, als du, Will Stutely, Bruder Tuck und ich dort mit den zwei Bettlern und dem Wandermönch zusammentrafen?«

»Ja freilich«, lachte Robin, »das war an dem Abend, als Will Stutely der Wirtin unbedingt einen Kuß rauben wollte und zum Dank dafür den Bierkrug über den Schädel bekam.«

»Ich erinnere mich«, schmunzelte Little-John. »Und auch an die schönen Lieder, die der Wandermönch uns vorsang.«

»Die waren wirklich schön«, gab Robin Hood zu, »aber ich fand, die beiden Bettler erzählten lustigere Geschichten und führten auch ein lustigeres Leben. Erinnerst du dich noch, was uns der lange Kerl mit dem schwarzen Bart von seiner Bettelei auf dem Jahrmarkt in York erzählte?«

»Ja«, antwortete Little-John, »aber was der Wandermönch vom Erntefest in Kentshire erzählte, war auch nicht von schlechten Eltern. Ich meine, er hatte ein besseres Leben als die zwei anderen.«

»Schon allein um das geistliche Gewand zu ehren, stimme ich meinem Freund Little-John zu«, erklärte Bruder Tuck.

»So hat eben jeder seine eigenen Ansichten«, meinte Robin. »Aber was hältst du davon, Little-John: Du ziehst dir eine Mönchskutte an, und ich halte den ersten Bettler an, den ich treffe, und tausche die Kleider mit ihm. Und noch heute ziehen wir los, jeder für sich; mal sehen, was wir erleben.«

»Das gefällt mir«, antwortete Little-John. »Ich bin dabei.«

Worauf er sich mit Bruder Tuck in die Lagerhütte der Bande begab, aus der er nach einer kleinen Weile mit einer grauen Kutte bekleidet wieder auftauchte. Schallendes Gelächter erhob sich, denn nicht nur hatten seine Gefährten Little-John noch nie in solcher Verkleidung gesehen, die Kutte war obendrein um eine gute Handspanne zu kurz. Aber Little-Johns Hände steckten in den weiten Ärmeln, demütig hielt er den Kopf gesenkt, und an seinem Gürtel hatte er einen langen Rosenkranz hängen.

»Aber nein«, schalt ihn Bruder Tuck und stieß ihn mit dem Ellbogen an, »laß den Kopf nicht so hängen, schau den Leuten frech in die Augen, sonst merkt man gleich, daß du ein falscher Heiliger bist, und kein Mädchen schenkt dir ein Lächeln und keine Hausfrau ein Stück Brot.« Wieder lachten die Männer, und einer meinte, es gebe in ganz England keinen so strammen Mönch wie Little-John.

Little-John band eine kleine Lederflasche an seinem Stock fest, so wie zurückkehrende Pilger sie mit sich führen – mit dem Unterschied, daß diese für gewöhnlich reines Quellwasser mit sich führten, Little-John jedoch – wie konnte es anders sein – seine Flasche mit gutem Malvasier gefüllt hatte. Auch Robin nahm seinen festen Stock zur Hand und steckte zehn Goldpennys in seinen Beutel, um damit dem ersten Bettler, den er traf, sein zerschlissenes Gewand abzukaufen.

Damit war alles bereit, und die zwei Freibauern brachen auf. Sie wanderten über die Waldwege bis zur Straße, dann über die Straße bis zu einer Gabelung, wo es auf der einen Seite nach Blyth und auf der anderen nach Gainsborough ging. Hier blieben sie stehen.

»Nimm du die Straße nach Gainsborough«, schlug Robin vor, »und ich gehe nach Blyth. Leb wohl, heiliger Bruder, und hoffentlich hast du es nicht nötig, bei deinem Rosenkranz Hilfe zu suchen.«

»Das hoffe ich, guter Bettler«, erwiderte Little-John, »und ich bin zuversichtlich, daß du keinen Grund haben wirst, um Gnade zu betteln.«

Pfeifend wanderte Little-John dahin. Die Vögel zwitscherten in den Hecken, die Straße war zu beiden Seiten von Hügeln gesäumt, und weiße Wolken segelten gemächlich über den Himmel. Der frische Wind blies Little-John ins Gesicht und ließ seine Kutte flattern. Endlich kam er zu einer Abzweigung, die nach Tuxford führte. Hier überholte er drei hübsche Mädchen, von welchen jedes einen Korb mit Eiern trug. »Wohin des Wegs, ihr Hübschen?« fragte er.

Die drei steckten die Köpfe zusammen und tuschelten, bis eine sich ein Herz faßte und antwortete: »Wir gehen nach Tuxford zum Markt, um dort unsere Eier zu verkaufen.«

»Na so was!« rief Little-John. »Es ist wirklich eine Schande, daß so hübsche Mädchen wie ihr drei gezwungen seid, Eier zum Markt zu tragen. Also wenn ich in dieser Welt etwas zu bestimmen hätte, ihr wärt alle in feinste Seide gekleidet, würdet auf schneeweißen Schimmeln reiten und nichts als Schlagsahne und Erdbeeren zu essen bekommen. Das wäre ein Leben, wie es solchen Schönheiten zusteht.«

Die Mädchen senkten verwirrt die Blicke, erröteten und lächelten einfältig. »Er macht sich lustig über uns«, meinte die eine. »Ach herrje!« sagte die zweite, und »Hört euch den heiligen Mann an!« die dritte – aber gleichzeitig sahen sie Little-John von der Seite an.

»Heiliger Mann hin, heiliger Mann her«, entgegnete Little-John, »ich habe Augen im Kopf, und wenn einer behauptet, ihr wäret nicht die drei hübschesten Mädchen in Nottinghamshire, schlage ich ihm die Zähne ein. Und ich kann einfach nicht zusehen, wie drei Grazien, wie ihr es seid, mit Körben voll Eiern die Straße entlanggehen. Ich werde das für euch besorgen, wenn eine von euch meinen Stock tragen will.«

»Aber Ihr könnt doch nicht drei Körbe gleichzeitig tragen!«

»Natürlich kann ich das«, sagte Little-John. »Und ich werde euch gleich zeigen, wie. Wozu hat mir der heilige Wilfred meinen Verstand gegeben? Also: Ich nehme den ersten, binde meinen Rosenkranz um den Henkel, streife ihn über den Kopf und nehme den Korb auf den Rücken. So.« Und als er den Korb wie den Ranzen eines Hausierers auf dem Rücken hängen hatte, gab er einem der Mädchen seinen Stock, nahm einen Korb in jede Hand und machte sich auf den Weg nach Tuxford.

Plaudernd und lachend schritten sie dahin, bis die Stadt vor ihnen lag. Hier blieb Little-John stehen und stellte die Körbe ab. Sich im Ort sehen zu lassen erschien ihm zu riskant; er hatte keine Lust, Soldaten des Sheriffs in die Hände zu fallen. »Hier muß ich euch verlassen, meine Hübschen, aber bevor wir uns trennen, wollen wir auf gute Freundschaft trinken.« Er nahm die Flasche vom Stock, zog den Stöpsel heraus und reichte sie dem Mädchen, das den Stock getragen hatte. Dann kamen die zwei anderen dran, und Little-John konsumierte den spärlichen Rest. Dann küßte er die Mädchen herzhaft ab, wünschte ihnen noch einen guten Tag und ging seiner Wege.

»Wie schade«, meinte die eine, »daß ein so frischer, fröhlicher Bursche Mönch geworden ist.«

Für den Anfang war das gar nicht so übel, dachte Little-John, das sind Begegnungen nach meinem Herzen.

Nachdem er eine Weile dahingetrabt war, wurde er wieder durstig. Er setzte die Flasche an die Lippen, aber vergeblich. »Little-John«, sagte er sich und schüttelte traurig den Kopf, »die Frauen werden noch einmal dein Verderben sein.« Endlich erreichte er den Kamm eines Hügels und sah vor sich im Tal eine kleine, mit Stroh gedeckte Wirtschaft liegen. »Freue dich, Freund«, rief eine Stimme in ihm, »da unten warten Rast und kühles Bier auf dich!«

Er hastete den Hügel hinunter und kam bald zu der Schenke, vor deren Tür ein Schild mit einem aufgemalten Hirschkopf hing. Vor dem Haus standen zwei kräftige Gäule mit breiten, weichgepolsterten Sätteln, die auf reiche Gäste in der Wirtsstube schließen ließen. Neben der Tür saßen drei Burschen, ein Kesselflicker, ein Hausierer und ein Bettler auf einer Bank in der Sonne und ließen sich das schäumende Bier schmecken.

»Einen guten Tag, Freunde«, grüßte Little-John und ging auf sie zu.

»Guten Tag, heiliger Bruder«, antwortete der Bettler und lachte. »Deine Kutte ist zu kurz. Schneide einfach oben ein Stück ab und nähe es unten an, dann stimmt's. Aber setz dich doch zu uns und trink einen Becher, wenn deine Weihen es dir nicht verbieten.«

»Keine Sorge«, erwiderte Little-John, »der heilige Dunstan hat mir, was diesen Punkt betrifft, Dispens erteilt.« Und er steckte die Hand in seinen Beutel, um eine Münze hervorzuholen.

»Fürwahr, eine weise Entscheidung des heiligen Dunstan«, meinte der Kesselflicker. »Ohne diese Dispens hätten seine Verehrer viel Buße zu tun. Komm, nimm deine Hand aus dem Beutel; du brauchst nicht zu bezahlen. He, Wirt, eine Kanne Bier!«

Das Bier wurde gebracht und vor Little-John auf den Tisch gestellt. Er blies den Schaum weg, setzte an und leerte die Kanne auf einen Zug. Dann stieß er einen tiefen Seufzer der Befriedigung aus, betrachtete seine Tischgefährten und schüttelte gerührt den Kopf.

»He, Wirt!« rief der Hausierer, »bring dem heiligen Bruder noch eine Kanne. Es ist wahrlich eine Ehre für uns, mit einem Mann an einem Tisch zu sitzen, der einen Krug mit so viel Schwung zu leeren weiß.«

So plauderten sie, bis Little-John nach einer Weile wissen wollte, wem die zwei Gäule gehörten.

»Zwei heiligen Männern wie du einer bist«, gab der Bettler bereitwillig Auskunft. »Sie lassen es sich da drinnen gut schmecken. Eben jetzt ist mir der Duft von gekochtem Huhn in die Nase gestiegen. Die Wirtin sagte, sie kämen von der Abtei zu den Quellen in York und hätten geschäftlich in Lincoln zu tun.«

»Ein lustiges Paar«, wußte der Kesselflicker zu berichten, »der eine ist dürr wie eine Bohnenstange, der andere fett wie ein Pudding.«

»Weil wir gerade von Fett reden«, sagte der Hausierer, »du siehst auch nicht gerade unterernährt aus, heiliger Bruder.«

»Bin ich auch nicht. An meinem Beispiel kannst du sehen, was der heilige Dunstan für gute Menschen tut, die ihm dienen und sich mit einer Handvoll Dörrerbsen und einem Trunk kalten Wassers begnügen.«

Schallendes Gelächter erhob sich. »Ein wahres Wunder«, meinte der Bettler. »Als ich sah, wie meisterhaft du das Bier hinunterschüttest, ich hätte schwören können, du hast schon seit Monaten kein klares

Wasser mehr gekostet. Und dieser heilige Dunstan – hat er dich auch singen gelehrt?«
»Das eine oder andere Liedchen«, antwortete Little-John lachend.
»Dann sing uns doch eines«, bat der Kesselflicker.
Little-John räusperte sich, entschuldigte sich wegen einer leichten Heiserkeit und fing an zu singen:

»Wohin eilst du, schöne Maid?
Willst den Liebsten du nicht freien?
In den Garten laß uns gehen,
Wo die roten Rosen stehen
Und im Wind die Köpfe neigen ...«

Es war Little-John nicht beschieden, das Lied zu Ende zu singen, denn als er gerade so weit gekommen war, öffnete sich die Tür der Wirtschaft, und heraus traten die zwei Brüder der Abtei zu den Quellen. Als sie sahen, wer da sang und daß er die graue Kutte eines Mönches trug, blieben sie wie angewurzelt stehen. Der dicke Kleine runzelte die Stirn, und der Hagere machte ein Gesicht, als ob er saures Bier geschluckt hätte. Und als Little-John gerade zur zweiten Strophe ansetzte, brülle der dicke Kleine: »Schäme dich! Ist das hier der richtige Ort, um zu zechen und schmutzige Lieder zu singen?«
»Da ich nicht in einem so feinen Kloster zechen und singen kann, wie es eure Abtei zu den Quellen ist, muß ich zechen und singen, wo ich gerade bin.«
»Pfui«, schimpfte der große Magere mit scharfer Stimme. »Pfui, daß du mit solchem Gehaben und solchen Worten dein geistliches Gewand entehrst!«
»Hör auf damit! Ich entehre etwas? Ich finde, es ist um vieles schmachvoller für unser Gewand, armen Bauern schwerverdientes Geld abzuluchsen. Habe ich nicht recht?«
Kesselflicker, Hausierer und Bettler stießen einander an und grinsten, und die Mönche maßen Little-John mit finsterer Miene, wußten aber nichts zu erwidern und wandten sich ihren Pferden zu. Plötzlich aber sprang Little-John auf und lief zu ihnen hin. »Laßt mich die Zügel halten!« rief er. »Eure Worte haben mich tief ins Herz getroffen. Ich will nicht länger in diesem Sündenpfuhl verwei-

len und lieber mit euch ziehen, wo keine niedrige Versuchung an mich herantreten wird.« Als seine Tischgefährten das hörten, grinsten sie über das ganze Gesicht, und selbst der Wirt konnte ein Lächeln nicht unterdrücken. Die Mönche sahen sich verwundert an und wußte nicht recht, was sie tun sollten. Der bloße Gedanke, mit einem Bettelmönch im Schlepptau weiterzureiten, war ihnen unerträglich, aber wie sollten sie Little-John daran hindern, sich ihnen anzuschließen? Schließlich konnte er ihnen, wenn ihn die Lust ankam, im Handumdrehen alle Knochen brechen. »Aber guter Bruder«, sagte jetzt der Dicke in sanfterem Ton, »wir werden schnell reiten, und du wirst mit uns nicht Schritt halten können.«

»Ich bin dir dankbar, daß dir mein Wohl so am Herzen liegt«, sagte Little-John, »aber sorge dich nicht. Ich habe kräftige Glieder und könnte wie ein Hase von hier nach Gainsborough laufen.«

Wieder erhob sich Gelächter auf der Bank, und nun ging dem langen Hageren die Galle über. »Scher dich davon!« schrie er. »Schämst du dich nicht, unser christliches Gewand zu entehren? Bleib da, du Saufbold, bleib bei deinen Schweinehirten. Du paßt nicht zu uns.«

»Hast du das gehört, Wirt?« sagte Little-John. »Du bist kein Umgang für diese heiligen Männer. Sie brauchen nur so mit dem Finger zu schnippen, und schon bekommst du von mir eins über den Schädel.«

Die drei auf der Bank brüllten vor Lachen, und der Wirt hatte alle Mühe, sich das Lachen zu verbeißen, denn er wollte sich nicht den Zorn der Brüder von der Abtei zu den Quellen zuziehen. Diese aber bestiegen nun ihre Pferde und machten sich nach Lincoln auf.

»Ich muß euch verlassen, liebe Freunde«, rief Little-John seinen Kumpanen zu, während er sich zwischen die Gäule drängte. »Ich wünsche euch einen guten Tag. Wir drei müssen weiter!« Die zwei Brüder bedachten ihn mit grimmigen Blicken und rückten soweit wie möglich von ihm ab, was zur Folge hatte, daß er mitten auf der Straße daherkam, während sie die Fußwege auf der Seite benutzen mußten.

Solange sie noch in Sichtweite der Wirtschaft waren, ließen die Brüder ihre Pferde im Schritt gehen. Sie wollten die Sache nicht noch schlimmer machen, denn sie konnten sich gut vorstellen, wie die

Leute reden würden, wenn sie hörten, wie die Brüder der Abtei zu den Quellen vor einem armen Bettelmönch ausgerissen waren. Doch als sie den Kamm des Hügels überquert hatten und man sie vom Wirtshaus nicht mehr sehen konnte, sagte der Dicke zum Dünnen: »Sollten wir uns nicht ein wenig beeilen, Bruder Ambrose?«
»Ganz recht«, mischte Little-John sich ein. »Ich finde, wir sollten schneller machen, der Tag ist gleich um. Also wenn es euch nicht zu beschwerlich ist, dann treibt eure Tiere an.«
Die zwei Brüder blieben stumm, funkelten Little-John wütend an und setzten ihre Pferde in leichten Galopp. So ritten sie eine Meile und mehr, und Little-John lief leichtfüßig zwischen ihnen her – bis der dicke Bruder ächzend die Zügel anzog, weil er das Gerüttel nicht mehr ertragen konnte. »Ach ja«, sagte Little-John, »ich dachte mir schon, daß es deinen armen alten Fettwanst zu sehr durchrütteln würde.«
Der dicke Mönch sagte kein Wort, starrte nur vor sich hin und biß sich auf die Lippen. Jetzt ging es gemächlicher weiter. Little-John in der Mitte der Straße pfiff fröhlich vor sich hin, während die zwei Brüder stumm auf ihren Gäulen hockten.
Nach einer Weile kamen ihnen drei fahrende Sänger entgegen, die große Augen machten, als sie einen Mönch in grauer Kutte inmitten der Straße und auf den Seitenpfaden mit hängenden Köpfen zwei heilige Brüder auf mit prächtigen Schabracken geschmückten Gäulen sahen. Little-John schwenkte wie ein Ordnungshüter seinen Stock. »Platz da!« rief er, »Platz da! Platz für uns drei!« Die fahrenden Sänger amüsierten sich königlich. Aber den dicken Bruder schüttelte es wie im Fieber, und die Bohnenstange versuchte immerzu, sich hinter dem Hals seines Pferdes zu verstecken.
Dann trafen sie zwei Ritter mit Falken auf den Fäusten, in ihrer Begleitung zwei Damen in Samt und Seide, alle auf edlen Pferden. Little-John verbeugte sich demütig vor ihnen. »Seid gegrüßt, Lordschaften und Ladies«, sagte er, »jetzt kommen wir drei!«
Alle lachten, aber eine der Damen rief: »Von welchen dreien sprichst du, guter Freund?«
Und Little-John antwortete: »Wir sind der große Jack, der Bohnenstangen-Jack und der Pudding-Jack.«
Der dicke Bruder stöhnte, und einen Augenblick lang sah es aus, als

würde er vor Scham aus dem Sattel fallen; der andere sagte gar nichts und starrte nur mit steinerner Miene vor sich hin.
Als sie eine Wegkreuzung erreichten, die sich hinter einer hohen Hecke verbarg, zügelte der hagere Bruder plötzlich sein Pferd. »Hör mal, Kerl«, sagte er mit zornbebender Stimme. »Wir haben genug von dir und keine Lust, uns weiterhin verspotten zu lassen. Geh deiner Wege und laß uns in Frieden!«
»Donnerwetter!« gab Little-John sich überrascht. »Ich dachte, wir verstünden uns prächtig, und jetzt gerätst du plötzlich aus dem Häuschen. Aber um die Wahrheit zu sagen, ich habe auch genug von euch. Ich weiß, daß ihr mich vermissen werdet, aber wenn ihr mich braucht, vertraut es dem Wind an – der wird es mich wissen lassen. Und noch eines: ich bin arm und ihr seid reich. Gebt mir doch einen Penny oder zwei, damit ich mir in der nächsten Wirtschaft Brot und Käse kaufen kann.«
»Wir haben kein Geld«, antwortete der Magere grob. »Komm, Bruder Thomas, reiten wir weiter.«
Little-John hielt beide Pferde an den Zügeln fest. »Habt ihr wirklich kein Geld bei euch?« fragte er. »Um der Barmherzigkeit willen, gebt mir etwas, damit ich mir ein Stück Brot kaufen kann, und wäre es auch nur ein Penny.«
»Ich sage dir, wir haben kein Geld«, donnerte der Dicke.
»Ja ist denn das möglich, gar kein Geld?«
»Keinen Penny«, antwortete der Magere verdrießlich.
»Keinen Penny«, pflichtete ihm der Dicke bei.
»Das darf nicht sein«, erklärte Little-John. »Ich kann nicht zulassen, daß ihr ohne Geld von mir scheidet. Steigt sofort ab, ihr beide, und wir werden hier auf der Straße niederknien und zum heiligen Dunstan beten, er möge uns etwas Geld schicken, damit wir unseren Weg fortsetzen können.«
»Was redest du da, du Satansbraten«, stieß die Bohnenstange zornig hervor und knirschte vor Wut fast mit den Zähnen. »Du verlangst tatsächlich von mir, dem Oberkellermeister der Abtei zu den Quellen, ich soll vom Pferd steigen, mich auf der schmutzigen Straße niederknien und zu irgendeinem lumpigen angelsächsischen Heiligen beten?«
»Ich hätte Lust, dir eins über den Schädel zu ziehen, wenn du so ab-

fällig über den heiligen Dunstan sprichst! Steig sofort ab, sonst reißt mir die Geduld, und ich vergesse, daß wir beide Ordensbrüder sind.« Dabei ließ er seinen Stock drohend herumwirbeln.
Die zwei Brüder erblaßten. Schnell rutschten sie von ihren Pferden herunter. »Und jetzt auf die Knie und ordentlich gebetet«, sagte Little-John, legte jedem seine Pranke auf die Schulter und drückte sie zu Boden; er kniete sich neben sie und begann den heiligen Dunstan mit lauter Stimme um Hilfe zu bitten. Nach einer Weile forderte er seine »Amtsbrüder« auf, in ihren Beuteln nachzusehen, ob der Heilige ihnen etwas geschickt hatte, worauf jeder die Hand in seine Tasche steckte und sie leer wieder herauszog.
»Ha!« machte Little-John, »eure Gebete zeigen nicht gerade sehr viel Wirkung. Versuchen wir es noch einmal.« Abermals flehte er den heiligen Dunstan an, und das ging etwa so: »O du gnadenreicher Dunstan! Schicke diesen armen Menschen sofort etwas Geld, sonst siecht der Fette dahin, bis er so hager ist wie der Hagere, und der Hagere verzehrt sich, bis nichts mehr von ihm übrig ist – noch bevor sie in Lincoln sind. Aber schicke jedem nur zehn Shilling, nicht mehr, sonst werden sie noch hoffärtig. Und jetzt«, sagte er und erhob sich, »wollen wir einmal sehen, was jeder von uns bekommen hat.« Er steckte die Hand in seine Tasche und zog vier Goldpennys heraus. »Und wie sieht es bei euch aus, Brüder?«
Noch einmal steckten die Brüder jeder die Hand in ihre Tasche, ohne etwas zum Vorschein zu bringen.
»Nichts?« wunderte sich Little-John. »Ich wette, es hat sich im Saum eurer Tasche verkrochen. Laßt mich mal sehen.« Er ging zuerst zum hageren Bruder, steckte die Hand in dessen Tasche und zog einen ledernen Beutel hervor, der einhundertzehn Pfund in Gold enthielt. »Dachte ich es mir doch! Das Geld, das der heilige Dunstan dir geschickt hat, war im Saum versteckt. Mal sehen, ob er dir auch etwas geschickt hat.« Er ließ seine Hand in die Tasche des Dicken gleiten, holte ebenfalls einen Lederbeutel hervor und fand siebzig Pfund darin.
Bis auf ein einziges Pfund steckte Little-John alles in seine Tasche und sagte: »Ihr habt mir euer heiliges Ehrenwort gegeben, daß ihr kein Geld habt. Da ihr heilige Männer seid, könnt ihr nicht gelogen haben, und so weiß ich, daß der gute heilige Dunstan meine Gebete

erhört und das Geld geschickt hat. Ich habe ihn aber gebeten, jedem von euch nur zehn Shilling zu schenken; alles, was über diese Summe hinausgeht, gehört von Rechts wegen mir, und darum behalte ich es. Ich wünsche euch einen guten Tag und eine gute Reise.«
Little-John wandte sich um und ging seiner Wege. Die beiden Mönche sahen einander traurig an, bestiegen ihre Pferde und ritten stumm weiter. Der Ärger über den Verlust ihres Geldes hatte ihnen die Rede verschlagen.
Little-John aber pfiff ein fröhliches Lied und lenkte seine Schritte zum Sherwood-Forest zurück.
Und nun wollen wir sehen, wie es Robin Hood in seiner Rolle als Bettler erging.

2 *Robin Hood wird Bettler*

Nachdem Robin sich von Little-John getrennt hatte, wanderte er munter weiter. Aus Freude an der Schönheit des Tages sang er hin und wieder ein Lied, blickte zu den weißen Wolken auf, die langsam über den Himmel zogen, und betrachtete die knospenden Hecken und das saftige Gras. Er lauschte dem Trillern der Vögel im Dickicht und dem Krähen des Hahnes auf dem Bauernhof. So zog er dahin, plauderte mit den jungen Mädchen, die ihm da und dort begegneten, doch der Morgen verging, ohne daß er auf einen Bettler gestoßen wäre, mit dem er die Kleidung hätte tauschen können. »Wenn nicht bald etwas geschieht«, sagte er sich, »vergeude ich nur die Zeit. Der halbe Tag ist schon so gut wie um, und ich weiß nichts vom Leben eines Bettlers.«
Mit der Zeit wurde er hungrig, und nun dachte er nicht mehr an Frühling, Blumen oder Vögel, sondern an Kapaune, Wein, weißes Brot und ähnliches. »Ich wollte«, sagte er sich, »ich hätte Aladins Wunderlampe. Ich wüßte schon, was ich mir wünschen würde. Zuerst einmal eine zarte Lerchenpastete, nicht zu trocken, mit viel Saft; dann ein Huhn mit Taubeneiern garniert, mit ein paar Schnitten Weizenbrot, noch warm vom Ofen, mit knuspriger brauner Rinde, als Beilage. Dazu brauche ich drei bauchige Flaschen, die eine mit Malvasier, die zweite mit Kanarienwein und die dritte mit hellem

Südwein gefüllt.« Und während er sprach, lief ihm das Wasser im Mund zusammen.

So kam er zu einer Stelle, wo die staubige Straße eine scharfe Biegung um die Hecke beschrieb, und dort sah er auf einem Zauntritt einen kräftigen Kerl sitzen, der müßig die Beine baumeln ließ. Der Tagedieb war mit einem Dutzend Beutel und Taschen behängt. Die Flecken auf seiner Jacke waren so vielfarbig wie die Streifen auf einem Maibaum im Frühjahr. Auf dem Kopf trug er eine breite Ledermütze, und auf den Knien hatte er einen festen Stock aus Schwarzdornholz liegen, der Robins Stock an Länge und Schwere nicht nachstand. Seine schieferbraunen Augen tanzten und sprühten vor guter Laune, und schwarze Locken ringelten sich um seinen Kopf.

»Heda, guter Freund«, sprach Robin ihn an, »was machst du hier an diesem schönen Tag, wo ringsum die Blumen sprießen und die Knospen aufbrechen?«

Der Bettler zwinkerte ihm zu und stimmte sogleich ein Liedchen an:

»Ich sitz' hier auf dem Zaune
Und bin recht guter Laune.
Auf meine Liebste wart' ich hier
Und freue mich am Sonnenschein.
Viele Küsse schenk ich dir,
Wirst du erst bei mir sein.«

»Das ist ein schönes Lied«, bemerkte Robin anerkennend, »und wenn mir jetzt der Sinn danach stünde, würde ich gern noch mehr von dir hören. Aber ich habe über zwei wichtige Dinge mit dir zu reden, also hör mir gut zu.«

Der Bettler legte den Kopf zur Seite, wie diebische Elstern das zu tun pflegen. »Für ernsthafte Dinge bin ich kein geeigneter Kumpane«, erklärte er, »und wenn ich mich nicht täusche, hast du auch selten Ernsthaftes im Kopf.«

»Was ich dir zu sagen habe«, gab Robin zurück, »ist eine für mich überaus wichtige Frage, nämlich: Wo bekomme ich etwas zu essen und zu trinken?«

»Ich mache mir über diesen Punkt keine ernsthaften Gedanken«, erwiderte der Bettler. »Ich esse, wenn ich etwas zu essen bekomme, und ich kaue die Kruste, wenn ich keine Krume habe; ist kein Bier zur Hand, spüle ich den Staub mit kaltem Wasser hinunter. Als du auf mich zukamst, dachte ich gerade nach, ob ich mein Fasten abbrechen sollte oder nicht. Ich warte gern, bis mich der Hunger tüchtig plagt, denn dann schmeckt mir ein trockenes Stück Brot so gut wie König Heinrich die schönste Wildbretpastete. Im Augenblick verspüre ich einen gesegneten Appetit, aber in einer kleinen Weile wird er sich zu einem tüchtigen Hunger gemausert haben.«

»Fürwahr«, lachte Robin, »du bist ein Feinschmecker ganz besonderer Art. Aber hast du wirklich nichts als trockenes Brot bei dir? Für so magere Kost scheinen mir deine Taschen und Beutel recht prall und wohlgefüllt zu sein.«

»Nun, vielleicht ist auch noch etwas anderes drin«, antwortete der Bettler verschmitzt.

»Und außer kaltem Wasser hast du nichts zu trinken?«

»Nicht einen Tropfen. Hinter diesem Wäldchen steht das netteste Wirtshaus, das du je gesehen hast, aber der Wirt hat etwas gegen mich, und darum lasse ich mich dort lieber nicht blicken. Als der Prior von Emmet dort einmal zu Mittag aß, stellte die Wirtin einen feinen kleinen Apfelkuchen zum Abkühlen auf das Fensterbrett, und weil ich fürchtete, jemand hätte ihn vergessen, nahm ich ihn an mich, um ihn aufzuheben, bis der Eigentümer gefunden war. Seitdem begegnen sie mir äußerst unwirsch, aber der Wahrheit die Ehre: sie schenken das beste Bier aus, das mir je durch die Gurgel gelaufen ist.«

Robin lachte. »Undank ist der Welten Lohn«, meinte er. »Aber sag ehrlich: Was hast du in deinen Taschen?«

»Tja, was haben wir denn da?« versetzte der Bettler und lugte in seine verschiedenen Taschen. »Da hätten wir einmal ein ansehnliches Stück Taubenpastete ... einen durchwachsenen Eberbraten ... einen Laib knuspriges Weißbrot. Hier habe ich vier Fladen und ein Schinkenbein. Und wie seltsam! Da sind doch tatsächlich sechs Eier, die zufällig von einem Hühnerhof gekommen sein müssen. Sie sind roh, aber wenn man sie mit dem Stück Butter, das ich da sehe, auf dem Feuer brät ...«

»Halt ein, Freund!« rief Robin. »Mir läuft das Wasser im Mund zu-

sammen, und wenn du mich zum Essen einlädst, eile ich schnurstracks zu der kleinen Schenke, von der du sprachst, und bringe uns einen Schlauch voll Bier.«
»Du brauchst nichts mehr zu sagen«, versetzte der Bettler und kletterte vom Zaun herunter. »Ich werde dir nur vom Besten vorsetzen, das ich in meinen Taschen habe, und dem heiligen Cedric für deine gute Tat danken, aber bringe bitte mindestens drei Maß – eine für dich und zwei für mich –, denn vor Durst klebt mir die Zunge am Gaumen.«
Robin machte sich auf, und der Bettler ließ sich unter einer Linde hinter der Hecke nieder, breitete dort seine Schätze aus und briet die Eier auf einem kleinen Feuer. Nach einer Weile kam Robin mit einem Schlauch Bier auf der Schulter zurück und legte ihn ins Gras.
»Freund«, sagte der Bettler, »laß mich den Schlauch anfassen.«
»Nur zu«, lachte Robin. »Ich will inzwischen mal nachsehen, ob deine Taubenpastete auch frisch ist.«
So griff der eine nach dem Bier und der andere nach der Pastete, und eine Weile war außer Kauen und Trinken nichts zu hören, aber endlich schob Robin das Essen zurück und seufzte befriedigt, denn er fühlte sich wie neugeboren.
»Und jetzt«, sagte er und stützte sich auf einen Ellbogen, »möchte ich mit dir über die andere wichtige Sache reden, die ich zuvor erwähnt habe.«
»Wie denn!« gab der Bettler vorwurfsvoll zu bedenken. »Du wirst doch bei einem solchen Bier nicht von Geschäften sprechen wollen!«
»Trink nur ruhig weiter«, lachte Robin. »Du sollst nur wissen, daß ich an deiner Zunft Gefallen gefunden und Lust bekommen habe, das Bettlerleben einmal zu versuchen.«
»Es wundert mich nicht, daß du an meiner Lebensweise Gefallen gefunden hast, lieber Freund, aber daran Gefallen zu finden und ein Bettlerleben zu führen, das sind zwei verschiedene Dinge. Es bedarf einer langen Lehrzeit, bis man erst einmal ein guter Almosenempfänger ist, geschweige denn ein ordentlicher Fechtbruder oder Klinkenputzer.«
»Das mag schon sein«, gab Robin zu. »›Schuster, bleib bei deinen Leisten‹, hat schon der alte Gaffer Swanthold gesagt. Aber ich

möchte es trotzdem einmal versuchen, und dazu brauche ich die richtige Kleidung.«
»Und wenn du angezogen wärst wie der heilige Wynten, unser Schutzpatron, du würdest nie wie ein Bettler aussehen. Jeder echte Bettler merkt sofort, daß du nicht zu uns gehörst, und prügelt dich windelweich.«
»Trotzdem möchte ich es versuchen«, sagte Robin, »und ich denke, ich werde mit dir meine Kleider tauschen, denn ich finde sie hübsch, geradezu reizend. Und dazu bekommst du auch noch zwei Goldpennys. Ich habe meinen Stock mitgenommen, weil ich dachte, ich müßte einem deiner Zunftbrüder eins auf den Deckel geben, um ihn zu überzeugen, aber ich bin dir so dankbar für das feine Essen, das du mir vorgesetzt hast, daß ich nicht einmal den kleinen Finger gegen dich erheben würde. Du brauchst also keine Angst zu haben.«
»Den Finger gegen mich erheben?« gab der Bettler zurück und stemmte die Arme in die Seiten. »Hast du den Verstand verloren? Ich heiße Riccon Hazel und komme aus Holywell in Flintshire. Ich habe schon ganz anderen Leuten den Schädel eingeschlagen, und du hättest längst eins auf den Deckel bekommen, wenn ich dir nicht für das gute Bier dankbar wäre. Nein, du bekommst nicht einen Zipfel von meinem Wams, und wenn es um mein Leben ginge.«
»Es wäre mir geradezu peinlich, deinen hübschen Kopf verbeulen zu müssen, Freundchen«, knurrte Robin. »Also halt gefälligst den Mund.«
»Tut mir leid für dich, Mann!« rief der Bettler erbost, sprang auf und griff zu seinem Stock. »Aber das hast du dir selbst zuzuschreiben. Nimm deinen Stock und verteidige dich. Ich werde dich nicht nur zusammenschlagen, sondern dir auch noch dein Geld abnehmen und dir nicht einmal einen Penny lassen, um dir dafür Gänsefett für die Beulen auf deinem Schädel kaufen zu können.«
Nun sprang auch Robin auf und griff zu seinem Stock. »Nimm mir mein Geld ab, wenn du kannst. Du sollst jeden Penny von mir haben, wenn du an mich rankommst.«
Nun schwang der Bettler seinen Stock und führte einen gewaltigen Schlag, den Robin jedoch auffing. Der Bettler führte noch drei weitere Schläge, ohne jedoch Robin auch nur ein Haar krümmen zu können. Dann nutzte Robin seine Chance, und bevor Riccon noch

bis drei zählen konnte, flog sein Stock über die Hecke, und er selbst lag wie tot im Gras.
»Und jetzt?« fragte Robin lachend, doch als er sah, daß sein Gegner betäubt war, holte er das Bier, träufelte es ihm auf den Kopf und gab ihm davon zu trinken. Bald schlug der Bettler wieder die Augen auf und sah sich verwirrt um.
»Nun, lieber Freund, willst du mit mir die Kleider tauschen, oder muß ich dir noch eins aufs Dach geben? Hier sind zwei Goldpennys, wenn du mir freiwillig deine Lumpen, Taschen und Beutel und deine Mütze gibst. Wenn nicht, fürchte ich, ich werde . . .« Und er warf einen bedeutsamen Blick auf seinen Stock.
Riccon setzte sich auf und rieb sich die Beule auf seinem Schädel. »Donnerwetter«, sagte er, »ich dachte, ich würde dir eine Abreibung verpassen. Vielleicht habe ich mehr Bier getrunken, als mir guttut. Wenn du meine Lumpen haben willst, muß ich sie dir wohl geben, aber zuerst versprich mir, daß du mir nur meine Kleider und sonst nichts wegnimmst.«
»Du hast mein Wort als Freibauer«, antwortete Robin und dachte bei sich, der Bursche hätte wohl ein paar Pennys, die er behalten wollte. Der Bettler aber nahm ein kleines Messer, das er am Gürtel hängen hatte, schnitt das Futter seines Wamses auf, holte zehn Goldpfund heraus und legte sie, listig grinsend, neben sich ins Gras. »Jetzt kannst du meine Kleider haben und brauchst mir auch keine zwei Goldpennys zu bezahlen.«
»Du bist wirklich ein schlauer Kerl«, sagte Robin. »Wer weiß, ob du mir durch die Lappen gegangen wärst, wenn ich gewußt hätte, wieviel Gold du besitzt. Ich könnte wetten, daß du es nicht auf ehrliche Weise erworben hast.«
Nun zogen sich beide aus und legten die Kleider des anderen an. Der wackere Riccon aus Holywell war begeistert von der schönen grünen Tracht, die er bekommen hatte. »Jetzt bin ich ein Paradiesvogel«, meinte er. »Nicht einmal meine Liebste wird mich in dieser Kluft wiedererkennen. Was noch an Essen da ist, kannst du behalten; solange mein Geld reicht, werde ich es mir an nichts fehlen lassen.«
Er kletterte über den Zauntritt, stimmte ein Lied an und verschwand hinter der Hecke.

Als das Lied in der Ferne verklungen war, kletterte auch Robin über den Zaun, schlug aber dann die entgegengesetzte Richtung ein. Die Straße stieg einen sanften Hügel hinan. Mit einem Dutzend Taschen behängt, marschierte Robin dahin, ohne jemandem zu begegnen, denn es war Mittag, die friedlichste Zeit des Tages. Schließlich kam er zu einem mit Gras bewachsenen Pfad, der von der Straße abzweigte und den einen Hügel ins Tal hinunter, quer über einen Bach, und den anderen Hügel hinauf zu einer Windmühle führte, die auf dem Kamm der Anhöhe stand, wo der Wind die Bäume zauste. Robin gefiel die Gegend, und er schritt den sonnenbeschienenen Hang hinunter ins Tal, wo er unversehens auf vier Kerle stieß, die mit ausgestreckten Beinen auf dem Boden saßen und sich ihr Essen schmecken ließen.

Es waren vier fröhliche Bettler, und jeder von ihnen trug ein kleines Täfelchen um den Hals gehängt. Auf dem einen stand »Ich bin blind« geschrieben, auf einem anderen »Ich bin taub«, auf dem dritten »Ich bin stumm« und auf dem letzten »Habt Mitleid mit einem Lahmen«. Doch so schmerzlich die auf den Täfelchen angeführten Gebrechen auch zu sein schienen, die vier Kumpel schmausten und zechten so genüßlich, als gäbe es auf dieser Welt weder Krankheit noch Elend noch Armut.

Der Taube war der erste, der Robin hörte: »Aufgepaßt, Brüder, ich höre jemanden kommen«, und der Blinde sah ihn als erster, denn er sagte: »Er ist ein anständiger Kerl, Freunde, und ein Mitglied unserer Zunft.« Der Stumme aber rief ihm zu: »Willkommen, Bruder, setz dich zu uns! Wir haben noch etwas zu essen, und in der Flasche ist auch noch ein wenig Malvasier.«

Der Lahme aber, der sein Holzbein abgeschnallt und sein richtiges ausgestreckt hatte, rückte zur Seite, um Robin Platz zu machen. »Wir freuen uns, dich zu sehen, Bruder«, sagte er und hielt ihm die Flasche Malvasier entgegen.

»Eigentlich«, bemerkte Robin, »ist es ganz natürlich, daß ihr alle froh seid, mich zu sehen. Schließlich habe ich den Blinden sehend gemacht, den Lahmen gehend, den Tauben hörend, und ich habe dem Stummen die Sprache wiedergegeben. Ich trinke auf euer Glück, nicht auf eure Gesundheit, denn das ist offenbar nicht mehr nötig.«

Die Männer lachten, und der Blinde, ihr Anführer und der kräftigste und breitschultrigste von allen, klopfte Robin freundlich auf die Schulter.

»Woher kommst du, Bursche?« fragte der Stumme.

»Ich habe heute im Sherwood-Forest übernachtet.«

»Tatsächlich?« wunderte sich der Taube. »Für alles Geld, das wir nach Lincoln tragen, würde ich nicht im Sherwood-Forest schlafen. Wenn Robin Hood einen von uns erwischt, ich fürchte, er würde ihm die Ohren abschneiden.«

»Das glaube ich auch«, stimmte Robin ihm lachend zu. »Aber von welchem Geld redet ihr?«

»Unser König, Peter von York«, antwortete der Lahme, »hat uns mit diesen Geldern nach Lincoln geschickt, um . . .«

»Still, Hodge«, fiel ihm der Blinde ins Wort. »Ich hege keinen Zweifel an unserem Gast hier, aber schließlich kennen wir ihn ja nicht. Was bist du eigentlich, Freund? Fechtbruder, Klinkenputzer, Stromer, spielst du den Aussätzigen, oder machst du auf verrückt?«

Robin starrte ihn verständnislos an. »Was soll der Unsinn? Was ist das für ein Geschwafel? Diese Sprache verstehe ich nicht.«

Nach diesen Worten trat Stille ein, und erst nach einer kleinen Weile sagte der Blinde: »Es soll wohl ein Scherz sein, wenn du behauptest, du verstündest diese Sprache nicht? Beantworte mir eine Frage: Brauchst du eine Lauseharke, um die Sore zu köpfen?«

»Wenn ihr euch weiter über mich lustig macht«, versetzte Robin Hood ärgerlich, »wird es euch übel ergehen. Ich habe gute Lust, euch das Leder zu gerben, und würde es auch schon getan haben, wenn ihr mir nicht den guten Malvasier zu trinken gegeben hättet. Ist noch etwas in der Flasche?«

Kaum hatte Robin diese Worte ausgesprochen, sprangen die vier Bettler auf, und jeder griff nach seinem Knüppel, den er neben sich im Gras liegen hatte. Auch Robin sprang auf. Er wußte zwar nicht, was er falsch gemacht hatte, aber er nahm seinen Stock und stellte sich mit dem Rücken an einen Baum, um sich vor einem Angriff zu schützen. »Was habt ihr bloß!« rief er. »Wollt ihr vier gegen einen kämpfen? Seid ihr verrückt geworden? Ich habe euch doch nichts getan!«

»Du lügst!« schrie der falsche Blinde. »Du bist ein elender Spion!

Aber deine Ohren haben zuviel gehört, und darum mußt du sterben! Kommt, Brüder! Schlagt ihn nieder!« Und wie ein wütender Stier sprang er auf Robin los, doch der Freibauer war auf alles vorbereitet. Zwei blitzschnelle Hiebe, und der Blinde lag im Gras und rührte sich nicht mehr.
Die anderen wichen zurück und beschränkten sich darauf, Robin wütend anzustarren. »Wagt es nur, ihr Lumpenpack!« rief dieser. »Hier bekommt jeder, was er braucht. Wer beehrt mich als nächster?«
Als Robin sie zögern sah, sprang er, seinen Stock schwingend, mit einem Satz auf sie los. Der Stumme ging zu Boden, und der Knüppel fiel ihm aus der Hand. Die anderen duckten sich, um nicht auch eines abzubekommen, und nahmen eilends Reißaus – der eine in diese, der andere in jene Richtung. Lachend folgte Robin ihnen mit den Blicken; noch nie hatte er einen Lahmen so schnell laufen sehen.
Nun wandte sich Robin den zwei anderen Schurken zu, die im Gras lagen und keinen Mucks machten. Die Burschen, fiel ihm ein, haben doch von Geld gesprochen, das sie nach Lincoln bringen sollen; vielleicht hat dieser Blinde, um dessen Augen ihn so mancher beneiden könnte, etwas bei sich. Wäre doch schade, wenn gutes Geld in den Taschen dieses diebischen Gesindels bliebe. Er beugte sich über den stämmigen Mann und durchsuchte ihn, bis seine Finger auf einen Lederbeutel stießen, den er unter dem zerlumpten Wams um seine Mitte geschlungen hatte. Der Beutel wog ziemlich schwer in seiner Hand. »Wäre doch schön«, sagte er sich, »wenn er mit Goldmünzen statt mit Kupferpennys gefüllt wäre.« Er setzte sich ins Gras, öffnete den Beutel und guckte hinein. Er fand vier in gegerbte Schafshaut gewickelte Rollen; er öffnete sie und sperrte Mund und Augen auf, denn sie enthielten jede fünfzig Pfund in Gold! »Daß die Bettlergilde schwerreich ist, habe ich schon oft gehört«, sagte er sich, »aber daß sie solche Summen über Land schickt, hätte ich nie gedacht. Ich nehme das Geld mit, denn ich verwende es lieber für wohltätige Zwecke und meine Gefährten, als daß ich es diesen Strauchdieben überlasse.« Er schüttelte die Goldstücke in den Lederbeutel zurück und barg diesen an seiner Brust. »Liebe Freunde«, wandte er sich dann an die zwei Burschen, die immer noch

regungslos im Gras lagen, »ich danke euch herzlich für alles, was ihr mir heute gegeben habt, und wünsche euch noch einen guten Tag.« Er hob seinen Stock auf und setzte fröhlich seinen Weg fort.

Als die zwei Bettler im Gras wieder zu sich kamen und sich aufrichteten, und die anderen frischen Mut faßten und zurückkehrten, saßen sie da wie vier Häufchen Elend; zweien dröhnte der Schädel, der Malvasier war alle, und sie wußten nicht, wohin sie sich wenden sollten. Die Schatzkammer der Bettlergilde in Lincoln war um zweihundert Pfund ärmer, als sie es gewesen wäre, hätte Robin nicht den Blinden, den Tauben, den Stummen und den Lahmen auf der Straße nach Blyth getroffen.

Ein fröhliches Lied auf den Lippen, schritt Robin weiter. Er war ein so gutaussehender, frischer und sauberer Bettler, daß jedes Mädchen, dem er begegnete, ein nettes Wort für ihn hatte, und selbst die Hunde, die Bettler für gewöhnlich nicht eben schätzten, schnupperten freundlich an seinen Beinen und wedelten zutraulich mit dem Schwanz, denn Hunde erkennen rechtschaffene Menschen am Geruch, und rechtschaffen war Robin – auf seine Art.

Schließlich kam er zu der Wegkreuzung bei Ollerton, und weil er ein wenig müde war, beschloß er, hier ein Weilchen zu rasten. Es wird Zeit, zum Sherwood-Forest zurückzukehren, dachte er, aber ich hätte gerne noch etwas erlebt. Er blickte die Straße hinauf und die Straße hinunter, und es dauerte nicht lange, da tauchte in der Ferne ein Reiter auf. Als er nahe genug war, mußte Robin lachen, denn der Reiter bot einen gar zu komischen Anblick. Es war ein hagerer, runzeliger Mann, und man hätte nicht sagen können, ob er dreißig Jahre zählte oder sechzig – er bestand praktisch nur aus Haut und Knochen. Sein Gaul war genauso mager, er ließ den Kopf hängen, in seiner Mähne schienen Mäuse genistet zu haben, und seine Rippen standen hervor wie die Reifen an einem Bierfaß. So kam das Pferd also langsam dahergetrottet, und bei jedem Schritt hob es den Reiter im Sattel auf und nieder. Robin lachte, bis ihm die Tränen über die Wangen kollerten, denn überdies trug der Reiter statt Schuhen große Holzpantinen, deren Sohlen eine halbe Handspanne dick und mit Nägeln beschlagen waren.

Aber so herzlich Robin auch lachte, er wußte, daß er einen reichen Kornhändler aus Worksop vor sich sah, der schon des öfteren das

ganze Getreide in der Gegend aufgekauft und zurückgehalten hatte, um auf Kosten der Armen Wucherpreise zu erzielen. Darum war er bei allen verhaßt, die ihn kannten.
»Du bist es also, du Blutsauger!« dachte Robin im stillen. »Wenn ich dich doch nur bis aufs Hemd ausziehen könnte! Aber du bist ja viel zu gerissen, als daß du so nahe dem Sherwood-Forest einen Teil deiner Reichtümer – allesamt auf unehrenwerte Weise erworben – mit dir herumtragen würdest. Trotzdem will ich sehen, was sich tun läßt. Wie sagt schon Gaffer Swanthold? Wer nicht wagt, der nicht gewinnt.«
Als der Kornhändler auf die Stelle zugeritten kam, wo Robin saß, trat ihm dieser mit all seinen Flicken und Lumpen, seinen Beuteln und Taschen in den Weg und griff dem Pferd in die Zügel.
»Wer bist du, Kerl, daß du es wagst, mich aufzuhalten?« fragte der Magere in trockenem, säuerlichen Ton.
»Hab Mitleid mit einem armen Bettler«, erwiderte Robin. »Schenk mir einen Penny, damit ich mir ein Stück Brot kaufen kann.«
»Fort mit dir!« fuhr ihn der Kornhändler an. »Spitzbuben deiner Art gehören ins Gefängnis oder an den Galgen! Ich würde dich nicht frei herumlaufen lassen.«
»Wie kannst du nur so reden«, protestierte Robin, »wir sind doch Brüder im Geist, Mann! Nehmen wir nicht den Armen, was sie kaum entbehren können? Leben wir nicht beide, ohne nur den Finger krumm zu machen? Hat einer von uns schon einmal ehrlich verdientes Geld in der Hand gehabt? Na also! Wir sind Brüder im Geist, sage ich dir, nur daß du reich bist und ich arm, darum bitte ich dich um einen Penny.«
»Dummes Gerede!« rief der Kornhändler wütend. »Wenn ich dich je in einer Stadt erwische, lasse ich dich auspeitschen. Einen Penny willst du? Ich habe keinen Penny in meinem Beutel. Und wenn Robin Hood höchstpersönlich mich durchsuchte, er würde kein Geld bei mir finden. Ich bin doch nicht so blöde, daß ich mit Geld im Beutel so nahe am Sherwood-Forest vorbeireite, wo dieser Strauchdieb lauert.«
Robin sah sich verstohlen um, so als fürchte er, belauscht zu werden, trat dicht an den Kornhändler heran, stellte sich auf die Zehen und flüsterte ihm ins Ohr: »Glaubst du wirklich, ich wäre ein Bettler?

Schau mich doch an! Kein Schmutzfleck auf meinen Händen, auf meinem Gesicht. Ich bin so ehrlich wie du. Sieh nur.« Er zog den Geldbeutel hervor und zeigte dem Kornhändler die glitzernden Goldstücke. »Diese Lumpen haben nur den Zweck, mich vor Robin Hood zu schützen.«

»Steck dein Geld weg!« rief der Kornhändler. »Du bist verrückt, wenn du darauf vertraust, deine Lumpen würden dich vor Robin Hood schützen. Wenn er dich erwischt, zieht er dich bis aufs Hemd aus, denn er haßt harmlose Bettler nicht weniger als Leute meines Schlags.«

»Wirklich?« tat Robin verwundert. »Wenn ich das gewußt hätte, würde ich mich nicht so angezogen haben. Aber ich muß weiter. Und wohin geht deine Reise, Freund?«

»Ich muß nach Grantham«, antwortete der Kornhändler, »aber ich werde in Newark übernachten, wenn ich so weit komme.«

»Nach Newark? Da muß ich auch hin«, sagte Robin, »und weil es doch so eine gefährliche Gegend ist und zwei aufrechte Männer besser sind als einer allein, werde ich dich begleiten, wenn dir meine Gesellschaft nicht zuwider ist.«

»Ich habe nichts gegen deine Gesellschaft«, antwortete der Kornhändler, »denn du bist ja ein ehrlicher Kerl und reich dazu. Aber ich gebe zu: für Bettler habe ich nichts übrig.«

»Also dann vorwärts«, drängte Robin, »denn der Tag neigt sich und es wird dunkel sein, bevor wir nach Newark kommen.« Die Mähre setzte sich wieder in Trab, und Robin lief nebenher, wobei er alle Mühe hatte, sich das Lachen zu verbeißen. Kurz vor Sherwood kamen sie zu einem Hügel, und hier ließ der Kornhändler seinen Gaul im Schritt gehen, denn die Straße war steil, und bis Newark war es noch ein gutes Stück. »Das ist der gefährlichste Teil, Freund«, warnte er Robin, »denn hier in der Nähe haust dieser Schurke von einem Robin Hood. Wenn wir das erst mal hinter uns haben, sind wir wieder mehr in Sicherheit.«

»Ach«, sagte Robin, »ich wollte, ich hätte auch so wenig Geld bei mir wie du; ich fürchte, heute wird Robin Hood mir mein ganzes Vermögen abnehmen.«

Der Kornhändler zwinkerte Robin zu. »Im Vertrauen, Freund«, sagte er, »ich habe fast genausoviel bei mir wie du, aber es ist so gut

versteckt, daß diese Schurken im Sherwood-Forest es nie finden würden.«
»Du scherzest«, zweifelte Robin. »Wo könntest du zweihundert Pfund an deiner Person versteckt haben?«
»Weil du so ein ehrlicher Kerl bist und auch noch so viel jünger als ich, werde ich dir etwas anvertrauen, was ich noch keinem erzählt habe. Und du sollst nie wieder so töricht sein, dich darauf zu verlassen, daß Bettlerlumpen allein vor Robin Hood schützen. Siehst du meine Holzpantinen?«
»Ja freilich«, lachte Robin Hood, »die sind ja wirklich nicht zu übersehen.«
»Sei still, Freund«, zischte der Kornhändler, »das ist jetzt nicht der richtige Augenblick, um darüber zu scherzen. Die Sohlen dieser Pantinen sind nicht, was sie scheinen; es sind richtige kleine Kästchen. Ich brauche nur diesen Nagel zu drehen, und Schuh und Sohle klappen auseinander, und in der Höhlung jeder Pantine befinden sich neunzig Goldmünzen, fein säuberlich in Wolle gehüllt, damit sie nicht klimpern und mich verraten.«
Robin brach in schallendes Gelächter aus, griff nach dem Zügel und brachte den ausgemergelten Klepper zum Stehen. »Du bist der schlaueste Fuchs, der mir je untergekommen ist!« rief er. »In den Sohlen seiner Pantinen! Nie wieder werde ich einem Menschen trauen, so abgerissen er auch aussehen mag! Dir sind wirklich keine Schliche fremd!«
Entsetzt hatte der Kornhändler ihn angestarrt. »Bist du von Sinnen, so laut und gerade hier zu reden«, stieß er hervor. »Machen wir weiter, und spar dir deine Heiterkeit, bis wir in Newark sind!«
»Nein«, erwiderte Robin, »ich bleibe lieber da, denn in dieser Gegend habe ich gute Freunde. Du kannst weiterreiten, wenn du willst, aber barfuß, denn ich fürchte, du wirst deine Pantinen zurücklassen müssen. Runter damit, Freund, denn sie gefallen mir außerordentlich gut.«
Der Kornhändler wurde bleich. »Wer bist du, daß du so redest?«
Wieder lachte Robin. »In dieser Gegend nennt man mich Robin Hood, und darum solltest du tun, was ich von dir fordere, und mir deine Patinen geben. Und beeile dich, sonst wird es dunkel sein, ehe du nach Newark kommst.«

Als er den Namen Robin Hood vernahm, begann der Kornhändler vor Angst zu schwitzen. Er mußte sich an der Mähne des Gauls festhalten, um nicht aus dem Sattel zu fallen. Ohne ein Wort zu sprechen, löste er flink die Schließen seiner Pantinen und ließ sie zu Boden fallen. Robin, der immer noch den Zügel festhielt, bückte sich und hob sie auf. »Mein guter Mann«, sagte er dann, »üblicherweise lade ich Leute, mit welchen ich zu tun habe, zu einem festlichen Mahl in den Sherwood-Forest. Doch weil wir so gut miteinander ausgekommen sind, lade ich dich lieber nicht ein, denn im Sherwood-Forest leben Männer, die nicht so sanft mit dir verfahren würden, wie ich es getan habe. Dein Name hat einen häßlichen Geschmack auf den Zungen aller rechtschaffenen Leute zurückgelassen. Folge meinem Rat, und wage dich nie wieder so nahe an den Sherwood-Forest heran; du könntest sonst eines Tages einen Pfeil zwischen die Rippen bekommen.« Er gab dem Klepper einen Klaps, und Roß und Reiter setzten sich in Bewegung. Robin kehrte um und ging, die Pantinen in der Hand, in den Sherwood-Forest zurück.
Hell brannten an diesem Abend die Lagerfeuer im Sherwood-Forest. Die wackeren Gesellen saßen oder lagen auf dem Versammlungsplatz und lauschten Robin Hood und Little-John, die von ihren Abenteuern erzählten. Als sie zu Ende waren, meldete sich Bruder Tuck zu Wort: »Nun, Herr«, sagte er, »du hast unterhaltsame Abenteuer erlebt, aber ich bleibe bei meiner Meinung: Das Leben eines Barfüßers ist lustiger als das eines Bettlers.«
»Nein«, widersprach Will Stutely, »ich finde, unser Herr hat heute mehr Spaß gehabt. Schließlich hatte er zweimal Gelegenheit, Stockkämpfe auszutragen.«
Wer von den beiden wirklich mehr Spaß hatte, nun, ich denke ... Aber ich überlasse die Entscheidung lieber meinen Lesern.

Siebenter Teil

1 Robin und drei seiner Gefährten schießen auf dem Finsbury-Feld vor der Königin um die Wette

Weiß und staubig lag die Straße in der heißen Mittagssonne. Die Luft flimmerte über dem Weideland, und im klaren Wasser des Baches, über den sich eine kleine Steinbrücke spannte, standen regungslos die Fische. Mit glitzernden Flügeln saßen die Libellen auf den scharfen Spitzen des Schilfrohrs.

Auf einem Schimmel kam ein Jüngling geritten, und die Leute blieben stehen und drehten sich nach ihm um, denn nie zuvor hatte man einen so anmutigen und so prächtig in Samt und Seide gekleideten Burschen in Nottingham gesehen. Er konnte nicht mehr als sechzehn Jahre alt sein und war so zart wie ein Mädchen. Sein langes blondes Haar flatterte im Wind, und an seinem Sattelknopf hing ein mit Edelsteinen besetzter Dolch. Es war der junge Richard Partington, der Page der Königin, der auf Befehl Ihrer Majestät nach Nottingham gekommen war, um Robin Hood im Sherwood-Forest aufzusuchen.

Der junge Partington kam an diesem Tag aus dem zwanzig Meilen entfernten Leicester und war recht froh, als er ein heimeliges kleines Wirtshaus sah, das im Schatten alter Bäume stand. Über der Tür hing ein Schild mit dem Bild eines blauen Ebers. Er zügelte sein Pferd und bestellte eine Flasche Rheinwein, denn für diesen feinen jungen Mann war Landbier zu gewöhnlich. Auf der Bank unter der mächtigen Eiche saßen fünf Gesellen bei Pastete und Bier und starrten den vornehmen Jüngling neugierig an. Die zwei kräftigsten trugen eine grüne Tracht, und neben jedem der fünf Gesellen lehnte ein langer knorriger Stock an der Eiche.

Der Wirt brachte den Wein, und der junge Partington hob sein Glas und rief: »Ich trinke auf die Gesundheit und ein langes Leben meiner königlichen Herrscherin, der edlen Königin Eleonore! Möge meine Reise mich bald ans Ziel ihrer Wünsche führen und ich einen Freibauern finden, den die Leute Robin Hood nennen!«

Die zwei jägergrün gekleideten Männer tuschelten miteinander.

Dann antwortete einer der beiden, der größte und kräftigste Mann, den der junge Partington je gesehen hatte: »Was willst du von Robin Hood, und was wünscht unsere gute Königin Eleonore von ihm? Ich frage dich nicht aus Neugier, sondern aus gutem Grund, denn ich kenne diesen tapferen Freibauern.«

»Wenn du ihn wirklich kennst«, ließ der junge Partington sich vernehmen, »wirst du ihm einen großen Dienst erweisen und unserer Königin eine große Freude machen, indem du mir hilfst, ihn zu finden.«

Darauf erwiderte der andere Freibauer, ein hübscher Bursche mit sonnenverbranntem Gesicht und lockigem braunen Haar: »Du hast ein ehrliches Gesicht, Page, und unsere Königin ist tapferen Freibauern zugetan. Mein Freund und ich können dich zu Robin Hood bringen, denn wir wissen, wo er zu finden ist. Aber ich sage es dir ganz offen: Wir werden nichts tun, was ihm irgendwie schaden könnte.«

»Keine Sorge«, beeilte sich Richard Partington zu versichern, »ich bringe ihm eine erfreuliche Botschaft unserer Königin. Wenn ihr wißt, wo er sich aufhält, führt mich bitte zu ihm.«

Die zwei Freibauern sahen einander an, und der eine meinte: »Ich glaube, das können wir ruhig machen, Will«, und der andere nickte. Zum Pagen gewendet, sagte der hochgewachsene Freibauer: »Wir halten dich für eine ehrliche Haut, und darum werden wir dich zu Robin Hood führen.«

Robin Hood und viele seiner Gefährten lagen unter der großen Eiche im Gras, während Allan a Dale sang und auf seiner wohlklingenden Leier spielte. Plötzlich hörten sie den gedämpften Hufschlag von Pferden, und wenige Augenblicke später erschienen Little-John und Will Stutely auf der Bildfläche, in ihrer Mitte der junge Richard Partington auf seinem Schimmel. Die drei kamen auf Robin Hood zu, und die ganze Schar starrte bewundernd den jungen Pagen an; in ihrem ganzen Leben hatten sie noch nie einen so prächtig gekleideten und mit Edelsteinen geschmückten Jüngling gesehen. Robin Hood erhob sich und ging ihm entgegen, und Partington sprang vom Pferd und zog seine rote Samtmütze.

»Willkommen!« rief Robin Hood. »Willkommen, edler Freund! Sag mir: Was bringt einen so vornehmen Herrn in unseren armseligen Sherwood-Forest?«

»Wenn ich nicht irre«, erwiderte der junge Partington, »bist du der berühmte Robin Hood, und das ist deine tapfere Schar geächteter Freibauern. Ich bringe euch Grüße unserer edlen Königin Eleonore. Sie hat oft von dir und deinen lustigen Streichen gehört und möchte dich gern kennenlernen. Darum hat sie mir aufgetragen, dir zu sagen: Wenn du nach London kommen willst, wird sie alles in ihrer Macht Stehende tun, um dich vor Ungemach zu schützen, und wird dich sicher in den Sherwood-Forest zurückbringen lassen. In vier Tagen hält unser guter König Heinrich auf dem Feld von Finsbury ein großes Wettschießen ab, an welchem die berühmtesten Bogenschützen Englands teilnehmen werden. Die Königin möchte dich dabei haben, denn sie weiß, daß du, wenn du kommst, höchstwahrscheinlich den Preis gewinnen wirst. Darum schickt sie dir ihren Gruß und als Zeichen ihres guten Willens diesen goldenen Ring, den ich dir hiermit überreiche.«

Robin Hood verneigte sich, küßte den Ring und steckte ihn an seinen kleinen Finger. »Eher will ich mein Leben verlieren als diesen Ring; eher soll meine Hand im Tod erstarren oder mir abgehackt werden. Ich werde dem Wunsch unserer Königin entsprechen und mit dir nach London ziehen; zuvor aber will ich dir hier im Wald ein Mahl vom Besten bieten, was wir haben.«

»Das geht leider nicht«, wies der Page die Einladung zurück, »denn dazu bleibt uns keine Zeit. Mach dich unverzüglich bereit, und wenn du einige deiner Gefährten mitnehmen willst, dann sind sie unserer edlen Königin ebenfalls willkommen.«

»Du hast recht«, sagte Robin, »wir haben nur mehr wenig Zeit. Ich werde nur drei Freunde mitnehmen, nämlich Little-John, meine rechte Hand, Will Scarlet, meinen Vetter, und Allan a Dale, meinen Spielmann. Macht euch bereit, Freunde, denn wir wollen schleunigst aufbrechen. Du, Will Stutely, befehligst unsere Schar während meiner Abwesenheit.«

Nach einer kleinen Weile waren alle reisefertig. Robin war von Kopf bis Fuß blau gekleidet, Little-John und Will Scarlet grün und Allan a Dale scharlachrot. Unter dem Wams trugen alle ein Kettenhemd, feinmaschig wie Wolle, aber auch so fest, daß kein Pfeil es durch-

bohren konnte. Als alle bereit waren, bestieg Partington sein Pferd, und die fünf machten sich auf den Weg.
Sie übernachteten in Melton Mowbray in Leicestershire, am zweiten Tag in Kettering in Northamptonshire, am nächsten in Belford und schlugen ihr letztes Nachtlager in St. Albans in Hertfordshire auf. Von dort brachen sie schon kurz nach Mitternacht wieder auf und kamen am frühen Morgen, als der Tau noch auf den Wiesen lag, im Tal der Nebel hing und die Vögel ihre Lieder sangen, zu den Mauern und Türmen der großen Stadt London.
Königin Eleonore saß in ihrer Kemenate, und durch die offenen Fenster strömte das helle Licht der Morgensonne. Um sie herum standen ihre schöngekleideten Hofdamen und plauderten mit leisen Stimmen, während sie den betörenden Duft der roten Rosen genoß, die unten im Garten blühten. Eine Dienerin kam und meldete, daß ihr Page Partington in Begleitung von vier stattlichen Freibauern eingetroffen war und ersuchte, vorgelassen zu werden. Freudig erhob sich Königin Eleonore und befahl, die Herren unverzüglich zu ihr zu führen.
Sogleich wurden Robin Hood, Little-John, Will Scarlet und Allan a Dale vor die Königin gebracht. Die Hände über der Brust gefaltet, kniete Robin Hood vor ihr nieder und sagte schlicht: »Ich bin Robin Hood. Ihr habt mich geheißen zu kommen, und ich bin gekommen. Ich bin Euer getreuer Diener und will Euch bis zu meinem letzten Blutstropfen gehorchen.«
Die gute Königin Eleonore lächelte ihn freundlich an und ließ ihn aufstehen. Dann mußten sich alle setzen, um von der langen Reise auszuruhen. Man brachte ihnen erlesene Speisen und edle Weine, und die Pagen der Königin mußten die vier Freibauern bedienen. Erst nachdem sie sich ausgiebig gestärkt hatten, fragte die Königin sie nach ihren Abenteuern. Sie erzählten ihr von all dem heiteren Geschehen, das hier schon zur Sprache gekommen ist, unter anderem auch die lustige Geschichte vom Bischof von Hereford und Sir Richard of the Lea, und wie der Bischof drei Tage im Sherwood-Forest verbracht hatte. Die Königin und ihre Damen lachten aus vollem Hals, als sie sich vorstellten, wie der feiste Bischof zusammen mit Robin und seiner Schar durch den Wald gestreift war. Als die Männer ihr alles erzählt hatten, woran sie sich nur erinnern konn-

ten, bat die Königin Allan, für sie zu singen, denn sein Ruf als Minstrel war schon bis an den Londoner Hof gedrungen.
Allan ließ sich nicht lange bitten, nahm die Leier zur Hand und begann zu singen. Aller Augen ruhten auf ihm, und kein Laut brach die Stille, bis er geendet hatte. So verging die Zeit bis zum Beginn des großen Wettschießens der Bogenschützen auf dem Finsbury-Feld.

An diesem hellen und sonnigen Sommertag bot das berühmte Feld von Finsbury einen festlichen Anblick. An einem Ende des Platzes standen die Zelte der verschiedenen Schützengruppen, denn die Leibgardisten des Königs waren in Kompanien von je achtzig Mann eingeteilt, und jede dieser Kompanien hatte einen Hauptmann. So standen also zehn Zelte aus gestreiftem Segeltuch auf dem Rasen, und von jedem flatterte ein Wimpel in den Farben des Hauptmanns der betreffenden Kompanie. Vom mittleren Zelt flatterte der gelbe Wimpel von Tepus, dem Forstaufseher des Königs, daneben der blaue von Gilbert von der Weißen Hand, und von einem anderen der blutrote des jungen Clifton aus Buckinghamshire. Auch die anderen sieben Schützenhauptleute waren berühmte Männer, wie etwa Egbert aus Kent und William aus Southampton; aber die erstgenannten waren die berühmtesten. Zu beiden Seiten des Feldes standen hohe Tribünen, und in der Mitte der nordseitig gelegenen befanden sich erhöhte Sitze für das Königspaar. Ein bunter Baldachin spendete der Estrade Schatten, die mit leuchtenden seidenen Fähnchen und Wimpeln geschmückt war. Hundertsechzig Yard von der Wurflinie der Schützen entfernt befanden sich zehn Zielscheiben, jede mit dem Wimpel der Kompanie gekennzeichnet, die darauf schießen sollte. Alles war bereit, und man wartete nur noch auf die Ankunft des Königspaares.
Endlich ertönte ein lautes Hornsignal, und sechs Trompeter mit silbernen Trompeten, jede einzelne mit samtenen, reichbestickten Fähnchen behangen, trabten auf den Platz. Hinter ihnen kamen der rundliche König Heinrich auf einem Apfelschimmel, und neben ihm die Königin auf einem schneeweißen Zelter. Leibwachen schritten neben ihnen her, und das Sonnenlicht funkelte auf den blankgeputzten Klingen ihrer eisernen Hellebarden. Es folgte der gesamte

Hofstaat, so daß der ganze Rasen bald ein einziges Meer von Farben, von Samt und Seide, von wallenden Federbüschen und golddurchwirkten Gewändern, von blitzenden Edelsteinen und glitzernden Schwertknäufen war.
Die Menschen sprangen von ihren Sitzen und brüllten, und ihre Stimmen klangen wie der Sturm an der kornischen Küste, wenn die dunklen Wellen den Strand hinaufjagten, um zwischen den Felsen hoch aufzuschießen. Das Königspaar stieg von seinen Pferden, schritt die Treppe hinauf, die zu ihren erhöhten Sitzen führte, und nahm auf den zwei mit purpurroter Seide bespannten Thronsesseln Platz.
Endlich trat Ruhe ein, abermals ertönte ein Hornsignal, und sogleich kamen die Bogenschützen aus ihren Zelten marschiert – zusammen achthundert Mann – und eine stattlichere Schar von Leibgardisten gab es auf der ganzen Welt nicht zu sehen. König Heinrich musterte sie stolz, und es wurde ihm warm ums Herz. Dann hieß er seinen Herold, Sir Hugh de Mowbray, vortreten und die Spielregeln bekanntgeben. Sir Hugh trat an den Rand der Estrade und gab bekannt:
Jeder sollte sieben Pfeile auf die seiner Gruppe zugehörige Zielscheibe abschießen, und von den achtzig Angehörigen einer Kompanie würden die drei besten ausgesucht werden. Diese drei sollten jeder drei Pfeile schießen, und wieder würde der beste Schütze ausgesucht werden. Von diesen sollte wieder jeder drei Pfeile abschießen dürfen; der beste Schütze sollte den ersten, der zweitbeste den zweiten und der drittbeste den dritten Preis erhalten. Alle anderen sollten mit je achtzig Silberpennys für ihre Teilnahme bedankt werden. Der erste Preis bestand aus fünfzig goldenen Pfund, einem silbernen Jagdhorn und einem Köcher mit zehn weißen Pfeilen mit Goldköpfen, der zweite Preis aus hundert der fettesten Hirsche – die der Preisträger selbst schießen durfte. Der Gewinner des dritten Preises schließlich würde zwei Fässer guten Rheinweins erhalten.
Als Sir Hugh geendet hatte, jubelten ihm die Schützen zu, schwenkten ihre Bogen und marschierten dann zu ihren Zelten zurück.
Und nun begann der Wettkampf, und die Hauptleute machten den Anfang. Fünftausendsechshundert Pfeile wurde abgeschossen, und am Ende glich jede Zielscheibe dem Rücken eines Stachelschweines.

Sie dauerte eine gute Weile, diese erste Runde, und dann kamen die Schiedsrichter, prüften die Scheiben und gaben mit lauter Stimme bekannt, welche drei die besten von jeder Kompanie waren. Dann wurden zehn neue Zielscheiben gebracht, und wieder herrschte Stille, als die Schützen an die Wurflinie traten.

Diesmal ging es schneller, denn jede Gruppe schoß nur neunmal. Kein einziger Pfeil verfehlte die Zielscheibe, aber Gilbert von der Weißen Hand hatte fünf Pfeile im Zentrum – drei davon von ihm selbst abgeschossen. Wieder kamen die Schiedsrichter, walteten ihres Amtes und riefen laut die Namen der besten Schützen aus. Mit sechs von zehn Pfeilen im Zentrum lag Gilbert in Führung, aber der wakkere Tepus und der junge Clifton waren ihm dicht auf den Fersen; doch auch andere hatten gute Aussichten auf den zweiten oder dritten Platz.

Während sich diese zehn Kämpfer in ihre Zelte zurückzogen, um ein wenig auszuruhen und neue Bogensehnen einzuziehen, wandte sich Königin Eleonore an ihren Gemahl: »Denkt Ihr, daß die hier ausgewählten Schützen auch wirklich die besten in ganz England sind?«

»Aber gewiß«, antwortete lächelnd der König, »und nicht nur in ganz England, sondern in der ganzen Welt.«

»Aber was würdet Ihr sagen, wenn ich Euch drei Bogenschützen vorstellte, die es mit den besten drei aus Eurer Leibgarde aufnehmen könnten?«

»Ich würde sagen, daß Ihr Unmögliches möglich gemacht habt, denn ich behaupte, daß es in der ganzen Welt keine drei Bogenschützen gibt, die es mit Tepus und Clifton und Gilbert aus Bukkinghamshire aufnehmen können.«

»Ich kenne drei Freibauern, die ich ohne zu zögern und noch heute gegen sie antreten lassen würde – unter einer Bedingung: Ihr müßtet allen, die meinem Ruf folgten, freies Geleit zusichern.«

»Wahrhaftig«, erwiderte der König, »eine seltsame Beschäftigung für eine Königin. Aber wenn Ihr mir diese drei Burschen bringen wollt, verspreche ich feierlich, ihnen vierzig Tage freies Geleit zu gewähren und dafür zu sorgen, daß ihnen in dieser Zeit kein Haar gekrümmt wird. Mehr noch: Wenn sie wirklich besser schießen als meine Leibgardisten, sollen sie auch die ausgesetzten Preise erhalten. Und wenn Ihr so viel von ihnen haltet, wie wäre es mit einer Wette?«

»Zwar verstehe ich nichts von solchen Dingen«, gab die Königin zurück, »aber wenn Ihr es wünscht, will ich Euch die Freude machen. Was setzt Ihr auf Eure Männer?«
Wieder lachte der König, der stets zu Scherzen aufgelegt war. »Ich setze zehn Faß Rheinwein, zehn Faß Bier und zweihundert Langbogen aus feinstem Eibenholz«, antwortete er, »und dazu die passenden Köcher und Pfeile.«
Die Umstehenden lächelten belustigt, aber Königin Eleonore nickte still. »Ich nehme die Wette an«, sagte sie, »denn ich weiß schon, was ich mit diesen Dingen anfangen werde. Nun, wer steht auf meiner Seite?« Sie blickte in die Runde, aber keiner wagte es, eine Wette gegen Bogenschützen wie Tepus, Gilbert und Clifton einzugehen. »Wie steht es mit Euch, Herr Bischof von Hereford?«
»Nein, nein«, wehrte der Bischof eilig ab, »das Abschließen von Wetten steht einem Mann meines Standes schlecht an. Überdies gibt es auf der ganzen Welt keine Bogenschützen wie die Seiner Majestät. Ich würde also mein Geld mit Sicherheit verlieren.«
»Und mir will scheinen, daß Ihr mehr auf Euer Geld als auf das Ansehen Eures Standes bedacht seid«, lächelte die Königin, und die Umstehenden schmunzelten, denn alle kannten die Geldgier des geistlichen Herrn. Nun wandte sich die Königin an einen Ritter namens Robert Lee, der in der Nähe stand. »Wollt Ihr mir beistehen? Ihr seid doch gewiß reich genug, um so viel für eine Dame aufs Spiel zu setzen?«
»Ich tue es, um meiner Königin gefällig zu sein«, antwortete Sir Robert Lee. »Sonst würde ich keinen Penny wetten, denn Tepus und Gilbert und Clifton sind unschlagbar.«
»Einer solchen Unterstützung, wie Sir Robert sie mir anbietet, bedarf ich nicht«, sagte die Königin zum König, »aber gegen Euren Wein, Euer Bier und Eure Bogen setze ich diesen mit Edelsteinen besetzten Gürtel.«
»Ich nehme an«, nickte der König. »Laßt Eure Schützlinge gleich kommen. Aber zuerst sollen meine Männer den Kampf zu Ende führen.«
»So soll es sein«, sagte die Königin, winkte den jungen Robert Partington zu sich heran und flüsterte ihm etwas ins Ohr. Der Page verneigte sich, überquerte den Platz und verschwand in der Menge. Die

Umstehenden aber tuschelten miteinander und fragten sich, was das alles zu bedeuten hatte und wer die drei Männer sein mochten, die von der Königin dazu ausersehen waren, gegen die berühmten Schützen des Königs anzutreten.

Wieder nahmen die zehn Schützen der königlichen Leibgarde Aufstellung, und nun breitete sich atemlose Stille über die Menge. Langsam und vorsichtig schossen die Männer ihre Pfeile ab, und so tief war die Stille, daß man hören mußte, wie die Geschosse auf die Zielscheibe aufschlugen. Erst als die Schiedsrichter wieder auf das Feld traten, erhob sich ein Jubelschrei. Gilbert war Sieger und Tepus Zweiter, aber Clifton mußte den dritten Platz an Hubert aus Suffolk abgeben. Gilberts Gefährten schrien sich vor Freude die Kehle wund.

Inmitten des Lärms kamen fünf Männer über den Turnierplatz auf die königliche Estrade zugeschritten, an ihrer Spitze Richard Partington, den die meisten kannten; die anderen waren allen unbekannt. Es waren vier Freibauern, der eine blau, zwei grün und der vierte scharlachrot gekleidet. Dieser letzte trug drei prächtige Langbogen aus Eibenholz, davon zwei mit silbernen und einer mit goldener Einlage. Noch während die fünf unterwegs waren, schickte der König einen Boten aus, um Gilbert, Tepus und Hubert zu sich zu rufen. Das Geschrei verstummte, denn jetzt merkten alle, daß etwas Ungewöhnliches im Gange war.

Als die vier Freibauern vor dem König standen, beugten sie die Knie und zogen ihre Mützen. König Heinrich beugte sich vor und musterte sie eingehend, und der Bischof von Hereford zuckte zusammen, als ob ihn eine Wespe gestochen hätte, denn er erkannte die Schützlinge der Königin sofort. Er machte den Mund auf, als wollte er etwas sagen, doch als er den Blick hob, sah er, daß die Königin ihn mit einem Lächeln betrachtete. Er biß sich auf die Lippen und schwieg, aber seine Wangen färbten sich rot.

Die Königin beugte sich vor. »Locksley«, sagte sie mit klarer Stimme, »ich habe mit dem König gewettet, daß du und zwei deiner Männer bessere Schützen sind als seine Männer, die Seine Majestät gegen euch aufbieten kann. Wollt ihr um meinetwillen euer Bestes tun?«

»Ja«, erwiderte Robin Hood, denn er war der Angesprochene, »ich will mein Bestes für Euch tun. Und ich schwöre: wenn ich versage, will ich nie wieder einen Bogen berühren.«

In der Kemenate der Königin war Little-John noch ein wenig schüchtern gewesen, doch als er nun wieder Gras unter den Füßen spürte, antwortete er mit der ihm eigenen groben Herzlichkeit: »Der Herr behüte Euch. Wenn es irgendwo einen Menschen gibt, der nicht sein Bestes für Euch tun will – ich will weiter nichts dazu sagen, aber ich schlage ihm den Schädel ein!«

»Still, Little-John!« flüsterte Robin Hood ihm zu, aber Eleonore lachte laut auf, und auch ihr Hofstaat schmunzelte erleichtert.

Der Bischof aber lachte nicht, und auch der König verzog keine Miene. »Wer sind diese Männer, die Ihr uns da gebracht habt?« fragte er die Königin.

Der Bischof konnte nicht länger an sich halten und antwortete: »Dieser Bursche in Blau ist ein geächteter Straßenräuber namens Robin Hood; der Große da wird Little-John gerufen; der andere Grüne ist ein gewisser Will Scarlet, schon vor geraumer Zeit auf die schiefe Bahn geraten; der Mann in Rot ist ein Spitzbube von einem Liedersänger mit Namen Allan a Dale.«

Auf der Stirn des Königs erschien eine steile Falte. »Ist das wahr?« fragte er die Königin.

»Jawohl«, erwiderte sie lächelnd, »der Bischof hat die Wahrheit gesprochen. Er muß sie ja wohl gut kennen; schließlich haben er und drei seiner Mönche drei Tage lang im Sherwood-Forest mit Robin Hood gejagt. Ich hätte nicht geglaubt, daß der gute Bischof seine Freunde verraten würde. Aber vergeßt nicht, daß Ihr mir freies Geleit für diese Freibauern zugesagt habt.«

»Ich werde mein Wort halten«, antwortete der König mit einer Stimme, die seinen Zorn erkennen ließ, »aber wenn diese vierzig Tage um sind, soll sich dieser Schurke in acht nehmen.« Dann wandte er sich seinen Schützen zu, die verwundert zugehört hatten. »Ich habe versprochen, euch gegen diese drei Burschen antreten zu lassen. Wenn ihr sie besiegt, will ich eure Mützen mit Silberpennys füllen; verliert ihr aber, müßt ihr auch auf die Preise verzichten, die ihr schon gewonnen habt. Tut euer Bestes, Freunde. Und wenn ihr jetzt siegt, werdet ihr das bis an euer Lebensende nicht zu bereuen haben.«

Die drei Schützen des Königs begaben sich in ihre Zelte zurück, während Robin und seine Gefährten die Plätze einnahmen, von wo sie schießen sollten. Sie spannten ihre Bogen und machten sich bereit.
Die Schützen des Königs erzählten ihren Kameraden, was der König gesagt hatte, und daß es sich bei den vier Männern um den berühmten Robin Hood und drei seiner Gefährten handelte, nämlich Little-John, Will Scarlet und Alla a Dale. Die Neuigkeit verbreitete sich rasch, denn es gab unter den Schützen keinen, der nicht von Robin Hood und seiner Schar gehört hätte. Bald wußten auch die Zuschauer Bescheid, und schließlich renkten sich alle die Hälse aus, um einen Blick auf die berüchtigten Räuber zu erhaschen.
Sechs frische Zielscheiben wurden aufgestellt, für jeden Schützen eine, und Gilbert, Tepus und Hubert kamen aus ihren Zelten. Robin Hood und Gilbert von der Weißen Hand warfen eine Münze auf, um zu ermitteln, wer den Anfang machen sollte. Das Los fiel auf Gilbert, der nun Hubert aus Suffolk aufforderte, als erster zu schießen.
Hubert nahm seinen Platz ein, setzte fest seine Füße auf und schoß. Die ersten zwei Pfeile trafen ins Weiße, der dritte jedoch verfehlte das Zentrum um eine Fingerbreite. Ein Schrei zerriß die Stille, denn das waren an diesem Tag Huberts beste Schüsse gewesen.
Robin lachte. »Du wirst es schwer haben, wenn du das übertreffen willst, Will«, sagte er. »Jetzt bist du an der Reihe. Gib dir Mühe und mach dem Sherwood-Forest keine Schande.«
Will Scarlet trat an die Wurflinie, hob den Bogen und zielte; aber seine übertriebene Vorsicht hatte zur Folge, daß er den ersten Schuß verfehlte – er traf nur den zweiten Ring von der Mitte. Robin biß sich auf die Lippen. »Halte die Sehne nicht so lange zurück«, sagte er. Will Scarlet beachtete den Hinweis und traf mit dem nächsten Pfeil genau in der Mitte. Trotz allem aber hatte Hubert ihn übertroffen, und die Zuschauer klatschten Beifall, weil Hubert den Fremden besiegt hatte.
»Wenn Eure Schützen nicht mehr können«, sagte der König zu seiner Gemahlin, »werdet Ihr die Wette verlieren.« Aber Königin Eleonore lächelte still, denn sie wußte, daß sie sich auf Little-John und Robin Hood verlassen konnte.

Jetzt war Tepus an der Reihe. Er beging den gleichen Fehler wie Will Scarlet. Der erste Pfeil traf ins Zentrum, doch der zweite verfehlte es, und erst der dritte und letzte landete auf dem schwarzen Pünktchen im weißen Kreis. »Das war der beste Schuß des Tages«, sagte Robin zu Tepus. »Aber ich fürchte, du hast trotzdem verloren. Little-John, jetzt bist du dran.«
Little-John ging an seinen Platz und schoß seine drei Pfeile hintereinander ab, wobei er kein einziges Mal den Arm senkte. Alle drei Pfeile trafen ins Zentrum, aber obwohl das die beste Leistung des Tages war, gab es für Little-John keinen Beifall: Es gefiel den Bürgern Londons nicht, den wackeren Tepus von einem Mann aus der Provinz besiegt zu sehen.
Nun nahm Gilbert von der Weißen Hand seinen Platz ein, und zum drittenmal an einem Tag trafen alle drei Pfeile ins Schwarze.
»Gut gemacht, Gilbert, das war wirklich eine gute Leistung«, lobte Robin Hood den Leibgardisten Seiner Majestät und klopfte ihm freundschaftlich auf die Schulter. »Du bist wahrhaftig einer der besten Schützen, die ich je gesehen habe. Du solltest wie wir frisch und frei im Wald leben. Dort paßt du besser hin als in die grauen Mauern der großen Stadt.« Mit diesen Worten stellte er sich an die Wurflinie und legte einen Pfeil an.
»Heiliger Hubertus«, murmelte der König in seinen Bart, »ich weihe dir einhundertsechzig drei Finger dicke Kerzen für deine Kapelle, wenn du diesem Schuft beim Schießen einen Rippenstoß gibst, so daß er sogar den zweiten Ring verfehlt.« Aber an diesem Tag schien der heilige Hubertus taub gewesen zu sein – er überhörte das Gebet des Königs.
»Ja«, fuhr Robin fort, während er seine Pfeile aussuchte, »du solltest uns einmal im Sherwood-Forest besuchen.« Er hob den Bogen. »In London« – er ließ den Pfeil fliegen – »gibt es doch nur Krähen und Dohlen zu schießen, aber dort kannst du den edelsten Hirschen erlegen.« So schoß er, während er plauderte, und der Schuß traf einen Punkt um Haaresbreite vom Zentrum entfernt.
»Bei allen Heiligen!« rief Gilbert, »bist du ein Teufel, daß du so schießen kannst?«
»Das will ich nicht hoffen«, gab Robin lachend zurück und legte den zweiten Pfeil auf; wieder traf er einen Punkt eine Haaresbreite vom

Zentrum. Der dritte traf genau in die Mitte, so daß sich die drei Pfeile zu einem einzigen Schaft zusammenzufügen schienen.
Ein Murmeln ging durch die Menge, denn nie zuvor hatte man in London solche Schießkunst erlebt. Alle sahen, daß die Schützen des Königs geschlagen waren, und der wackere Gilbert klopfte Robin auf die Schulter und gab zu, daß er nie so gut mit dem Bogen umgehen würde können wie Robin Hood oder Little-John. Der König aber wollte es nicht wahrhaben. »Nein!« rief er und umklammerte die Armlehnen seines Thronsessels, »Gilbert ist noch nicht geschlagen! Hat er nicht auch dreimal ins Schwarze getroffen? Ich habe meine Wette verloren, aber er noch nicht den ersten Preis. Sie sollen noch einmal schießen und noch einmal, so lange, bis entweder er oder dieser Schurke Robin Hood sich als besser erwiesen hat. Sagt ihnen das, Sir Hugh; sie sollen noch eine Runde kämpfen und noch eine und noch eine, bis einer gewonnen hat.«
Sir Hugh sah, wie zornig der König war; er sprach kein Wort und führte sogleich seinen Auftrag aus.
»Von Herzen gern«, versicherte ihm Robin Hood. »Ich schieße bis morgen, wenn es unserem gütigen Herrscher und König so gefällt. Stell dich hin, Freund Gilbert, und schieße.«
Gilbert spannte den Bogen, doch diesmal war ihm das Glück nicht hold. Ein leichter Wind kam und drückte den Pfeil ein wenig zur Seite, so daß er das Zentrum um die Breite eines Strohhalms verfehlte.
»Das wird reichen, Gilbert«, sagte Robin lachend, ließ seinen Pfeil fliegen und traf abermals ins Zentrum.
Der König erhob sich. Er sprach kein Wort und blickte nur zornig in die Runde. Hätte er einen mit einem zufriedenen oder fröhlichen Gesichtsausdruck gesehen, es wäre ihm übel ergangen. Zusammen mit der Königin und dem gesamten Hofstaat verließ er das Feld, aber sein Herz war angefüllt mit Bitterkeit und Zorn.
Nachdem der König gegangen war, drängten sich die Leibgardisten um Robin Hood, Little-John, Will Scarlet und Allan a Dale, um einen Blick auf diese berühmten Männer aus dem Norden des Landes zu erhaschen. »Du meine Güte«, sagte Little-John zu Will Scarlet, »man könnte meinen, diese armen Kerle hätten ihr Leben lang noch keinen Freibauern gesehen.«

Der oberste Preisrichter trat vor und sagte zu Robin: »Der erste Preis gebührt dir, und so überreiche ich dir das silberne Jagdhorn, den Köcher mit zehn goldenen Pfeilen und den Beutel mit fünfzig Pfund in Gold.« Dann wandte er sich Little-John zu. »Dir gebührt der zweite Preis, nämlich hundert der edelsten Hirsche im Wald von Dallen Lea. Du kannst sie schießen, wann immer du magst.« Zum wackeren Hubert sprach er: »Du hast dich gegen deine Gegner gut gehalten, und darum gebührt der dritte Preis, zwei Faß Rheinwein, dir.« Dann rief er die sieben Leibgardisten, die auch in die Endrunde gekommen waren, und überreichte jedem von ihnen achtzig Silberpennys.
Nun meldete sich Robin Hood zu Wort. »Das silberne Jagdhorn behalte ich zu Ehren dieses Wettschießens; du aber, Gilbert, bist der beste Bogenschütze der königlichen Leibgarde, und darum gebe ich dir aus freien Stücken diesen Beutel mit Gold. Ich gebe ihn dir gern, denn du bist ein feiner Kerl. Jedem der zehn, die in die Endrunde gekommen sind, gebe ich einen dieser goldenen Pfeile. Behaltet sie, damit ihr euren Enkeln, wenn ihr einmal mit solchen gesegnet sein solltet, sagen könnt, ihr wäret einer der besten Leibgardisten der ganzen Welt gewesen.«
Alle jubelten, denn es freute sie, daß Robin so von ihnen sprach. Little-John richtete das Wort an Tepus. »Guter Freund«, sagte er, »diese Hirsche im Wald von Dallen Lea brauche ich nicht, denn wo wir daheim sind, haben wir mehr als genug davon. Dir gebe ich fünfzig und je fünf jeder Kompanie, und ich hoffe, sie lassen es sich gut schmecken.«
Wieder erhoben sich Jubelrufe, und viele warfen ihre Mützen in die Luft und versicherten einander, daß es in ganz England keine netteren Burschen gab als Robin Hood und seine Gefährten.
Plötzlich drängte sich ein stämmiger Leibgardist an Robin heran ud zupfte ihn am Ärmel. »Ich soll dir etwas ausrichten«, flüsterte er, »eine Dummheit, weiß Gott, aber so ein Jüngling von Page, ein gewisser Richard Partington, konnte dich nicht finden und hat mich gebeten, dir eine Botschaft von einer gewissen Dame zu übermitteln – du wüßtest schon von wem. Die Botschaft lautet: ›Der Löwe brüllt. Hüte dich.‹«
Robin wußte sofort, daß die Botschaft von der Königin kam und daß

sie sich auf den Zorn ihres Gemahls bezog. »Ich danke dir, guter Freund«, sagte er, »du hast mir einen großen Dienst erwiesen.« Dann rief er seine Gefährten zusammen und machte ihnen klar, daß es ihnen übel bekommen könnte, noch länger in London zu bleiben. Kurz entschlossen drängten sie sich durch die Menge und schlugen eiligst den Weg nach Norden ein.
So endete das berühmte Wettschießen vor Königin Eleonore. Und wir werden gleich erfahren, wie König Heinrich es mit dem freien Geleit hielt, das er seiner Königin und Robin Hood auf die Dauer von vierzig Tagen zugesagt hatte.

2 *Die Jagd auf Robin Hood*

Robin Hood und seine Gefährten hatten recht getan, das Feld von Finsbury zu verlassen. Sie hatten noch nicht mehr als drei oder vier Meilen zurückgelegt, als sechs Soldaten des Königs auf dem Festplatz erschienen, um Robin Hood zu ergreifen und gefangenzunehmen. Es war fürwahr schändlich, daß König Heinrich sein Versprechen brach, aber schuld daran war nur der Bischof, und das kam so: Nachdem der König den Festplatz verlassen hatte, begab er sich, begleitet vom Bischof von Hereford und Sir Robert Lee, unverzüglich in seine Gemächer. Er sprach kein Wort, saß nur da und nagte an seiner Unterlippe, denn was geschehen war, ärgerte ihn maßlos. Endlich meldete sich der Bischof mit leiser, kummervoller Stimme zu Wort. »Es ist sehr traurig, zusehen zu müssen, wie sich dieser elende Bandit davonmacht. Wenn er erst wieder im Sherwood-Forest ist, schert er sich weder um seinen König noch um seines Königs Soldaten.«
»Meint Ihr?« brummte der König und sah den Bischof grimmig an. »Ich werde Euch zeigen, daß Ihr Euch gröblich irrt, denn wenn die vierzig Tage um sind, werde ich diesen Verbrecher ergreifen, und wenn ich den ganzen Sherwood-Forest zerstören müßte, um ihn zu finden. Glaubt Ihr, die Gesetze des Königs von England könnten von so einem Niemand ohne Geld und ohne Freunde mißachtet werden?«
»Verzeiht mir meine Kühnheit, Eure Majestät«, antwortete der Bi-

schof in seinem salbungsvollen Ton, »und seid versichert, daß ich nur die Interessen Englands und Eurer Majestät am Herzen habe. Aber wem würde es frommen, wenn Ihr jeden einzelnen Baum im Sherwood-Forest ausreißen ließet? Gibt es denn keine anderen Verstecke für Robin Hood? Cannock Chase ist nicht weit von Sherwood, und der große Wald von Arden ist nicht weit von Cannock Chase. Dann gibt es noch die großen Waldungen in Nottingham und Derby, Lincoln und York. Und Robin Hood da aufspüren zu wollen, wäre ein aussichtsloses Unterfangen. Nein, Herr, wenn er erst einmal wieder im Wald ist, hat er für alle Zeiten den Kopf aus der Schlinge gezogen.«

Ärgerlich trommelte der König mit den Fingern auf den Tisch. »Was würdet Ihr denn an meiner Stelle tun, Bischof? Habt Ihr nicht gehört, wie ich der Königin mein Wort gegeben habe? Euer hohles Geschwätz bringt uns nicht weiter.«

»Nichts liegt mir ferner, als Eurer Majestät einen Rat geben zu wollen«, säuselte der listige Bischof, »aber wenn ich der König wäre, würde ich die Sache ein wenig anders sehen. Zugegeben, ich habe meiner Königin versprochen, den gefährlichsten Verbrecher von ganz England vierzig Tage lang ungeschoren zu lassen; aber eine Fügung des Schicksals hat ihn mir in die Hand gegeben. Soll ich mich nun an ein Versprechen gebunden fühlen, das ich überstürzt, ohne recht zu überlegen, gegeben habe? Nehmen wir doch einmal an, ich hätte Ihrer Majestät versprochen, jeden Ihrer Befehle auszuführen, und nun forderte sie mich auf, mir das Leben zu nehmen; sollte ich mich nun, ohne zu zögern, in mein Schwert stürzen? Auch würde ich bei meinen Überlegungen die Tatsache berücksichtigen, daß eine Frau nichts vom Regieren versteht und daß sie von wechselnden Stimmungen abhängig ist. So wie sie eine Blume am Wegrand pflückt, an ihr riecht und sie wieder fortwirft, wird auch ihr Interesse an diesem Verbrecher bald nachlassen. Aber was mich angeht, ich habe den gefährlichsten Verbrecher ganz Englands in meiner Gewalt; soll ich meine Hand öffnen und zulassen, daß er mir durch die Finger schlüpft? So würde ich argumentieren, wenn ich König von England wäre.« So sprach der Bischof, und der König lieh diesen bösen Einflüsterungen sein Ohr, bis er sich nach einer Weile an Sir Robert Lee wandte und ihm befahl, sechs Leibgardisten auszuschik-

ken, die Robin Hood und seine drei Gefährten gefangennehmen sollten.
Sir Robert Lee war ein ehrenhafter und edler Ritter, und für ihn war es eine bittere Enttäuschung zu erfahren, wie der König sein Versprechen brechen wollte. Er schwieg, weil er ihn nicht noch zorniger machen wollte, schickte aber die Leibgardisten nicht gleich aus, sondern ging erst zur Königin, erzählte ihr von seinem Auftrag und empfahl ihr, Robin von der ihm drohenden Gefahr zu benachrichtigen. Er tat dies nicht, um Robin Hood zu helfen, sondern um die Ehre seines Herrn zu retten.

Der Tag ging zur Neige, die Schatten wurden länger und gingen schließlich in das dunkle Grau der Dämmerung über. Weiß leuchtete die Straße zwischen dunklen Hecken, und die vier Kameraden marschierten wie Silhouetten dahin. Schon stand der Mond am Himmel, als sie die flimmernden Lichter der Stadt Barnet, zehn oder zwölf Meilen von London entfernt, sahen. Sie wanderten durch die engen Straßen, bis sie am anderen Ende des Ortes auf ein kleines Wirtshaus stießen, an dem sich Rosen und Heckenlilien emporrankten. »Hier wollen wir übernachten«, schlug Robin vor, »denn London und der Zorn des Königs liegen nun schon weit zurück. Und wenn ich nicht irre, wird man hier auch für unser leibliches Wohl zu sorgen verstehen. Was meint ihr, Freunde?«
»Ich bin einverstanden«, sagte Little-John. »Bleiben wir hier.«
»Ich bin immer bereit, deinem Rat zu folgen«, erwiderte Will Scarlet, »aber ich wollte, wir wären ein Stück weiter, bevor wir uns zur Ruhe legen. Doch wenn du es für angezeigt hältst, kehren wir eben hier ein.«
So gingen sie hinein und ließen sich das Beste vorsetzen, das der Wirt zu bieten hatte. Aufgetragen wurde alles von einem drallen Mädchen, und Little-John, der stets ein Auge auf alles Weibliche hatte, stemmte die Arme in die Hüften, starrte sie an und zwinkerte ihr zu.
»Laß das Mädchen in Frieden«, sagte Robin, »und iß lieber, sonst wirst du mit leerem Magen schlafen gehen müssen.«
»Wer könnte an Essen und Trinken denken, ohne der Schönheit dieses Mädchens Tribut zu zollen«, widersprach Little-John. »Komm

her, du meine Kleine, und gieß mir etwas Wein ein, damit ich auf dein Wohl trinken kann!« Die anderen Freibauern lachten laut auf, doch die Wirtstochter senkte den Blick und dachte im stillen, daß sie noch nie einen so netten Kerl gesehen hatte.
Noch selten hatte dieses Wirtshaus so fröhliche Esser gesehen wie diese vier Burschen; schließlich beendeten sie ihr Mahl, blieben aber noch bei einem Glas Wein sitzen, als plötzlich der Wirt in die Stube trat und ihnen mitteilte, daß ein junger Ritter aus der Hofhaltung der Königin, ein gewisser Richard Partington, draußen warte und mit dem Mann im blauen Wams unverzüglich zu sprechen wünsche. Robin stand schnell auf, ersuchte den Wirt, ihm nicht zu folgen, und ging auf die Straße hinaus, wo Richard Partington, auf seinem Pferd sitzend, ihn erwartete.
»Ich bringe dir schlechte Nachrichten«, begann der junge Partington. »Der König ist von diesem elenden Bischof von Hereford gegen dich aufgehetzt worden. Er wollte dich schon auf dem Feld von Finsbury verhaften lassen. Jetzt hat er über tausend Bewaffnete ausgesandt mit dem Aufrag, dich hier auf dieser Straße zu ergreifen oder zu verhindern, daß du in den Sherwood-Forest zurückkehrst. Er hat dem Bischof von Hereford den Oberbefehl über diese Soldaten übertragen, und du weißt ja, was du von dem zu erwarten hast – einen kurzen Prozeß und einen langen Strick. Zwei Reitertrupps sind bereits hinter dir her, und du solltest so schnell wie möglich von hier verschwinden. Wenn du noch lange säumst, könnte es sein, daß du die Nacht in einem kalten Verlies zubringen mußt. Dir das auszurichten, hat mich die Königin geschickt.«
»Du hast mir jetzt zum zweitenmal das Leben gerettet«, sagte Robin. »Und ich hoffe, dir einmal beweisen zu können, daß Robin Hood solche Dinge nicht vergißt. Was den Bischof von Hereford angeht, wird es ihm übel ergehen, wenn ich ihn jemals in der Nähe des Sherwood-Forest erwische. Du magst der guten Königin ausrichten, daß ich sogleich weiterziehen und den Wirt glauben machen werde, wir wären nach St. Albans unterwegs. Aber sobald wir wieder auf der Straße sind, werde ich mich von meinen Freunden trennen; fällt einer den Soldaten des Königs in die Hände, haben die anderen immer noch eine Chance zu entkommen. Auf diese Weise, hoffe ich, werden wir alle den Sherwood-Forest erreichen. Und nun leb wohl!«

»Leb wohl, tapferer Freibauer«, antwortete der junge Partington. Sie schüttelten einander die Hände. Der Page ritt nach London zurück, und Robin betrat noch einmal die Wirtsstube.
Dort warteten schon seine Gefährten, aber auch der Wirt, der wissen wollte, was der Page der Königin mit diesem Mann in Blau zu tun hatte. »Auf, Freunde!« rief Robin, »hier können wir nicht bleiben. Wenn wir den Leuten, die uns verfolgen, in die Hände fallen, würde es uns übel ergehen. Darum müssen wir weiter nach St. Albans.« Er zog die Börse und bezahlte die Rechnung. Nachdem sie wieder auf der Landstraße waren, blieb Robin stehen und erzählte ihnen, was der junge Page ihm mitgeteilt hatte und daß die Männer des Königs hinter ihnen her waren. Er schlug ihnen vor, sich hier zu trennen; sie sollten sich nach Osten wenden und fernab den Hauptstraßen auf Seitenpfaden den Sherwood-Forest zu erreichen suchen; er selbst würde nach Westen ziehen. »Seid vorsichtig!« ermahnte Robin seine Freunde. Dann küßte er sie auf die Wange, sie küßten ihn, und sie trennten sich.
Nicht lange danach kamen zwanzig Reiter die Straße heraufgeprescht und hielten vor der Schenke in Barnet. Sie sprangen von ihren Pferden und umstellten das Haus. Der Anführer und vier Soldaten drangen in die Wirtschaft ein, wo sie erfahren mußten, daß die Vögel ausgeflogen waren.
»Ich dachte mir gleich, daß es üble Burschen seien«, sagte der Wirt, »aber ich habe gehört, wie der blaugekleidete Kerl sagte, sie müssen nach St. Albans weiter. Beeilt euch, vielleicht erwischt ihr sie noch.« Der Anführer dankte dem Wirt und rief seine Männer wieder zusammen. Sie stiegen auf und galoppierten so schnell sie konnten in Richtung St. Albans.
Kurz nach Barnet verließen Little-John, Will Scarlet und Allan a Dale die Landstraße und wanderten, so schnell ihre langen Beine sie trugen, nach Osten, bis sie Chelmsford in Essex erreichten. Von hier aus wandten sie sich nach Norden, passierten Cambridge und Licolnshire und gelangten schließlich nach Gainsborough. Dann marschierten sie in südwestlicher Richtung weiter, bis sie zur nördlichen Grenze des Sherwood-Forest kamen. Während dieser ganzen Zeit begegnete ihnen kein einziger Soldat des Königs. Sie waren acht Tage unterwegs, doch als sie endlich wieder vor der großen Eiche

standen, mußten sie erfahren, daß Robin noch nicht zurückgekehrt war.
Robin hatte seine Schritte nach Westen gelenkt und kam so an Aylesbury vorbei nach Woodstock in Oxfordshire. Von hier wandte er sich nach Norden, wo er Dudley in Staffordshire erreichte. Er brauchte sieben Tage, um diese Strecke zurückzulegen, und weil er glaubte, genug weit nach Norden gezogen zu sein, marschierte er fortan nach Westen, auf den Sherwood-Forest zu; über Litchfield und Ashby de la Zouch kam er zu einem Ort, der Stanton hieß. Und nun fing sein Herz an, höher zu schlagen, denn er glaubte, alle Gefahr bereits hinter sich zu haben; bald würde er wieder den heimatlichen Wald erreicht haben. Aber schon das Sprichwort sagt: Zwischen Lipp' und Kelchesrand schwebt der dunklen Mächte Hand – und das mußte Robin nun erleben.
Als die Soldaten des Königs in St. Albans merkten, daß Robin sie in die Irre geführt hatte, wußten sie nicht, was sie tun sollten. Immer mehr Truppen rückten nach, und gegen Mitternacht kam auch der Bischof. Als er erfuhr, daß Robin Hood wieder entwischt war, setzte er den Marsch nach Norden unverzüglich fort und erreichte am Abend des vierten Tages Nottingham. Hier teilte er seine Streitmacht in Gruppen von sechs oder sieben Mann ein, blockierte alle Straßen und Wege, die in östliche, westliche und südliche Richtung nach Sherwood führten. Auch der Sheriff von Nottingham rief alle seine Männer zusammen; er begriff, daß er nie wieder eine so günstige Gelegenheit haben würde, seine Rechnung mit Robin Hood zu begleichen.
Von alledem ahnte Robin nichts. Fröhlich pfeifend und unbeschwert, wanderte er über die Straße nach Stanton. Schließlich kam er zu einer Stelle, wo ein kleiner Bach über die Straße floß, und weil er durstig war, kniete er nieder, formte aus seinen Händen eine Schale und begann zu trinken. Dichte Büsche und junge Bäume säumten die Straße, und der Gesang der Vögel übertönte das Plätschern des Wassers. Plötzlich aber pfiff etwas an seinem Ohr vorbei und schlug klatschend im Wasser auf. Blitzschnell sprang Robin auf und stürzte sich, ohne einen Blick zurückzuwerfen, ins Dickicht. Er wußte, daß es ein Pfeil gewesen war, der an seinem Ohr vorbeigepfiffen hatte, und daß jede Sekunde Verzug ihm den Tod bringen konnte. Im wil-

den Galopp sprengten die Soldaten des Königs heran, sprangen von den Pferden und stürzten hinter Robin her ins Dickicht. Robin aber kannte die Gegend hier besser als sie, und so gelang es ihm bald, seine Verfolger abzuschütteln. Er blieb einen Augenblick stehen und lauschte den Rufen der sieben Soldaten, die in den Büschen herumschnüffelten wie Jagdhunde, die die Fährte des Wildes verloren haben. Er schnallte seinen Gürtel enger und lief die Straße hinunter nach Osten und zum Sherwood-Forest.

Nach einer halben Minute erreichte er die Kuppe eines Hügels und sah von dort einen zweiten Trupp Soldaten unten im Tal im Schatten eines Baumes am Straßenrand sitzen. Sofort machte er kehrt und lief denselben Weg wieder zurück, denn er wußte, daß er gute Chancen hatte, den Burschen im Dickicht zu entkommen, und nur sehr geringe, den Soldaten unten im Tal zu entwischen. Schon lag das Dikkicht hinter ihm, als plötzlich die sieben Soldaten wieder auf der Straße standen. Robin hatte eine Viertelmeile Vorsprung und jagte dahin wie ein Windhund. Er lief und lief, bis er Mackworth am Derwent unweit von Derby erreicht hatte. Als er sah, daß ihm hier keine unmittelbare Gefahr drohte, verlangsamte er seine Schritte und ließ sich schließlich im Schattem einer Hecke nieder, um zu rasten und zu Atem zu kommen.

»Meiner Treu, Robin«, sagte er sich im stillen, »da sind wir aber mit knapper Not davongekommen. Der Pfeil ist so knapp an mir vorbei und hat mich doch tatsächlich am Ohr gekitzelt. Und von dem vielen Laufen habe ich einen ordentlichen Hunger bekommen. Ich werde den heiligen Dunstan bitten, mir ehestens etwas zu essen und zu trinken zu schicken.«

Es schien, als hätte der heilige Dunstan sein Gebet erhört, denn wenige Augenblicke später kam ein gewisser Quince, ein Flickschuster aus Derby, die Straße herunter. Er hatte einem Bauern bei Kirk Langly ein Paar Schuhe geliefert und befand sich nun auf dem Heimweg. Vor Freude über die festen Schuhe hatte der Bauer ihm einen fetten Kapaun und eine Flasche Bier mitgegeben. Der gute Quince war eine ehrliche Seele, aber alles andere als ein Geisteslicht, und so hatte jetzt nur ein einziger Gedanke in seinem Kopf Platz: »Drei Shilling und Sixpence für die Schuhe, guter Quince – drei Shilling und Sixpence für die Schuhe, guter Quince . . .«

»He da, Freund«, sagte Robin, als der Flickschuster nahe genug war, »wohin des Wegs so munter an diesem schönen Tag?«
Als er sich so angesprochen hörte, blieb der Schuster stehen und antwortete, wie es sich geziemte: »Guten Tag, lieber Herr. Ich komme aus Kirk Langly, wo ich meine Schuhe um drei Shilling Sixpence verkauft habe. Aber wenn ich mir die Frage erlauben darf, was tust du da unter der Hecke?«
»Nun ja«, antwortete Robin, »ich sitze hier unter der Hecke, um goldenen Vögeln Salz auf den Schwanz zu streuen; aber offen gestanden, du bist der erste brauchbare Vogel, den ich heute zu Gesicht bekommen habe.«
Der Schuster machte große Augen. »Ach herrje!« sagte er. »Ich habe noch nie goldene Vögel gesehen. Und du findest sie tatsächlich in diesen Hecken? Gibt es viele? Ich würde gern selbst einen finden.«
»So viele wie es frische Heringe in Cannock Chase gibt.«
»Sieh einer an!« Der Schuster konnte sich vor Erstaunen nicht fassen. »Und du fängst sie, indem du ihnen Salz auf die Schwänze streust?«
»Ganz recht. Aber es ist ein besonderes Salz. Man bringt ein Quart Mondstrahlen auf einer hölzernen Schüssel zum Sieden und gewinnt daraus ein Quentchen von dem Salz. Aber jetzt sag du mir: Was hast du denn in diesem Beutel und in dieser Flasche?«
Der Schuster blickte verwundert auf diese Dinge herab, denn die Sache mit den goldenen Vögeln hatte ihn alles andere vergessen lassen. Es dauerte eine Zeit, bis die Erinnerung daran zurückkehrte. »In der Flasche«, antwortete er schließlich, »befindet sich gutes Märzenbier und im Beutel ein fetter Kapaun. Ja, Quince, der Schuster, wird heute tafeln wie ein Fürst.«
»Hör mal, Quince«, sagte Robin, »möchtest du mir diese Dinge nicht verkaufen? Ich gebe dir meine schöne blaue Tracht und dazu zehn Shilling für deine Kleider, deine Lederschürze, dein Bier und deinen Kapaun. Was sagst du dazu, Junge?«
»Du treibst deinen Spaß mit mir«, entgegnete der Schuster, »denn meine Kleider sind grob und voller Flicken, und deine sind aus feinem Tuch und sehr schön.«
»Ich mache keine Scherze«, protestierte Robin. »Deine Kleider gefallen mir eben, das ist alles. Und ich will auch besonders großzügig

sein, denn ich werde dich einladen, den Kapaun und das Bier mit mir zu teilen.« Mit diesen Worten fing er an, sich zu entkleiden, und als der Schuster merkte, daß es Robin ernst war, tat er desgleichen. So zog jeder die Kleider des anderen an, und Robert gab dem Flickschuster die versprochenen zehn Shilling. »Ich bin schon viel in meinem Leben gewesen, aber noch nie ein ehrlicher Flickschuster«, sagte Robin. »Komm, Freund, laß uns essen, denn mein Magen schreit schon nach dem guten fetten Kapaun.« Sie setzten sich und langten herzhaft zu, und als sie fertiggegessen hatten, waren vom Kapaun nur mehr die Knochen übrig. Plötzlich stürmten sechs Reiter heran, packten den ahnungslosen Handwerker, zerrten ihn hoch und rissen ihm dabei beinahe die Kleider vom Leib. »Haben wir dich endlich, du Verbrecher! Der heilige Hubertus sei bedankt! Jetzt sind wir um achtzig Pennys reicher als noch eben zuvor, denn diesen Betrag hat der gute Bischof von Hereford demjenigen Trupp zugesagt, der dich schnappt! Was bist du doch für ein gerissener Gauner mit deinem unschuldsvollen Gesicht! Aber wir kennen dich, du alter Fuchs!«

Die großen blauen Augen rund wie die eines toten Fisches, sah der arme Schuster in die Runde, sein Mund stand offen, als hätte er die Sprache verloren.

Auch Robin starrte die Soldaten mit offenem Mund an – so wie es der Schuster an seiner Stelle getan haben würde. »Ja, so was«, stammelte er scheinbar entsetzt, »wo bin ich denn hingeraten? Was bedeutet das alles, gute Herren? Das ist doch gewiß ein gutmütiger, braver Mann?«

»Einen braven Mann nennst du ihn, du Esel?« antwortete ein Soldat. »Das ist der Räuberhauptmann Robin Hood!«

Diese Worte verwirrten den Schuster nur noch mehr, und in seinem armen Kopf wirbelten die Gedanken herum wie Korn und Spreu. Und als er Robin Hood betrachtete und feststellte, daß der Freibauer so aussah, wie er, Quince, immer ausgesehen hatte, begann er zu zweifeln. »Bin ich das wirklich?« fragte er sich. »Ich hätte geglaubt ... Aber nein, mein Junge, du irrst dich ... Oder? ... Ich muß tatsächlich Robin Hood sein! Wer hätte das gedacht, daß aus einem ehrbaren Schuster ein berühmter Räuberhauptmann wird!«

»Ach herrje«, sagte Robin Hood, »seht doch, ihr rohen Burschen,

ihr habt ihn ja vollkommen verwirrt. Ich bin Quince, der Schuster aus Derby.«
»Ja, wenn das so ist«, seufzte Quince, »dann bin ich wohl ein anderer und kann nur Robin Hood sein. Nehmt mich mit, Burschen, doch eines sollt ihr wissen: Ihr habt den tapfersten Freibauern ergriffen, der je in unserem Wald lebte.«
»Du willst wohl den Verrückten spielen, was?« murrte der Anführer. »Binde ihm die Hände auf dem Rücken zusammen, Giles. Ich wette, du kommst wieder zur Besinnung, wenn wir dich in Tutbury vor unseren guten Bischof bringen!« Worauf sie ihm die Hände auf den Rücken banden und ihn an einem Strick wegführten, wie der Bauer ein Kalb wegführt, das er auf dem Markt gekauft hat. Robin sah ihnen nach, und als sie fort waren, lachte er, bis ihm die Tränen über die Backen liefen, denn er wußte, daß man dem braven Mann kein Leid zufügen würde. Und während er noch versuchte, sich vorzustellen, was für ein Gesicht der Bischof machen würde, wenn man ihm den guten Quince brachte, setzte er seinen Weg nach Nottinghamshire und zum Sherwood-Forest fort.
In sieben Tagen hatte Robin Hood gute einhundertvierzig Meilen zurückgelegt. Nun wollte er, ohne sich aufzuhalten bis zum Sherwood-Forest weiterziehen, aber er war kaum zehn Meilen gegangen, als er fühlte, wie seine Kräfte ihn verließen. Er setzte sich nieder, um zu rasten, denn seine Füße waren wie Bleiklumpen. Noch einmal stand er auf, gab aber endgültig auf, als er zu einem kleinen Wirtshaus kam. Er trat ein und ließ sich vom Wirt ein Zimmer geben, obwohl die Sonne noch nicht untergegangen war. Der Gasthof hatte nur drei Zimmer, und der Wirt führte Robin in das armseligste von allen, aber das machte dem müden Wanderer nichts aus; in dieser Nacht würde er auch auf einem Nagelbrett geschlafen haben. Ohne zu zögern, entkleidete er sich, schlüpfte unter die Decke und schlief sofort ein.
Nicht lange danach zogen große schwarze Wolken über die Berge im Westen und ballten sich immer finsterer zusammen. Da und dort erhellte ein rötliches Licht das Firmament, und in der Ferne ertönte dumpfes Donnergrollen. Vier wackere Bürger aus Nottingham suchten hier Zuflucht, denn dies war die einzige Wirtschaft im Umkreis von fünfzig Meilen, und der Sturm mußte jeden Augenblick

losbrechen. Sie übergaben ihre Pferde dem Stallburschen und ließen sich das Beste auftischen, was Küche und Keller bereithielten. Nachdem sie herzhaft zugegriffen hatten, führte sie der Wirt in ihre Zimmer; sie waren an diesem Tag den langen Weg von Dronfield hierher geritten und konnten vor Müdigkeit kaum die Augen offenhalten. Sie murrten nur ein wenig, weil sie zu zweit in einem Bett liegen mußten, doch bald ließ der Schlaf sie diesen und anderen Ärger vergessen.

In einer Wolke aus Staub und Blättern kam nun der erste Windstoß und rüttelte an Türen und Fensterläden. Und als ob er einen Gast mitgebracht hätte, öffnete sich plötzlich die Eingangstür; es war ein Mönch der Priorei Emmet, ein Mönch von hohem Rang, wie der feine, glatte Stoff seiner Kutte und der kostbare Rosenkranz verrieten. Er rief den Wirt und trug ihm auf, zuerst sein Maultier zu füttern und im Stall unterzubringen und ihm dann das Beste vorzusetzen, was es im Hause gab. Bald stand ein leckeres Gericht aus Kuttelfleck und Zwiebeln mit schmackhaften Klößen vor ihm, an dem sich der heilige Bruder gütlich tat, bis nur mehr ein kleiner Rest Sauce übrig war, der nicht ausreichte, um eine Maus vor dem Verhungern zu retten.

Mittlerweile brach der Sturm los. Auf den ersten Windstoß waren weitere gefolgt, und bald regnete es in Strömen. Grelle Blitze zuckten über den Himmel, und der Donner rollte und krachte. Der heilige Bruder ersuchte den Wirt, ihm sein Zimmer zu zeigen, und war sehr ungehalten, als er erfuhr, daß er mit einem Flickschuster schlafen mußte; grollend wie der Donner, der sich jetzt schon langsam verzog, nahm er die Kerze hoch und betrachtete den schlafenden Robin. Er fühlte sich erleichtert, denn statt eines ungepflegten, schmutzigen Kerls sah er einen Burschen, der so sauber war, als bestünde die Woche nur aus Sonntagen. So entledigte auch er sich seiner Kleider und schlüpfte ins Bett, wo Robin ihm brummend Platz machte. Ganz gewiß schlief Robin tiefer als in anderen Nächten, sonst hätte er wohl nicht so friedlich neben einem Mönch geruht. Und hätte dieser gewußt, wer da neben ihm lag, er hätte wohl lieber bei einer Natter geschlafen.

In aller Morgenfrühe schlug Robin die Augen auf und drehte den Kopf zur Seite. Er staunte nicht schlecht, als er einen geschorenen

Schädel neben sich auf dem Kissen sah. Er rieb sich die Augen, aber nein, er träumte nicht, neben ihm lag einer, der dem geistlichen Stand angehörte. »Wie ist denn dieses Ding während der Nacht unter meine Decke gekrochen?« fragte sich Robin, während er vorsichtig, um den anderen nicht zu wecken, aus dem Bett stieg. Er sah sich im Zimmer um und erblickte die Kutte des Mönchs auf einer Bank an der Wand. Den Kopf zur Seite gelegt, betrachtete er zuerst die Kutte, dann den schlafenden Mönch, zwinkerte und sagte: »Guter Bruder, wie immer du auch heißen magst, so dreist, wie du dir mein Bett ausgeliehen hast, werde ich mir dein Gewand ausleihen.« Sprach's und legte die Kutte des heiligen Mannes an, war aber so zuvorkommend, ihm dafür die Kleider des Flickschusters zu überlassen. Dann begab er sich in den frischen Morgen hinaus, und der Stallbursche machte große Augen, denn Leute wie der Mönch aus Emmet waren für gewöhnlich keine Frühaufsteher. Aber der Mann behielt seine Gedanken für sich und fragte Robin, ob er das Maultier aus dem Stall bringen sollte.

»Ja, mein Sohn«, antwortete Robin, der natürlich nichts von dem Maultier wußte, »und zwar rasch, denn ich habe es eilig.« Der Stallknecht tat, was ihm geheißen, und Robin bestieg das Maultier und ritt vergnügt davon.

Fuchsteufelswild war der heilige Bruder, als er erwachte und feststellen mußte, daß man ihm seine feine Kutte und obendrein seine Börse mit zehn Goldpfund gestohlen und nur geflickte Kleider und eine Lederschürze zurückgelassen hatte. Er fluchte und wetterte wie ein Fuhrmann, was ihm aber nichts half, und weil er noch an diesem Morgen in der Priorei von Emmet sein mußte, blieb ihm nichts anderes übrig, als die Kleider des Flickschusters anzulegen oder nackt weiterzuziehen. Aber damit waren seine Leiden noch nicht ausgestanden, denn schon nach wenigen Meilen fiel er den Männern des Königs in die Hände, die ihn, ohne lange zu fackeln, nach Tutbury vor den Bischof von Hereford brachten. Vergebens versicherte er ihnen, dem geistlichen Stand anzugehören, vergeblich wies er auf seine Tonsur; für die Soldten war er Robin Hood, und damit basta.

Robin ritt mittlerweile sehr erleichtert dahin und kam auch ohne Schwierigkeiten an zwei Trupps königlicher Soldaten vorbei, und je mehr er sich dem Sherwood-Forest näherte, desto höher schlug ihm

das Herz. In einem schattigen Wäldchen kam ihm plötzlich ein Ritter entgegen. Rasch hielt Robin sein Maultier an und sprang aus dem Sattel. »Sir Richard of the Lea!« rief er. »Wie freue ich mich, dich zu sehen!« Schnell erzählte er Sir Richard, was ihm zugestoßen war; erst jetzt, so nahe vom Sherwood-Forest, fühlte er sich wieder sicher, meinte er. Aber Sir Richard schüttelte den Kopf. »Du bist jetzt in noch größerer Gefahr«, sagte er, »denn die Truppen des Sheriffs haben alle Straßen und Wege gesperrt und lassen keinen durch, ohne ihn genau zu überprüfen. Ich weiß das, weil ich es eben selbst erlebt habe. Vor dir hast du die Männer des Sheriffs und hinter dir die Soldaten des Königs. Du kommst nicht durch, denn mittlerweile kennen sie auch schon deine Verkleidung und warten nur darauf, dich zu fassen. Meine Burg steht dir zur Verfügung, aber damit wäre nichts gewonnen, weil ich sie gegen eine solche Übermacht nicht verteidigen könnte!« Nachdenklich senkte Sir Richard das Haupt, und Robin fühlte, wie ihn aller Mut verließ – dem Fuchs gleich, der hinter sich die Meute hört und seinen Bau zugeschüttet findet. Doch dann sagte Sir Richard: »Es gibt nur eine Rettung für dich: Kehre nach London zurück, und stelle dich unter den Schutz unserer guten Königin. Komm gleich mit auf meine Burg. Dort legst du deine Kutte ab und die Kleidung an, wie sie meine Männer tragen. Dann ziehe ich mit ihnen nach London, und du mischt dich als Knappe unter mein Gefolge. Auf diese Weise kann ich dich an einen Ort bringen, wo du die Königin sehen und mit ihr sprechen kannst. Nur sie kann dir helfen, in den Sherwood-Forest zurückzukehren.«
Robin folgte Sir Richard of the Lea auf seine Burg, denn er begriff, daß es ein guter Rat war und ihm gar keine andere Wahl blieb.

Begleitet von sechs ihrer Hofdamen, wandelte die Königin Eleonore in ihrem Garten, in dem die Rosen ihren betäubenden Duft verbreiteten. Plötzlich erschien ein Mann auf der Mauer und sprang leichtfüßig herab. Die Hofdamen kreischten entsetzt, aber der Mann lief auf die Königin zu und kniete vor ihr nieder. Es war Robin Hood. »Bei Unserer Lieben Frau, Robin!« rief die Königin, »du wagst dich in die Höhle des Löwen? Du armer Kerl, wenn der König dich hier findet, bist du verloren. Weißt du denn nicht, daß er dich im ganzen Land suchen läßt?«

»Das weiß ich sehr gut, und darum bin ich hier«, antwortete Robin. »Nachdem er Eurer Majestät sein königliches Wort gegeben hat, mir freies Geleit zu gewähren, kann mir doch hier kein Leid geschehen. Überdies weiß ich von Eurer Majestät Wohlwollen und Herzensgüte, und darum lege ich mein Leben in Eure gnädigen Hände.«

»Ich verstehe, was du meinst«, erwiderte die Königin, »du machst mir Vorwürfe – mit Recht, denn ich habe an dir nicht so gehandelt, wie ich hätte handeln müssen. Ich kann mir vorstellen, daß dir keine Wahl blieb; um einer Gefahr zu entgehen, mußt du dich einer anderen aussetzen. Noch einmal verspreche ich dir meine Hilfe. Ich will alles tun, was in meiner Macht steht, um dich sicher in den Sherwood-Forest zurückgelangen zu lassen. Warte hier auf mich.« Sie ließ Robin im Rosengarten zurück, dann blieb sie lange Zeit fort. Als sie zurückkam, war Sir Robert Lee an ihrer Seite. Die Wangen der Königin glühten wie nach einem heftigen Wortwechsel. Sir Robert wandte sich in kaltem, strengem Ton an Robin: »Seine Majestät, der König hat dir in seiner Gnade noch einmal freies Geleit zugesichert, und nicht nur das: In drei Tagen wird er einen seiner Pagen anweisen, dich zu begleiten und darauf zu sehen, daß du als freier Mann in den Sherwood-Forest zurückkehrst. Du kannst deinem Schutzpatron danken, daß du in unserer edlen Königin eine so gute Freundin hast; ohne die Fürbitte wärest du bereits ein toter Mann. Laß dir die Gefahr, in der du dich befunden hast, eine doppelte Lehre sein. Erstens: Sei ehrlicher. Zweitens: Ziehe nicht dreist, wie es dir beliebt, durch das Land. Du hast dich in die Höhle des Löwen gewagt und bist wie durch ein Wunder unversehrt geblieben. Versuche es kein zweites Mal.« Damit drehte er sich um und ging.

Drei Tage blieb Robin in London Gast der Königin. Dann kam Edward Cunningham, der erste Page des Königs, um Robin auf seinem Weg nach Norden, zum Sherwood-Forest zu begleiten. Hin und wieder begegneten ihnen Truppen des Königs, aber niemand hielt sie an, so daß sie unbehelligt Robins Wald erreichten.

Damit endeten Robin Hoods Abenteuer, als er an dem Wettschießen in London teilnahm. Und nun werden wir hören, wie der Bischof von Hereford und der Sheriff von Nottingham es noch einmal versuchten, seiner habhaft zu werden. Und wir erfahren, wie König Richard Löwenherz Robin Hood im Sherwood-Forest besuchte.

Achter Teil

1 *Robin Hood und Guy von Gisbourne*

Es verging viel Zeit nach dem großen Wettschießen, und Robin beherzigte zumindest einen der zwei Ratschläge, die Sir Robert Lee ihm gegeben hatte: nicht allzu dreist durch das Land zu ziehen; mag sein, er wurde nicht ehrlicher (was die Leute so darunter verstehen), aber er entfernte sich nie so weit vom Sherwood-Forest, daß er nicht schnell und leicht hätte zurückkehren können.

Große Veränderungen waren vor sich gegangen. König Heinrich war gestorben, und König Richard hatte sich die Krone aufs Haupt gesetzt. Aber im Sherwood-Forest war nicht viel zu spüren von diesen Veränderungen: Robin Hood und seine Schar lebten so vergnügt wie eh und je, jagten und tafelten und sangen und vertrieben sich die Zeit mit Wettkämpfen.

Es war ein heller, frischer Sommermorgen, und der Gesang der Vögel weckte Robin Hood und Little-John und alle ihre Gefährten. Sie verzehrten ihr Frühstück und verstreuten sich im Wald, um ihrer Arbeit nachzugehen.

»Es juckt mich in den Beinen«, sagte Robin zu Little-John, »wir haben schon so lange nichts mehr erlebt. Was meinst du: Wollen wir nicht wieder einmal auf Abenteuer ausgehen? Jeder für sich natürlich.«

»Ich bin dabei«, erklärte Little-John. »Es wäre ja nicht das erste Mal, daß uns etwas Aufregendes widerfährt. Vor uns liegen zwei Pfade; nimm du den einen, und ich nehme den anderen; dann marschieren wir einfach darauf los, bis uns etwas Lustiges begegnet.«

»Dein Plan gefällt mir«, sagte Robin, »aber paß gut auf dich auf. Ich möchte nicht, daß dir etwas zustößt.«

»Daß du so redest!« lachte Little-John. »Als ob bei dir die Wahrscheinlichkeit, in Schwierigkeiten zu geraten, nicht viel größer wäre als bei mir.«

»Der Wahrheit die Ehre«, protestierte Robin, »du hast so etwas an dir, das dir immer aus der Patsche hilft. Aber wir werden ja sehen, wer es heute am besten trifft.« Sie schüttelten einander die Hände, und jeder ging seinen Weg.

Robin Hood schlenderte dahin, bis er zu einem breiten Waldweg kam, über dem sich, golden im Sonnenlicht schimmernd, Laubwerk zu einem Baldachin wölbte. Hier bestand Robin Hood das gefährlichste Abenteuer seines Lebens, denn wie er so über den weichen, feuchten Grasboden wanderte, erblickte er plötzlich einen Mann, der auf den moosbewachsenen Wurzeln einer mächtigen Eiche saß. Der Fremde hatte ihn noch nicht bemerkt, und so hatte Robin die Möglichkeit, stehenzubleiben und ihn ungeniert zu betrachten, bevor er seinen Weg fortsetzte. Und er war des Betrachtens wohl wert, dieser Fremde, denn nie zuvor hatte Robin eine Gestalt wie diese gesehen. Der Mann war von Kopf bis Fuß in ein Pferdefell gekleidet; um sein Gesicht zu verbergen, trug er eine Kapuze, auch sie aus Pferdefell gefertigt. Bewaffnet war er mit einem Schwert und einem scharfen, zweischneidigen Dolch. Auf dem Rücken hatte er einen mit glatten, runden Pfeilen gefüllten Köcher hängen, und ein fester Bogen aus Eibenholz lehnte neben ihm am Baum.

»Heda, Freund«, rief Robin und trat näher, »wer bist du? Und was ist das für eine sonderbare Kleidung? Hätte ich etwas auf dem Gewissen, ich würde Angst vor dir haben; ich würde denken, du wärest aus der Unterwelt gekommen, um mich zu holen.«

Der Fremde gab keine Antwort, schob nur seine Kapuze zurück und ließ eine gerunzelte Stirn, eine Hakennase und zwei wilde, stechende Augen sehen. Robin mußte an einen Falken denken, als er das brutale Gesicht, den schmalen, grausamen Mund und das harte Glitzern der Augen sah, und es überlief ihn eiskalt.

»Wer bist du, Halunke?« fragte der Fremde schließlich mit lauter, ätzender Stimme.

»Nicht so grob, Bruder«, gab Robin zurück. »Was ist dir denn heute Morgen über die Leber gelaufen, daß du so gereizt bist?«

»Wenn dir meine Worte nicht gefallen«, sagte der Fremde böse, »mach, daß du weiterkommst, denn meine Taten passen zu meinen Worten.«

»Aber deine Worte gefallen mir, du bist so liebenswürdig«, antwortete Robin und hockte sich vor dem Mann ins Gras. »Mehr noch: Ich finde deine Rede recht unterhaltend.«

Der Fremde blieb stumm und starrte Robin nur böse und gehässig an, wie ein Hund, bevor er einem an die Kehle springt. Robin erwiderte seinen Blick mit Unschuldsmiene und ohne mit der Wimper zu zucken. So saßen sie eine lange Weile da und starrten einander an, bis der Fremde schließlich sein Schweigen brach. »Wie heißt du, Kerl?« fragte er.

»Ich bin wirklich froh, dich reden zu hören«, sagte Robin. »Ich hatte schon Angst, mein Anblick hätte dir die Zunge gelähmt. Was meinen Namen angeht, nun, ich fände es richtiger, daß du mir zuerst deinen nennst, denn schließlich bist du hier der Eindringling. Nun sag mir doch, mein geheimnisvoller Fremder, wozu trägst du diese exquisite Kleidung?«

Diese Worte beantwortete der Fremde mit rauhem Gelächter. »Bei Gott Odin, in meinem ganzen Leben hat noch keiner so frech mit mir gesprochen. Ich weiß gar nicht, warum ich dich nicht gleich erschlage. Es ist noch keine zwei Tage her, da habe ich in Nottingham einen aufgespießt, der nicht halb so dreist war wie du. Ich trage diese Kleidung, weil sie mich wärmt, du Narr; außerdem schützt das Fell fast so gut wie ein Kettenhemd gegen ein Schwert. Und was meinen Namen angeht, den kann jeder wissen. Man nennt mich Guy von Gisbourne, und vielleicht hast du den Namen schon gehört. Ich komme aus den Wäldern von Herefordshire; sie gehören dem dortigen Bischof. Man hat mich für vogelfrei erklärt, und was ich zum Leben brauche, hole ich mir auf meine Art. Vor kurzem hat mich der Bischof kommen lassen. Wenn ich dem Sheriff von Nottingham einen Gefallen täte, hat er mir gesagt, würde er mir Pardon gewähren und obendrein zweihundert Pfund zahlen. Ich also schleunigst zum Sheriff, und was denkst du, was der von mir haben will? Hier im Sherwood-Forest einen gewissen Robin Hood fangen und ihm bringen, tot oder lebendig. Hier haben sie anscheinend keinen gefunden, der ihnen die Arbeit macht. Ich habe keine Skrupel, ihn zu erschlagen, für das halbe Geld mache ich sogar meinen Bruder kalt.«

Robin krampfte es den Magen zusammen. Er hatte schon von Guy von Gisbourne und dessen Schandtaten in Herefordshire gehört, aber so sehr ihn dieser Mann auch abstieß, er ließ sich nichts anmerken, denn er hatte eben einen Plan ausgeheckt, den er auch auszuführen gedachte. »O ja«, sagte er, »ich habe von deinen Großtaten gehört, und ich kann mir nicht vorstellen, daß es auf der ganzen Welt einen Menschen gäbe, dem Robin Hood lieber begegnen würde als dir.«

Wieder schlug Guy von Gisbourne sein ungutes Lachen an. »Es ist schon recht spaßig, wenn man denkt, wie ein wackerer Geächteter namens Robin Hood auf einen anderen wackeren Geächteten namens Guy von Gisbourne stoßen wird. Nur für Robin Hood wird es nicht so lustig sein, denn an dem Tag, da er Guy von Gisbourne begegnet, wird er sterben.«

»Hör mal, du Held«, hielt Robin Hood ihm entgegen, »könnte es nicht sein, daß dieser Robin Hood der bessere Mann von euch beiden ist? Ich kenne ihn recht gut, und viele Leute halten ihn für den stärksten und tapfersten Mann in der ganzen Gegend.«

»Das mag schon sein«, gab der andere zu, »aber ich sage dir, Freundchen, euer Schweinestall hier ist nicht die große weite Welt, und ich verwette mein Leben darauf, daß ich der bessere von uns zweien bin. So einen hat man geächtet? Außer jenes erste Mal, da er in diesen Wald kam, hat er nie wieder fremdes Blut vergossen. Es heißt, er wäre ein toller Bogenschütze; was mich angeht, ich könnte jeden Tag gegen ihn antreten.«

»Es ist wahr, es gibt Leute, die ihn für einen großen Bogenschützen halten«, bestätigte Robin. »Aber hier in Nottinghamshire können wir alle gut mit dem Langbogen umgehen. Ich bin nur ein einfacher Mann, aber ich hätte keine Angst, mich mit dir zu messen.«

Guy von Gisbourne betrachtete Robin ungläubig und lachte so laut, daß es im Wald widerhallte. »Du bist wirklich ein frecher Kerl, daß du so mit mir sprichst. Mir gefällt dein Mut, denn bisher haben das nur wenige gewagt. Also schön, ich schieße mit dir um die Wette.«

Robin stand auf, ging zu einem nahen Haselstrauch und schnitt einen daumenbreiten Zweig ab, schälte die Rinde herunter und steckte ihn vor einer großen Eiche in den Boden. Dann maß er achtzig Schritte ab, womit er zu dem Punkt zurückkehrte, wo sein Gegner vor der großen Eiche saß. »Wenn du ein Bogenschütze bist, spalte den Zweig«, forderte er ihn heraus.

»Das bringt nicht einmal der Teufel fertig!« rief Guy von Gisbourne.

»Das werden wir erst wissen, nachdem du geschossen hast«, erwiderte Robin.

Guy von Gisbourne runzelte die Stirn und spannte schweigend seinen Bogen. Er schoß zweimal und verfehlte den Zweig jedesmal um eine Handspanne. Robin lachte. »Tatsächlich«, sagte er, »der Teufel selbst konnte dieses Ziel nicht treffen. Mein lieber Freund, wenn du mit dem Schwert nicht besser umzugehen weißt, wirst du Robin Hood nicht besiegen.«
Guy von Gisbourne funkelte Robin wütend an. »Hüte deine freche Zunge, es könnte sonst sein, daß ich sie dir aus der Kehle reiße.« Ohne etwas darauf zu erwidern, spannte Robin seinen Bogen. Er schoß zweimal: das erste Mal verfehlte er den Stock um einen Zoll, beim zweiten Schuß spaltete er ihn. Dann schleuderte er den Bogen zu Boden. »Daraus kannst du ersehen, wie wenig du vom Bogenschießen verstehst, du Satan!« rief er zornig. »Und jetzt wirf einen letzten Blick auf das Licht des Tages, denn nun hast du die Erde genug lange beschmutzt, du gemeine Bestie! Heute wirst du sterben – ich bin Robin Hood!« Mit diesen Worten zog er sein Schwert.
Eine kleine Weile starrte Guy von Gisbourne Robin Hood an, als ob dieser den Verstand verloren hätte, doch dann wandelte sich seine Verwunderung rasch zu unbändiger Wut. »Bist du wirklich Robin Hood?« brüllte er. »Ich freue mich, daß ich dir begegnet bin, du elender Hund!« Mit diesen Worten zog auch er sein Schwert. Und nun folgte der erbittertste Kampf, den der Sherwood-Forest je gesehen hatte, denn beide Männer wußten, daß er selbst oder der andere sterben mußte und daß es keinen Pardon geben würde. Bald war das Gras zertrampelt. Mehr als einmal drang Robins Schwertspitze durch die Haut des Gegners, und immer mehr rote Tropfen spritzten auf den Boden, doch keiner aus Robins Adern. Als Guy von Gisbourne einen wütenden, wilden Ausfall machte und Robin Hood zurückspringen mußte, blieb er mit der Ferse an einer Wurzel hängen und stürzte rücklings zu Boden. »Heilige Maria, steh mir bei!« murmelte er, während der andere, das Gesicht zu einer triumphierenden Fratze verzerrt, mit erhobenem Schwert auf ihn lossprang. Robin aber packte die Klinge mit der bloßen Hand und drückte sie so kraftvoll zur Seite, daß sich die Spitze tief ins Erdreich bohrte. Und bevor Guy von Gisbourne noch seine Waffe herausziehen konnte, war Robin, das Schwert in der Hand, wieder auf den Beinen. Nun aber erfaßte den grausamen, mitleidlosen Guy von Gisbourne

die nackte Angst und voll Verzweiflung wich er zurück. Blitzschnell sprang Robin vor und versetzte ihm einen Hieb auf den Schwertarm. Die Waffe entfiel Guy von Gisbourne, er taumelte, und bevor er sich noch sammeln konnte, hatte Robins Schwert ihn durchbohrt. Er warf die Arme in die Luft, stieß einen Schrei aus und stürzte bäuchlings zu Boden.

Robin Hood säuberte sein Schwert und steckte es in die Scheide zurück. Mit verschränkten Armen stand er vor dem Gefallenen. »Seitdem ich als hitzköpfiger Jüngling den Förster des Königs erschoß, ist das der erste Mensch, den ich getötet habe«, murmelte er. »Ich denke noch oft mit Bitterkeit an das Opfer meiner Unbeherrschtheit, aber daß ich diesen da ins Jenseits befördert habe, macht mich so froh, als hätte ich einen wilden Eber getötet, der Feld und Flur zerstörte. Doch da der Sheriff von Nottingham mir diesen Kerl geschickt hat, will ich sein Gewand anlegen und sehen, ob ich nicht vielleicht Seine Gnaden aufspüren und ihm von dem, was ich ihm schulde, etwas zurückzahlen kann.«

So blutdurchtränkt es auch war, Robin zog dem Toten das haarige Gewand vom Leib und legte es selbst an. Er gürtete sich mit dem Schwert und dem Dolch des Toten und trug seine eigenen Waffen, zusammen mit beiden Bogen, in der Hand. Um nicht erkannt zu werden, schob er sich die Kapuze aus Pferdefell tief ins Gesicht und wandte sich nach Osten in Richtung Nottingham. In den Dörfern stoben die Leute auseinander, als sie ihn sahen, denn Guy von Gisbournes Name und seine Taten verbreiteten überall Angst und Schrecken.

Und nun wollen wir hören, was Little-John mittlerweile zugestoßen war.

Little-John hatte den Waldrand erreicht, und nun lagen Mais- und Gerstenfelder und grünes Weideland vor ihm. Hinter einer Gruppe von knorrigen Apfelbäumen stand eine strohbedeckte Kate. Hier blieb er stehen, denn er glaubte, im Inneren der Kate eine klagende Stimme zu hören. Er stieß das Gatter auf und ging hinein. An dem kalten Herd saß eine grauhaarige Frau und weinte bittere Tränen. Little-John hatte ein mitfühlendes Herz für das Leid anderer Menschen. Er trat auf die alte Frau zu, klopfte ihr freundlich auf die

Schulter, sprach ihr Trost zu und forderte sie auf, ihm von ihrem Kummer zu erzählen, vielleicht könne er ihr helfen. Die Alte schüttelte traurig den Kopf; aber seine gütigen Worte verfehlten nicht ihre Wirkung, und nach einer Weile erzählte sie ihm, was sie so bedrückte. Noch diesen Morgen hatte sie drei große, stattliche Söhne gehabt, wie sie größer und stattlicher in ganz Nottinghamshire nicht zu finden waren. Man hatte sie ihr weggenommen und wollte sie hängen. Weil sie Not gelitten hatten, war der älteste Sohn in der Nacht in den Wald gegangen und hatte bei Mondlicht eine Hirschkuh geschossen. Die Wildhüter des Königs hatten die Blutspur im Gras bis zu ihrer Kate verfolgt und das Fleisch in der Anrichte gefunden. Und weil die jüngeren Söhne ihren Bruder nicht verraten wollten, hatte man alle drei mitgenommen, obwohl der Älteste beteuerte, er allein sei der Schuldige. Die alte Frau hatte die Wildhüter miteinander reden gehört: der Sheriff, so sagten sie, hätte geschworen, daß er dem Wildfrevel ein für allemal ein Ende setzen und den ersten, den er dabei erwische, an den nächsten Baum knüpfen würde. Sie wollten die drei Burschen zum »King's Head«, bringen, dem Gasthof, wo der Sheriff heute die Rückkehr eines Mannes abwartete, den er in den Sherwood-Forest geschickt hatte, wo er Robin Hood aufsuchen sollte.
Kopfschüttelnd hörte Little-John sich das an. »Das ist wirklich eine schlimme Geschichte«, sagte er. »Aber wer könnte das wohl sein, den man in den Sherwood-Forest geschickt hat, um Robin Hood aufzusuchen, und was will der Sheriff von ihm? Nun, das wird sich zur rechten Zeit finden. Ich wollte, Robin Hood wäre hier, um uns zu raten. Aber ihn jetzt noch zu holen bleibt keine Zeit, wenn wir das Leben deiner Söhne retten wollen. Hast du ein paar alte Kleider, die ich statt meiner grünen Kluft anziehen könnte? Wenn unser Sheriff mich so sieht, hänge ich noch früher als deine Söhne, das kann ich dir sagen.«
Die Frau hatte noch Kleider von ihrem Mann, der vor zwei Jahren gestorben war. Sie brachte sie Little-John, der seine jägergrüne Tracht ablegte und die alten Kleider anzog. Dann machte er sich eine Perücke und einen falschen Bart aus aufgerauhter Wolle, setzte einen großen breiten Hut auf, der dem Bauern gehört hatte, nahm seinen Stock in die eine, den Bogen in die andere Hand und machte

sich eilends nach der Schenke auf, wo der Sheriff Quartier bezogen hatte.

Eine gute Meile von Nottingham entfernt und nicht weit von der südlichen Grenze des Sherwood-Forests stand das behagliche Wirtshaus, das den Namen »King's Head« führte. An diesem Morgen herrschte ein reges Treiben, denn der Sheriff hatte mit zwanzig Männern hier Quartier bezogen, um Guy von Gisbournes Rückkehr aus dem Sherwood-Forest abzuwarten. Der Sheriff saß in der großen Gaststube und ließ das Beste auftragen, was Küche und Keller zu bieten hatten. Die Knappen lungerten auf den Bänken vor der Kneipe herum, oder sie lagen im Schatten der großen Eichen, tranken Bier, redeten und lachten und scherzten. Ringsum standen die Pferde, stampften und schlugen mit den Schwänzen. Hierher kamen die Förster des Sheriff; die drei Söhne der Witwe trieben sie vor sich her. Man hatte ihnen die Hände auf den Rücken gebunden und Stricke um den Hals gelegt, die sie aneinanderfesselten. Man brachte sie in die Gaststube, wo der Sheriff beim Essen saß; zitternd standen sie vor ihm, der sie mit finsterer Miene ansah.
»Ihr habt also gewildert, nicht wahr?« fuhr er sie zornig an. »Ich werde kurzen Prozeß mit euch machen. Ich werde auch alle drei hängen, so wie der Bauer drei Krähen aufhängt, damit sie die anderen abschrecken. Unser schönes Nottinghamshire ist schon zu lange ein Tummelplatz für so ein Gesindel, wie ihr es seid. Ich habe eurem Treiben schon zu lange zugesehen, aber jetzt mache ich ein für allemal Schluß, und mit euch fange ich an.«
Einer der drei Burschen wollte etwas sagen, aber der Sheriff brüllte ihn an und hieß ihn schweigen und wies die Förster an, alle drei hinauszuführen. Er wollte zu Ende essen und die Sache dann selbst in die Hand nehmen. Mit hängenden Köpfen, Verzweiflung im Herzen, standen die drei draußen, bis schließlich der Sheriff erschien. »Diese Verbrecher sollen sofort gehängt werden«, befahl er, »aber nicht hier, denn das könnte dem Gasthof Unglück bringen. Führt sie dort in dieses Wäldchen hinüber. Am liebsten möchte ich sie im Sherwood-Forest hängen, um den Verbrechern dort zu zeigen, was sie von mir zu erwarten haben, falls ich einmal das Glück haben sollte, sie in die Hände zu bekommen.« Er bestieg sein Pferd, und

auch seine Knappen saßen auf, und zusammen trabten sie zu der Waldung hinüber, von der der Sheriff gesprochen hatte; die drei Burschen gingen, von den Förstern bewacht, in der Mitte des Zuges. Endlich erreichten sie die Stelle, und hier wurden ihnen Schlingen um den Hals gelegt und die Enden der Stricke über den dicken Ast einer Eiche geworfen. Nun fielen die drei Brüder auf die Knie und flehten um Gnade, aber der Sheriff von Nottingham lachte nur verächtlich. »Ich wollte, es wäre ein Priester da, der euch die Beichte abnehmen könnte, aber so müßt ihr eben eure Sünden auf den Bukkel nehmen und darauf hoffen, daß Sankt Petrus euch trotzdem ins Paradies einläßt.«

Während all dies vor sich ging, hatte sich ein weißhaariger alter Mann genähert; auf seinen Stock gestützt, stand er da und sah zu. Auf dem Rücken hatte er einen Bogen aus Eibenholz, der aber für einen Greis viel zu schwer zu sein schien. Als der Sheriff sich umsah, bevor er Befehl gab, die drei Burschen aufzuknüpfen, fiel sein Blick auf den seltsamen Alten. »Komm her, Vater«, sagte er, »ich habe ein Wort mit dir zu reden.« Little-John, denn kein anderer war es, trat vor. Der Sheriff, dem das Gesicht bekannt vorkam, musterte ihn. »Sonderbar«, meinte er, »ich glaube, ich habe dich schon einmal gesehen. Wie heißt du, Alter?«

»Wenn es Euer Gnaden beliebt«, antwortete Little-John mit der zittrigen Stimme eines Greises, »ich heiße Giles Hobble, Euer Gnaden stets zu Diensten.«

»Giles Hobble, Giles Hobble«, murmelte der Sheriff, wußte aber nicht, wo er den Namen unterbringen sollte. »Ich kann mich nicht an deinen Namen erinnern, aber das macht nichts. Möchtest du dir sechs Pennys verdienen?«

»Gewiß doch«, antwortete Little-John, »ich bin nicht so mit irdischen Gütern gesegnet, daß ich sechs Pennys verschmähen würde, wenn ich sie auf ehrliche Weise verdienen kann. Was wünschen Euer Gnaden, daß ich tue?«

»Ganz einfach«, sagte der Sheriff. »Diese drei Männer müssen gehängt werden. Wenn du sie aufknüpfen willst, zahle ich dir für jeden zwei Pennys. Ich möchte nicht, daß meine Knappen Henkersdienste verrichten. Willst du es versuchen?«

»Nun ja«, erwiderte Little-John, immer noch mit Greisenstimme,

»zwar habe ich noch nie so etwas gemacht, doch so leicht kann ich mir ja sonst keine sechs Pennys verdienen. Aber haben diese Burschen schon gebeichtet?«
»Keine einzige Sünde«, antwortete der Sheriff lachend. »Wenn du magst, kannst du ihnen die Beichte abnehmen. Aber bitte beeile dich, denn ich möchte zum Gasthof zurück.«
Little-John ging zu den drei zitternden Burschen hinüber, und während er sein Gesicht an die Wange des ersten legte, so als ob er ihm zuhörte, flüsterte er ihm ins Ohr: »Bleib ruhig stehen, wenn ich dir deine Fesseln löse, aber wenn du siehst, daß ich Perücke und Bart abwerfe, lauf, so schnell dich deine Füße tragen, in den Wald hinein!«
Dabei schnitt er heimlich die dicke Schnur durch, mit der die Hände des Burschen gefesselt waren. Dann machte er das gleiche mit den zwei anderen. Der Sheriff, der lachend und scherzend auf seinem Pferd saß, merkte von alldem nichts und seine Knappen ebensowenig.
Nun wandte sich Little-John an den Sheriff. »Gestatten Euer Gnaden, daß ich meinen Bogen spanne? Ich möchte diesen Burschen, wenn sie schon hängen, mit einem Pfeil in die Rippen auf den Weg helfen.«
»Von Herzen gern«, antwortete der Sheriff, »aber, wie ich schon sagte, beeile dich!«
Little-John spannte den Bogen, zog einen guten glatten Pfeil aus dem Köcher und legte ihn auf die Sehne. Dann warf er einen Blick zurück, um zu sehen, ob der Weg frei war, riß sich die Wolle vom Kopf und aus dem Gesicht und rief laut: »Lauft!« Blitzschnell zogen die drei Burschen den Kopf aus der Schlinge und liefen, so schnell sie konnten, auf den schützenden Wald zu. Little-John jagte ihnen nach, während der Sheriff und seine Männer ihnen verblüfft nachschauten. Doch der Freibauer war noch nicht weit, als der Sheriff sich schon wieder gefaßt hatte. »Ihm nach!« brüllte er, denn nun wußte er, mit wem er gesprochen hatte, und wunderte sich nur, daß er ihn nicht früher erkannt hatte.
Little-John hörte den Sheriff schreien und begriff, daß er den Wald nicht vor seinen Verfolgern erreichen konnte. Er blieb stehen, wirbelte herum und hielt seinen Bogen schußbereit. »Bleibt zurück!«

rief er. »Der erste, der mir nahe kommt oder die Hand an den Bogen legt, ist des Todes!«
Die Männer des Sheriffs blieben wie angewurzelt stehen, denn sie wußten, daß Little-John nicht spaßte und daß er jeden töten würde, der ihm nicht gehorchte. Vergeblich brüllte der Sheriff sie an und nannte sie feige; sie rührten sich nicht von der Stelle und sahen nur zu, wie Little-John sich langsam rücklings auf den Wald zu bewegte, sie aber dabei nicht aus den Augen ließ. Doch als der Sheriff sah, wie ihm sein Feind durch die Lappen schlüpfte, wurde er halb wahnsinnig vor Zorn. Er gab seinem Pferd die Sporen, stieß einen Schrei aus und jagte auf Little-John zu. Little-John hob seinen todbringenden Bogen und zog den Pfeil an seine Wange – doch ach, der gute Bogen, der ihm so lange treue Dienste geleistet hatte, zersplitterte in seiner Hand, und der Pfeil fiel zu Boden. Als die Knappen das sahen, fingen sie zu schreien an und stürzten nun gleichfalls auf Little-John zu. Doch der Sheriff war ihnen ein gutes Stück voraus, holte den Freibauern ein, bevor er das schützende Waldland erreichen konnte, beugte sich vor und versetzte dem Fliehenden einen Hieb mit der Breitseite seines Schwertes. Bewußtlos sank Little-John zu Boden.
»Ich bin froh«, sagte der Sheriff, als seine Knappen feststellten, daß Little-John nicht tot war, »daß ich ihn nicht erschlagen habe! Er soll hängen! Geh und hole einen Eimer Wasser von der Quelle dort, William, und schütte es ihm über den Kopf!«
Der Mann tat, wie ihm geheißen, und bald schlug Little-John die Augen auf und sah sich verwirrt um. Sie fesselten ihm die Hände auf den Rücken, setzten ihn verkehrt herum auf ein Pferd und banden ihm auch noch die Füße unter dem Bauch des Tieres zusammen. Lachend und Witze reißend führten sie ihn so zur Schenke zurück. Die drei Söhne der Witwe hatten sich mittlerweile in Sicherheit gebracht.
Wieder saß der Sheriff in der Gaststube. Das Herz lachte ihm im Leib, denn endlich war ihm etwas gelungen, wovon er schon seit Jahren träumte: er hatte Little-John in seiner Gewalt. Laut überlegte er: »Morgen um diese Zeit soll der Verbrecher am Galgen vor dem großen Tor von Nottingham hängen; so werde ich meine Rechnung mit ihm endlich begleichen.«

Er nahm einen kräftigen Schluck vom Kanarienwein. Doch so, als wäre ihm mit dem Wein auch ein neuer Gedanken gekommen, schüttelte er den Kopf und stellte den Becher wieder hin. »Nicht für tausend Pfund möchte ich, daß mir dieser Kerl durch die Finger schlüpft. Und wer weiß, was geschieht, wenn sein Herr diesem elenden Guy von Gisbourne entwischt, denn er ist der gerissenste von allen, dieser Robin Hood. Ich werde lieber nicht bis morgen warten.«
Er rief seine Männer zusammen. »Wir werden mit dem Hängen nicht warten«, sagte er, »es muß gleich geschehen, und zwar genau dort, wo er die drei Wilderer befreit hat. Macht euch bereit.«
Wieder setzten sie Little-John verkehrt herum auf ein Pferd; dann führten sie ihn zu dem Baum, an dem die Söhne der Witwe hätten hängen sollen. »Euer Gnaden«, rief da plötzlich einer der Knappen, »da kommt dieser Guy von Gisbourne, den Ihr in den Wald geschickt habt, um nach Robin Hood zu suchen.«
Der Sheriff legte die Hand über die Augen, um besser zu sehen. »Tatsächlich, er ist es!« sagte er. »Hoffentlich hat er den Oberverbrecher genauso ins Jenseits befördert, wie wir es jetzt mit seinem Freund tun werden.«
Als Little-John ihn so reden hörte, hob er den Blick, und sogleich bemächtigte sich wilde Verzweiflung seinem Herzen, denn das Gewand dieses Mannes war blutgetränkt, er trug Robin Hoods Jagdhorn, seinen Bogen und sein Schwert in der Hand.
»Nun, wie ist es dir ergangen?« fragte der Sheriff, als Robin Hood in Guy von Gisbournes Gewand vor ihn hintrat. »Dein Pferdefell ist ja voll Blut!«
»Wenn dir das nicht gefällt, brauchst du ja nicht hinzusehen«, gab Robin so grob zurück, wie es Guy von Gisbournes Art gewesen war. »Es ist das Blut des gemeinsten Verbrechers, der sich je in diesem Wald aufgehalten hat. Ich habe ihn getötet – nicht ohne selbst eine Verletzung davongetragen zu haben.«
Zum erstenmal, seitdem er dem Sheriff in die Hände gefallen war, erhob jetzt Little-John seine Stimme. »O du gemeines blutiges Scheusal! Ich kenne dich, Guy von Gisbourne! Wer hat noch nicht von dir gehört und dich für deine Verbrechen verflucht? Du bist wahrlich das richtige Werkzeug für diesen Feigling, den Sheriff von Nottingham! Jetzt ist es mir gleich, wie ich sterbe, denn das Leben

bedeutet mir nichts mehr!« So sprach Little-John, und Tränen liefen ihm über die Wangen.
Der Sheriff von Nottingham aber klatschte vor Freude in die Hände. »Wenn das wahr ist, was du mir berichtest, Guy von Gisbourne«, rief er voll Freude, »soll dieser Tag heute der schönste deines Lebens sein!«
»Was ich dir berichtet habe, ist reine Wahrheit. Ich lüge nicht«, sagte Robin, immer noch mit Guy von Gisbournes Stimme. »Sieh doch: ist das nicht Robin Hoods Schwert, ist das nicht sein schöner Bogen aus Eibenholz, ist das nicht sein Jagdhorn? Glaubst du, dieser elende Schurke hätte Guy von Gisbourne diese Dinge aus freien Stücken überlassen?«
Der Sheriff lachte vor Freude. »Das ist ein guter Tag heute!« rief er. »Der große Verbrecher ist tot, und seine rechte Hand ist in meiner Gewalt! Verlange von mir, was du willst, Guy von Gisbourne, und es ist dein!«
»Dann verlange ich dies von dir: So wie ich den Herrn getötet habe, will ich nun auch seinen Knecht töten. Gib das Leben dieses Kerls in meine Hand, Sheriff!«
»Du bist wirklich ein Narr!« rief der Sheriff. »Ich würde dir jeden Betrag geschenkt haben, den du verlangt hättest. Ich gebe den Burschen nicht gern aus der Hand, aber was ich versprochen habe, halte ich: er gehört dir.«
»Ich danke dir herzlich für dein Geschenk«, rief Robin. »Nehmt den Kerl vom Pferd, Männer, und lehnt ihn gegen den Baum dort. Ich werde euch zeigen, wie man bei uns daheim ein Schwein schlachtet.«
Von den Männern des Sheriffs schüttelten einige die Köpfe. Es war ihnen zwar egal, ob man Little-John aufknüpfte oder nicht, aber der Gedanke, ihn so kaltblütig abgeschlachtet zu sehen, mißfiel ihnen. Doch der Sheriff befahl ihnen in barschem Ton, den Freibauern vom Pferd zu nehmen und gegen den Baum zu lehnen, wie dieser Gisbourne es haben wollte.
Während sie damit beschäftigt waren, spannte Robin Hood sowohl seinen wie auch den Bogen Guy von Gisbournes, was jedoch niemandem auffiel. Als Little-John schon am Baum lehnte, zog er Guy von Gisbournes scharfen, zweischneidigen Dolch. »Zurück da! Zurück da!« rief er. »Macht Platz, ihr ungeschlachten Kerle! Zurück!«

Die Knappen ließen sich das nicht zweimal sagen; viele wandten sich ab, weil sie nicht mit ansehen wollten, was nun geschehen würde. »Na los!« rief Little-John. »Hier ist meine Brust! Mir soll es recht sein, wenn die Hand, die meinen teuren Herrn getötet hat, auch mich abschlachtet. Ich kenne dich, Guy von Gisbourne!«
»Still, Little-John«, flüsterte Robin. »Jetzt behauptest du schon zum zweitenmal, daß du mich kennst, und kennst mich überhaupt nicht! Hast du mich denn nicht in dieser Verkleidung erkannt? Genau vor dir liegen mein Bogen, meine Pfeile und mein Schwert. Nimm sie, sobald ich dir die Fesseln durchschnitten habe. Jetzt! Rasch!« Er zerschnitt die Fesseln, und Little-John sprang blitzschnell vor und packte Bogen, Pfeile und Schwert, gleichzeitig schob Robin die Pferdefellkapuze aus dem Gesicht und legte einen Pfeil auf die Sehne von Guy von Gisbournes Bogen. »Zurück!« rief er. »Der erste, der den Finger an eine Bogensehne legt, ist des Todes! Ich habe deinen Sendboten erschlagen, Sheriff! Gibt Obacht, daß du nicht der nächste bist!« Als er sah, daß Little-John sich bewaffnet hatte, setzte er das Jagdhorn an seine Lippen und stieß dreimal kräftig hinein.
Der Sheriff erkannte Robin Hood unter Guy von Gisbournes Kapuze, und als ihm der Klang des Jagdhorns in den Ohren gellte, glaubte er sein letztes Stündlein gekommen. »Robin Hood!« brüllte er, riß sein Pferd herum und verschwand in einer Staubwolke. Als die Knappen sahen, daß ihr Herr sein Heil in der Flucht suchte, drückten auch sie den Pferden die Sporen in die Weichen und jagten ihm nach. Little-John ließ die Sehne seines Bogens schwirren, und als der Sheriff im Galopp durch das große Tor in Nottingham einritt, hatte er einen Pfeil im Hinterteil stecken. Einen ganzen Monat lang konnte der Sheriff nur auf den allerweichsten Kissen sitzen.
So schlugen Robin Hood und Little-John den Sheriff und zwanzig Mann in die Flucht, und als Will Stutely und ein Dutzend Freibauern aus den Büschen hervorbrachen, waren die Feinde ihres Herrn verschwunden.
Nun kehrten alle wieder in den Wald zurück, wo ihnen die drei Söhne der Witwe begegneten, die auf Little-John zuliefen und ihm die Hand küßten. Fortan wollten sie nicht mehr auf eigene Faust den Wald durchstreifen. Sie machten sich auf, um ihrer Mutter von ihrer

Rettung zu berichten, und versprachen, noch am selben Abend zur großen Eiche zu kommen und sich Robin Hoods Schar anzuschließen.

2 *König Richard kommt in den Sherwood-Forest*

Keine zwei Monate waren nach den aufregenden Abenteuern Little-Johns und Robin Hoods verstrichen, als ganz Nottinghamshire aus dem Häuschen geriet: König Richard Löwenherz machte eine Rundreise durch England, in deren Verlauf er auch die Stadt Nottingham besuchen würde.

Nun hob eine geschäftige Zeit an, ein lebhaftes Hin und Her, überall in der Stadt war das Klopfen der Hämmer und ein Wirrwarr von Stimmen zu vernehmen, denn die Bürger errichteten große Triumphbögen in den Straßen und schmückten diese mit seidenen Bannern und Wimpeln in vielen Farben. Auch in der Zunfthalle wurde eifrig gearbeitet, denn hier sollte ein großartiges Bankett für den König und sein Gefolge stattfinden. Die besten Zimmerleute der Stadt waren damit beschäftigt, einen Thron zu fertigen, auf dem der König und der Sheriff Seite an Seite am Kopf der Tafel sitzen würden.

Schon zweifelten manche Leute, ob der König auch wirklich jemals nach Nottingham kommen würde, doch eines schönen Tages war es soweit. Neugierige aus Stadt und Land drängten sich auf den Straßen zusammen, so daß es die Knappen des Sheriffs mit ihren Hellebarden schwer hatten, Platz für den Zug des Königs zu schaffen.

»Paß gefälligst auf!« rief ein breitschultriger, stämmiger Mönch einem dieser Männer zu. »Bohr mir deine Ellenbogen nicht in den Bauch, Kerl! Bei Unserer Lieben Frau von den Quellen, ich hau dir eins über den Schädel, auch wenn der große Sheriff dein Herr ist!«

Eine Anzahl von Freibauern in jägergrüner Tracht brach in schallendes Gelächter aus, doch einer von ihnen, der besonderes Ansehen zu genießen schien, stieß den heiligen Mann in die Seite: »Still, Tuck!« sagte er. »Hast du mir nicht versprochen, deinen Mund zu halten!«

»Schon, schon«, gab der Mönch zurück, »aber damals wußte ich noch nicht, daß mir ein so ungeschlachter Bursche auf meinen armen Zehen herumtrampeln würde.« Aber plötzlich verstummte das Gezänk, Hornstöße ertönten, die Leute reckten die Hälse, und das Geschiebe und Gestoße wurde noch schlimmer. Wenige Augenblicke später kam ein glänzendes Aufgebot in Sicht, und die Hochrufe der Zuschauer liefen die Reihen entlang, wie Feuer sich durch trockenes Gras frißt.

Achtundzwanzig Herolde in samtenen, golddurchwirkten Gewändern bildeten die Vorhut; eine Wolke aus schneeweißen Federn flatterte über ihren Köpfen, und in den Händen hielten sie lange silberne Trompeten, von denen schwere samtene, goldfarbene Fahnen herabhingen, die das königliche Wappen trugen. Nach ihnen kamen hundert Ritter, in den Händen lange Lanzen, von welchen bunte Fähnchen flatterten. Jeder Ritter hatte einen in Samt und Seide gekleideten Pagen zur Seite, der den Helm seines Herrn trug. Nie zuvor hatte Nottingham einen großartigeren Anblick erlebt als diese hundert edlen Ritter; auf ihren Kriegspferden kamen sie heran, und die Sonne glitzerte auf ihren Waffen und Rüstungen. Hinter ihnen kamen die Barone und Landedelleute mit goldenen Ketten um den Hals und Edelsteinen auf ihren Gürteln. Ihnen folgte eine große Zahl Bewaffneter mit Speeren und Hellebarden und, in ihrer Mitte, zwei Reiter, Seite an Seite. Einer von ihnen war der Sheriff von Nottingham in seiner Amtstracht, der andere, einen Kopf größer als der Sheriff, war kostbarer, aber schmuckloser gekleidet und trug eine schwere Kette um den Hals. Haar und Bart schimmerten wie gold, und seine Augen waren blau wie der Sommerhimmel. Er verbeugte sich nach rechts und nach links, und nichtendenwollender Jubel folgte ihm auf seinem Weg, denn er war König Richard.

Dröhnend übertönte eine kräftige Stimme das Getöse: »Gott segne unseren guten König Richard! Unsere Liebe Frau von den Quellen, möge auch sie Euch segnen!« Es war ein großgewachsener, stämmiger, stattlicher Priester, der so rief, und der König lachte. »Meiner Treu, Sheriff«, sagte er, »hier in Nottinghamshire habt ihr die größten Priester, die ich in meinem ganzen Leben gesehen habe, und die stimmgewaltigsten dazu. Ich wollte, ich hätte eine ganze Armee von solchen Männern.«

Dem Sheriff verschlug es die Sprache, er wurde weiß wie die Wand und mußte sich am Sattelknopf festhalten, um nicht vom Pferd zu

fallen, denn auch er hatte den Mönch gesehen und wußte, daß es Bruder Tuck war; und er sah auch die Gesichter von Robin Hood und Little-John und Will Scarlet und Will Stutely und anderen Männern aus Robin Hoods Bande.
»Ich Euch etwas, Sheriff?« fragte der König besorgt, »Ihr seid so blaß.«
»Nein, nein, Majestät, es war nur ein plötzlicher Schmerz, der bald vorübergeht«, antwortete der Sheriff, denn er schämte sich, dem König einzugestehen, daß Robin Hood ihn so wenig fürchtete und sich nicht scheute, in die Stadt zu kommen.

Das Festbankett in der Zunfthalle von Nottingham war ein großer Erfolg, und der Wein floß in Strömen. Tausende Wachskerzen beleuchteten die reiche Tafel, an der die Edlen des Reiches saßen. Am oberen Ende thronten König Richard und der Sheriff von Nottingham.
Lachend wandte sich der König an den Sheriff: »Ich habe schon so viel von Robin Hood und seiner Bande gehört, die als Geächtete im Sherwood-Forest hausen. Könnt Ihr mir nicht etwas von ihnen erzählen, Sheriff? Ihr habt doch mehrmals mit ihnen zu tun gehabt, nicht wahr?«
Der Sheriff blickte düster zu Boden, und der Bischof von Hereford, der ganz in der Nähe saß, biß sich auf die Lippen. »Über das Treiben dieser Kerle kann ich Euch nicht viel berichten, Majestät, außer daß es die frechsten Gesetzesbrecher im ganzen Land sind.«
Nun meldete sich der junge Sir Henry of the Lea zu Wort, der in Palästina unter dem König gedient hatte und hoch in seiner Gunst stand. »Als ich in Palästina war, hörte ich oft von meinem Vater, und häufig war die Rede von diesem Robin Hood. Wenn es Eurer Majestät beliebt, möchte ich Euch eine Geschichte von diesem Geächteten erzählen.«
»Laß hören«, forderte der König ihn lachend auf, und der junge Ritter erzählte, wie Robin Hood sich Geld vom Bischof geliehen und seinem Vater damit ausgeholfen hatte. Der König und sein Gefolge kamen aus dem Lachen nicht mehr heraus, während der Bischof mit rotem Gesicht dasaß. Als Sir Henry of the Lea mit seinem Bericht zu Ende war und die Edelleute sahen, wie gut es dem König gefallen

hatte, wußten sie noch so manche andere fröhliche Geschichte von Robin Hood und seinen Gefährten zu erzählen.
»Meiner Treu«, sagte König Richard, »das ist der frechste und lustigste Kerl, von dem ich je gehört habe. Ich sehe schon, ich muß die Sache selbst in die Hand nehmen und tun, was ihr nicht geschafft habt: nämlich den Sherwood-Forest von ihm und seiner Bande zu säubern.«
An diesem Abend saß der König noch mit dem jungen Sir Henry of the Lea, zwei anderen Rittern und drei Baronen aus Nottinghamshire zusammen, aber Robin Hood ging ihm immer noch im Kopf herum. »Ich würde gern hundert Pfund dafür geben, wenn ich diesen Halunken von Robin Hood von Angesicht zu Angesicht treffen und sehen könnte, was er im Sherwood-Forest so treibt.«
»Dieser Wunsch ist leicht zu erfüllen«, lachte Sir Hubert von Bingham. »Wenn Eurer Majestät die Geschichte hundert Pfund wert ist, verpflichte ich mich, dafür zu sorgen, daß Ihr den Burschen nicht nur kennenlernt, sondern auch mit ihm im Sherwood-Forest tafelt.«
»Der Vorschlag gefällt mir, Sir Hubert«, sagte der König, »aber wie willst du das anstellen?«
»Sehr einfach. Eure Majestät und wir, die wir hier anwesend sind, verkleiden uns als Dominikaner, und Eure Majestät tragen einen Beutel mit hundert Pfund unter Eurer Kutte. Morgen reiten wir dann von hier nach Mansfield, und ich müßte mich schon sehr irren, wenn wir nicht Robin Hood begegnen und mit ihm zu Abend essen würden.«
»Ich bin einverstanden«, sagte der König. »Wir wollen es morgen versuchen und sehen, was dabei herauskommt.«
Als der Sheriff früh am nächsten Morgen kam, um seinem Lehensherrn seine Aufwartung zu machen, berichtete ihm der König, worüber sie gestern abend gesprochen hatten und welches Abenteuer sie sich für den heutigen Tag ausgedacht hatten. Der Sheriff schlug sich mit der Faust an die Stirn. »Oh, welch übler Rat ist Euch gegeben worden! Mein gnädiger Herr, Ihr wißt nicht, worauf Ihr Euch da einlaßt! Dieser Schurke erweist weder dem König noch königlichen Gesetzen Ehrerbietung.«
»Stimmt es etwa nicht, daß dieser Robin Hood, seit er geächtet wurde, kein Blut mehr vergossen hat – ausgenommen dieser Verbre-

cher Guy von Gisbourne, für dessen Tod ihm alle anständigen Menschen dankbar sein sollten?«

»Das ist schon richtig, Majestät«, erwiderte der Sheriff. »Nichtsdestoweniger ...«

»Dann habe ich ja nichts von ihm zu befürchten«, fiel der König ihm ins Wort. »Die Sache ist wirklich ganz ungefährlich. Aber vielleicht wollt Ihr mitkommen, Herr Sheriff?«

»Da sei Gott vor!«

Mittlerweile hatte man sieben Dominikanerkutten gebracht. Der König und sein Gefolge zogen sich um, und der König verbarg einen Beutel mit hundert goldenen Pfund unter seinem Gewand. Bevor sie die Maultiere bestiegen, die man zum Tor gebracht hatte, legte der König dem Sheriff strengstes Stillschweigen auf.

Lachend und scherzend ritten sie über freies Gelände, vorbei an abgeernteten Feldern, bis sie den Wald erreichten. Nachdem sie schon eine geraume Zeit unterwegs gewesen waren, ohne einer Menschenseele begegnet zu sein, kamen sie zu jenem Teil der Straße, die der Abtei Newstead am nächsten lag.

»Beim heiligen Martin«, seufzte der König, »ich wollte, ich hätte ein besseres Gedächtnis für wirklich wichtige Dinge. Wir sind aufgebrochen, und keiner hat daran gedacht, etwas zu trinken mitzunehmen. Fünfzig Pfund würde ich dafür geben, wenn ich etwas hätte, um meinen Durst zu löschen!«

Kaum hatte der König ausgesprochen, als aus den Büschen am Wegrand ein großgewachsener Bursche mit blondem Haar und Bart und fröhlichen blauen Augen hervortrat. »Fürwahr, heiliger Bruder«, sagte er und hielt den Zügel des Königs fest, »es wäre unchristlich von uns, ein so vorteilhaftes Geschäft auszuschlagen. Nicht weit von hier betreiben wir eine Gastwirtschaft, und für fünfzig Pfund bekommst du nicht nur einen guten Tropfen Wein, sondern auch einen Festschmaus, wie er dir nur selten vorgesetzt wird.« Er legte die Finger an die Lippen, stieß einen durchdringenden Pfiff aus, und sogleich brachen sechzig breitschultrige Freibauern in jägergrüner Tracht aus Büschen und Unterholz hervor.

»Wer bist du, unverschämter Kerl«, schnauzte der König ihn an. »Hast du keinen Respekt vor heiligen Brüdern, wie wir es sind?«

»Kein bißchen«, erwiderte Robin Hood, denn er war es, »denn mit

der Heiligkeit reicher Mönche, wie Ihr es seid, lockt man keinen Hund hinter dem Ofen hervor. Du willst meinen Namen wissen? Ich heiße Robin Hood; vielleicht hast du schon von mir gehört.«
»Schäm dich!« fuhr König Richard ihn an. »Du bist ein frecher, gesetzloser Bandit und obendrein noch geächtet. Nun, ich bitte dich, laß mich und meine Brüder in Frieden ziehen.«
»Es tut mir von Herzen leid, aber das geht nun wirklich nicht«, setzte Robin ihm auseinander. »Es würde doch einen schlechten Eindruck machen, wenn wir heilige Männer wie euch mit leeren Mägen weiterziehen ließen. Aber ich zweifle nicht daran, daß du einen gutgefüllten Beutel bei dir hast, um deine Zeche in unserem Gasthof bezahlen zu können. Schließlich hast du nicht weniger als fünfzig Pfund für einen einzigen Schluck Wein geboten. Laß mich deine Tasche sehen, ehrwürdiger Bruder; ich müßte sonst selbst Nachschau halten.«
»Gebrauche keine Gewalt!« warnte ihn der König. »Hier ist mein Beutel, aber wage ja nicht, dich an mir zu vergreifen.«
»Du gebrauchst ja recht große Worte«, spottete Robin. »Bist du der König von England, daß du so mit mir redest? Nimm, Will, und zähl nach.«
Will Scarlet nahm die Börse und zählte das Geld. Robin gebot ihm, fünfzig zu behalten und fünfzig in den Beutel zurückzutun. »Hier hast du die Hälfte wieder zurück«, sagte er dem König, »und danke dem heiligen Martin, den du vorhin anriefst, daß du so edelmütigen Räubern in die Hände gefallen bist, die dich nicht nackt ausziehen, wie sie es tun könnten. Aber willst du nicht deine Kapuze zurückschlagen? Ich möchte gern dein Gesicht sehen.«
»Das kann ich leider nicht«, erklärte der König, »denn wir sieben haben ein Gelübde abgelegt, unsere Gesichter vierundzwanzig Stunden lang zu verbergen.«
»Dafür habe ich Verständnis«, sagte Robin. »Es liegt mir fern, euch zu nötigen, euer Gelübde zu brechen.«
Er rief sieben seiner Gefährten und wies sie an, jeder ein Maultier am Zügel zu nehmen. So führten sie die sieben vermeintlichen Mönche zum Versammlungsplatz unter der großen Eiche.
Auch Little-John war an diesem Morgen mit sechzig Gefährten ausgezogen, um nach reichen Reisenden Ausschau zu halten. In einer

Zeit großer Ereignisse in Nottingham waren bestimmt viele Leute mit wohlgefüllten Taschen unterwegs. Bruder Tuck und zwei oder drei Dutzend Freibauern lagerten rund um die Eiche und sprangen auf, als sie Robin und seine Begleiter erblickten.
»Bei meiner Ehre«, staunte König Richard, nachdem er abgestiegen war, »du hast wahrhaftig eine Schar prächtiger Burschen um dich versammelt, Robin. Auf eine solche Leibgarde würde sogar König Richard stolz sein.«
»Das sind noch nicht alle«, erklärte Robin selbstbewußt. »Sechzig von ihnen sind noch mit meinem Stellvertreter unterwegs. Und was König Richard angeht: wir alle hier würden unser Leben für ihn geben. Ihr Kirchenleute könnt unseren König nicht verstehen, aber wir Freibauern lieben ihn, weil er genauso tapfer ist wie wir.«
Bruder Tuck näherte sich mit betriebsamer Eile. »Guten Tag zu wünschen, Brüder«, begrüßte er die Angekommenen. »Ich freue mich ganz besonders, euch an diesem üblen Ort willkommen zu heißen. Diese Halunken stünden fein da, wenn der brave Tuck nicht so fleißig für sie beten würde.« Er blinzelte verschmitzt und schob die Zunge in die Wange.
»Was bist denn du für ein Hanswurst?« erkundigte sich der König in strengem Ton, obwohl er sich das Lachen verbeißen mußte.
Bruder Tuck ließ seine Blicke in die Runde schweifen. »Hört mal«, sagte er, »es soll nur keiner behaupten, ich wäre kein friedfertiger Mensch. Hier nennt mich so ein Halunke von einem Mönch einen Hanswurst, und ich erschlage ihn nicht. Ich bin Bruder Tuck, Freund, der heilige Bruder Tuck!«
»Das reicht, Tuck«, mischte Robin sich ein, »du hast genug geredet. Bring uns lieber Wein. Diese ehrwürdigen Brüder sind durstig. Sie haben großzügig bezahlt und haben das Recht erworben, ebenso großzügig bewirtet zu werden.«
Bruder Tuck war etwas verärgert über diese Zurechtweisung, machte sich aber unverzüglich daran, Robins Anweisung auszuführen: Wein wurde gebracht und allen Gästen wie auch Robin Hood eingeschenkt. Robin hob seinen Becher. »Halt!« rief er. »Wir wollen auf unseren guten König Richard trinken! Zum Henker mit seinen Feinden!«
Alle, der König eingeschlossen, tranken auf das Wohl König Ri-

chards. »Du gehörst ja selbst zu diesen Feinden«, bemerkte der König.
»Keineswegs«, protestierte Robin. »Wir im Sherwood-Forest sind dem König treuer ergeben, als euer Stand es ist. Wir würden unser Leben für ihn hingeben. Ihr aber sitzt gemütlich in euren Klöstern und Abteien und kümmert euch nicht um das Volk.«
Der König lachte. »Das Wohlergehen König Richards liegt mir vielleicht mehr am Herzen, als du ahnst. Aber genug davon. Wir haben gut bezahlt. Was kannst du uns an Unterhaltung bieten? Ich habe oft gehört, daß ihr wunderbare Bogenschützen seid; willst du uns nicht etwas von euren Künsten zeigen?«
»Von Herzen gern«, antwortete Robin. »Es ist uns immer eine Ehre, unsere Gäste mit Wettkämpfen zu unterhalten. Wie schon Gaffer Swanthold sagt: ›Nur ein hartes Herz gibt einem gefangenen Sperling nicht das beste Futter‹ – und heute abend seid ihr gefangene Sperlinge. He, Burschen! Hängt da drüben eine Zielscheibe auf.«
Während einige Freibauern sich beeilten, den Auftrag ihres Herrn auszuführen, wandte sich Tuck an einen der falschen Mönche. »Hast du gehört?« fragte er ihn mit einem Augenzwinkern. »Immer wenn unser Herr einen Geistesblitz hat, schiebt er ihn diesem Gaffer Swanthold zu – wer immer das sein mag.« Es wurmte ihn noch immer, daß Robin ihm das Wort abgeschnitten hatte.
Inzwischen war das Ziel – es bestand aus einer zwei Handspannen breiten Girlande aus Blättern und Blumen – in einer Entfernung von hundertzwanzig Schritt an einem Baumstamm aufgehängt worden. »Das ist leicht zu treffen«, meinte Robin. »Jeder schießt drei Pfeile, und wer mehr als ein Zoll danebentrifft, bekommt eine Ohrfeige von Will Scarlet!«
»Hört euch das an!« rief entrüstet Bruder Tuck. »Du verteilst Ohrfeigen, als ob es zarte Liebkosungen eines hübschen Mädchens wären. Wenn du nicht so sicher wärest, immer ins Schwarze zu treffen, würdest du die Ohrfeigen deines Neffen weniger großzügig anbieten.«
Als erster schoß David aus Doncaster und traf mit allen drei Pfeilen ins Ziel. »Gut gemacht!« rief Robin. »Heute bleiben deine Ohren ungeschoren.« Dann schoß Midge, der Müller, und auch seine Pfeile blieben in der Girlande hängen. Nach ihm kam Wat, der Kes-

selflicker, doch ach, einer seiner Pfeile verfehlte das Ziel um zwei Fingerbreiten.
»Komm her, Freund!« rief Will Scarlet mit seiner sanften Stimme, »ich schulde dir etwas, und das möchte ich dir gleich bezahlen.« Er krempelte seine Ärmel hoch, stellte sich auf die Zehenspitzen, um seinem Arm mehr Schwung zu geben, und klebte dem Kesselflicker eine Ohrfeige, daß der arme Wat umfiel wie vom Blitz getroffen. Als er sich wieder aufsetzte, sich die schmerzenden Ohren rieb und blinzelnd die Sterne betrachtete, die vor seinen Augen tanzten, brüllten seine Gefährten vor Lachen und so laut, daß es im Wald widerhallte. So gut hatte er sich lange nicht unterhalten. König Richard lachte, daß ihm die Tränen über die Wangen liefen. So kam jeder dran, und immer wieder gab es einen, der zu Boden mußte. Als letzter nahm Robin seinen Platz ein, und alle schwiegen still, als er schoß. Der erste Pfeil splitterte ein Stück von dem Pfosten ab, an dem die Girlande hing, und der zweite blieb ein Zoll neben dem ersten stecken. »Bei meiner unsterblichen Seele«, sagte sich König Richard im stillen, »ich gäbe tausend Pfund dafür, wenn ich den Burschen in meiner Leibgarde hätte.« Doch als Robin jetzt zum drittenmal schoß, stimmte etwas nicht mit den Federn des Pfeils, und dieser verfehlte das Ziel um ein Zoll.
Es erhob sich ein großes Geschrei, und die Freibauern hielten sich die Bäuche vor Lachen – noch nie hatten sie erlebt, daß ihr Herr ein Ziel verfehlt hätte. Ärgerlich warf Robin den Bogen zu Boden. »Eine Schande!« rief er. »Der Pfeil hatte schlechte Federn. Gebt mir einen anderen, und ich spalte den Pfosten!«
»Nein, Onkel«, sagte Will Scarlet, »du hattest deine Chance wie alle anderen auch. Komm schön her, ich schulde dir etwas und möchte dich gleich bezahlen.«
»Ja, geh nur, Herr, meine Segenswünsche begleiten dich!« rief Bruder Tuck. »Du warst ja so freizügig mit Will Scarlets Liebkosungen. Es wäre doch bedauerlich, wenn du nicht auch dein Teil abbekämst.«
»Das darf nicht sein«, wies Robin das Ansinnen zurück. »Hier bin ich König, und keinem Untertan ist es gestattet, gegen seinen König die Hand zu heben. Doch selbst unser großer König Richard kann vor dem Papst das Knie beugen, ohne sich schämen zu müssen. Ich werde mich daher diesem heiligen Priester unterwerfen; er soll mich

bestrafen.« Und er fragte den König: »Willst du meine Bestrafung in deine heiligen Hände nehmen, Bruder?«
»Liebend gern«, erwiderte der König. »Ich bin dir ja sowieso noch etwas dafür schuldig, daß du mir eine Last von fünfzig Pfund abgenommen hast. Also macht Platz auf dem Rasen für ihn, Burschen!«
»Wenn du mich umwirfst«, sagte Robin, »bekommst du deine fünfzig Pfund zurück; wenn ich aber aufrecht bleibe, nehme ich dir auch noch den letzten Penny ab – zur Strafe, weil du gar so groß angibst.«
»Das soll mir recht sein«, antwortete der König, krempelte sich den Ärmel hoch und ließ einen Arm sehen, daß einem angst und bange werden konnte. Robin aber stand breitbeinig da und lächelte. Der König holte aus und versetzte Robin eine Ohrfeige daß dieser, wie vom Blitz getroffen, zu Boden stürzte. Die Freibauern platzten beinahe vor Lachen, denn so eine Ohrfeige hatten sie ihr Lebtag noch nicht gesehen. Robin setzte sich auf und ließ seinen Blick in die Runde schweifen, als ob er gerade vom Himmel gefallen wäre und nicht wußte, wo er sich befand. »Will Scarlet«, sagte er nach einer Weile, »zahl dem Burschen seine fünfzig Pfund zurück. Ich will sein Geld nicht mehr sehen und ihn auch nicht. Die Pest soll ihn holen, ihn und seine Ohrfeigen!«
Will Scarlet zählte ihm die fünfzig Pfund hin, und der König ließ das Geld wieder in seinen Beutel gleiten. »Ich danke dir, Freund«, sagte er, »und wenn du einmal Lust auf eine zweite Ohrfeige haben solltest, die zu der ersten paßt, du bekommst sie völlig umsonst von mir.«
So sprach der König, aber er war noch nicht zu Ende, als plötzlich viele Stimmen ertönten und Little-John und sechzig Mann, in ihrer Mitte Sir Richard of the Lea, aus den Büschen hervorbrachen. Sie kamen über die Lichtung gelaufen, und Sir Richard rief Robin zu: »Beeil dich, Freund, ruf deine Männer zusammen und komm mit mir! Heute morgen hat König Richard Nottingham verlassen, um dich im Wald aufzuspüren. Ich weiß nichts Näheres, es war nur ein Gerücht, das mir zu Ohren kam, aber ich weiß, daß es stimmt. Also komm eiligst zu mir auf meine Burg; dort kannst du dich verbergen, bis die Gefahr vorüber ist. Wer sind diese Fremden?«
»Ach«, antwortete Robin, »das sind nur ein paar nette Gäste, die uns auf der Landstraße bei Newstead begegnet sind. Ich kenne ihre Na-

men nicht, aber mit der Hand dieses Mistkerls habe ich eben jetzt Bekanntschaft gemacht – eine Bekanntschaft, die mich ein taubes Ohr und fünfzig Pfund in Gold gekostet hat.«

Sir Richard betrachtete den stattlichen Mönch, der sich zu seiner ganzen Größe aufreckte und den Ritter durchdringend anstarrte. Plötzlich erbleichte Sir Richard, denn er wußte, wen er vor sich hatte. Rasch sprang er vom Pferd und warf sich vor dem vermeintlichen Mönch auf die Knie.

Als der König sah, daß Sir Richard wußte, wen er vor sich hatte, schlug er seine Kapuze zurück. Nun erkannten ihn auch die Freibauern; sie alle waren in der Stadt gewesen und hatten ihn neben dem Sheriff reiten gesehen. Stumm sanken auch sie auf die Knie.

Grimmig schaute der König in die Runde, und schließlich blieb sein Blick auf Sir Richard of the Lea haften.

»Ich warte auf eine Erklärung, Sir Richard«, polterte er. »Wie könnt Ihr es wagen, Euch zwischen mich und diese Burschen zu stellen? Wie könnt Ihr es wagen, ihnen Eure Burg als Freistatt anzubieten? Soll sie den berüchtigtsten Geächteten Englands als Versteck dienen?«

Sir Richard of the Lea sah dem König offen ins Gesicht. »Es ist beileibe nicht mein Wunsch, Euren Zorn auf mich zu ziehen, Majestät – und doch würde ich eher Euer Mißfallen in Kauf nehmen, bevor ich zuließe, daß Robin Hood und seiner Schar etwas zustieße, denn ihnen verdanke ich mein Leben, meine Ehre, alles.«

Der Ritter hatte noch nicht ausgesprochen, als einer der falschen Mönche vortrat, neben Sir Richard niederkniete und seine Kapuze zurückschlug: es war der junge Sir Henry of the Lea. Er ergriff die Hand seines Vaters und sagte: „Majestät, hier kniet einer, der Euch treu gedient und, wie Ihr wißt, in Palästina vor dem Tode bewahrt hat; und doch stelle ich mich an die Seite meines Vaters und erkläre, daß auch ich diesen Geächteten Robin Hood bei mir aufnehmen würde, ja selbst wenn ich damit Euren Zorn herausforderte. Die Ehre und das Wohlergehen meines Vaters sind mir nicht weniger teuer als mein eigenes Leben.«

König Richard ließ seine Blicke von einem zum anderen wandern, und endlich glättete sich seine Stirn, und ein Lächeln spielte um seine Lippen. »Ihr seid fürwahr ein freimütiger Mann, Sir Richard«,

sagte er, »aber ich nehme Euch Eure Offenheit nicht übel. Was Kühnheit in Wort und Tat angeht, gerät Euer Sohn seinem Vater nach, und es ist wahr, daß er mir einmal das Leben gerettet hat – Grund allein, Euch zu vergeben, selbst wenn Eure Schuld schwerer wäre, als sie es ist. Steht auf, denn durch mich werdet Ihr heute kein Leid erfahren; es wäre doch schade, wenn ein so schöner Tag wie der heutige kein glückliches Ende finden würde.«
Alle erhoben sich, und der König winkte Robin Hood zu sich heran. »Bist du noch zu taub, um mich zu hören?« fragte er.
»Eher will ich sterben, als daß ich mein Ohr noch einmal der Stimme Eurer Majestät verschließe«, gab Robin zur Antwort. »Und was die Ohrfeige angeht, die Eure Majestät mir verabreicht haben, würde ich meinen, daß meine Sünden damit abgebüßt sind.«
»Meinst du wirklich?« versetzte der König. »Du nimmst deine Sünden schon recht leicht, das muß man sagen. Wenn ich nicht so ein gutes Herz hätte, und du dich nicht so aufrichtig zu mir bekannt hättest, wer weiß, ob du so glimpflich davongekommen wärst. Doch sei guten Muts: ich gewähre dir und deiner Schar einen Generalpardon. Aber ich kann wirklich nicht zulassen, daß ihr wie bisher im Sherwood-Forest euer Wesen treibt. Darum nehme ich dich beim Wort, Robin. Du kommst mit mir nach London zurück; Little-John nehmen wir mit und auch deinen Vetter Will Scarlet und auch deinen Minstrel Allan a Dale. Alle anderen ernennen wir zu königlichen Förstern; besser sie sind geachtete Wildhüter als geächtete Wilddiebe. Aber jetzt bereite eine festliche Tafel, denn ich wollte ja wissen, wie ihr hier lebt.«
Sogleich wurden große Feuer angezündet, und während Robins Gefährten köstliche Speisen zubereiteten, mußte Allan a Dale für den König singen. Nach einer Weile kam einer der Köche und meldete, daß alles bereit war. Robin führte König Richard und sein Gefolge auf den Platz, wo saubere weiße Leintücher auf dem Rasen lagen. Der König ließ es sich gut schmecken, und als das festliche Mahl zu Ende war, schwor er, daß man ihn in seinem ganzen Leben noch nie so königlich bewirtet hätte.
In dieser Nacht schlief er auf einem Lager aus weichen grünen Blättern, und schon früh am nächsten Morgen verließ er mit Robin Hood und seiner ganzen Schar den Sherwood-Forest und begab

sich nach Nottingham. Ihr könnt euch die Aufregung vorstellen, als diese berühmten Geächteten in den Straßen auftauchten. Als der Sheriff sah, wie hoch Robin Hood in der Gunst des Königs stand, wußte er nicht, was er sagen und wo er den Blick hinwenden sollte. Er war so zornig, daß ihm fast die Galle überlief.

Am nächsten Morgen verließ der König die Stadt Nottingham, und so schüttelten Robin Hood, Little-John, Will Scarlet und Allan a Dale ihren Gefährten die Hand, küßten sie auf die Wange und versprachen ihnen, daß sie oft in den Sherwood-Forest kommen würden, um sie zu besuchen. Dann stiegen alle auf ihre Pferde und ritten mit dem König nach London.

So endeten Robin Hoods lustige Abenteuer, denn ungeachtet seines Versprechens dauerte es viele Jahre, bis er den Sherwood-Forest wiedersah. Little-John blieb nur ein oder zwei Jahre am königlichen Hof und kehrte dann wieder nach Nottinghamshire zurück. Hier führte er ein geordnetes Leben und erwarb sich großen Ruhm als bester Stockfechter in ganz England. Nach einiger Zeit kehrte Will Scarlet in sein Elternhaus zurück, aus dem er geflohen war, als er, ohne es zu wollen, den Verwalter getötet hatte. Die übrigen Freibauern taten ihre Pflicht als Förster des Königs. Nur Robin Hood und Allan a Dale kamen nicht so schnell wieder in den Sherwood-Forest zurück, und das kam so:

Seinem Ruf als Bogenschütze hatte Robin es zu verdanken, daß der König ihn besonders bevorzugte und ihn zum Hauptmann der königlichen Reiterei ernannte, und als der König sah, wie treu ergeben er ihm war, verlieh er ihm den Titel eines Grafen von Huntingdon. Robin folgte dem König in den Krieg, und seine Freizeit war so kärglich bemessen, daß er keine Möglichkeit hatte, auch nur für einen einzigen Tag in den Sherwood-Forest zurückzukehren. Allan a Dale und seine Gemahlin, die schöne Ellen, blieben stets an Robins Seite und hatten Anteil an den Höhen und Tiefen seines Lebens.

So hat alles ein Ende, aber nicht immer ein so glückliches, wie Robin Hood und seine Schar Freibauern es im Sherwood-Forest fanden.

Nachwort

Und nun, liebe Freunde – die ihr mir getreuliche Begleiter wart –, nun lade ich euch ein, mir nicht weiter zu folgen und mir mit einem kräftigen Händedruck Lebewohl zu sagen, denn was jetzt kommt, führt vor Augen, wie die Dinge auseinanderbrechen, und daß Freude und Frohsinn, wenn sie einmal tot sind, nicht wieder zum Leben erweckt werden können. Ich will auf das Thema nicht näher eingehen und nur kurz berichten, daß Robin Hood so starb, wie er gelebt hatte – nicht als Graf von Huntingdon, sondern mit dem Bogen in der Hand, mit dem Herzen im grünen Wald, ein echter Freibauer.

Wie ihr ja wißt, fiel König Richard auf dem Schlachtfeld, wie es einem König mit dem Beinamen Löwenherz geziemt, und darum kehrte der Graf von Huntingdon – oder Robin Hood, wie wir ihn lieber nennen wollen – begleitet von Allan a Dale und seiner schönen Gemahlin Ellen nach England zurück.
Es war Frühling, als sie an der englischen Küste landeten. Alles grünte und blühte, und die Vögel sangen wie früher, als Robin Hood mit offenem Herzen und leichtem Sinn den Sherwood-Forest durchstreifte. Ein sehnsüchtiges Verlangen, das Waldland wiederzusehen, erfüllte ihn, und er begab sich unverzüglich zu König Johann und bat ihn um Erlaubnis, Nottingham für eine kleine Weile besuchen zu dürfen. Der König ließ ihn ziehen, gebot ihm jedoch, nicht länger als drei Tage im Sherwood-Forest zu verweilen. Robin Hood und Allan a Dale machten sich sogleich auf den Weg.
Die erste Nacht verbrachten sie in einem Gasthof in der Stadt Nottingham, unterließen es aber, dem Sheriff ihre Aufwartung zu machen, der Robin Hood jetzt, da er zu Ehren und Würden gekommen war, noch heftiger grollte als zuvor. Am nächsten Morgen machten sie sich schon früh auf den Weg, und Robin meinte, jeden Stock und Stein wiederzuerkennen. Da drüben lief ein Pfad, über den er des Abends oft mit Little-John geschritten war; dort ein anderer, unter

Gestrüpp und Ranken versteckt, den er mit einer kleinen Schar eingeschlagen hatte, um nach einem gewissen Mönch zu suchen, den sie für eine Eheschließung brauchten.
»Schau, Allan!« rief Robin. »Siehst du die Narbe auf dieser Buche? Das war dein Pfeil – du hattest einen Hirsch verfehlt und statt dessen ein Stück Rinde weggerissen. Am selben Tag gerieten wir in einen Sturm und mußten die Nacht bei einem alten Bauern verbringen, der drei so hübsche Töchter hatte.«
So ritten sie langsam weiter und kamen schließlich zu der Lichtung und der großen Eiche, die so lange ihr Zuhause gewesen war. Alles war noch wie früher und doch ganz anders; wo einst fröhliche Gefährten den Wald mit Leben erfüllt hatten, herrschte jetzt die Stille der Einsamkeit. Robin ließ seine Blicke umherschweifen, und Tränen verschleierten seine Augen.
An diesem Tag hatte er sein gutes altes Jagdhorn über die Schulter geschwungen, und die Sehnsucht nach der Vergangenheit verleitete ihn, es noch einmal an die Lippen zu setzen.
Der Zufall wollte es, daß Little-John an diesem Morgen im Wald unterwegs war. Während er nachdenklich dahinschritt, drang der Klang eines fernen Jagdhorns an sein Ohr. So wie der Hirsch sich aufbäumt, wenn ein Pfeil sein Herz durchbohrt, zuckte Little-John zusammen, als er die vertrauten Töne hörte. Das Blut stockte ihm in den Adern; er legte den Kopf zur Seite und lauschte. Dann stieß er einen Schrei aus, einen Schrei, der Verlangen, Freude und auch Schmerz in sich vereinigte, senkte den Kopf und stürzte in das Dikkicht. Wie der wilde Eber, alles niedertrampelnd, durch das Unterholz stürmt, so stürmte Little-John durch den Wald. Er achtete nicht der Dornen und Stacheln, die seine Haut zerrissen und seine Kleider zerfetzten; ein einziger Gedanke beherrschte ihn: auf kürzestem Weg zu der Lichtung zu kommen, von wo der Klang des Horns gekommen war. Endlich erreichte er sein Ziel, brach, ohne zu zögern, aus den Büschen hervor und warf sich vor Robin auf die Knie. Er umschlang die Knie seines Herrn, und heftiges Schluchzen schüttelte seinen ganzen Körper. Weder Robin Hood noch Allan a Dale brachten ein Wort hervor; sie standen nur da, und Tränen rollten über ihre Wangen.
Während sie noch so standen, stürmten sieben Förster mit Will Stu-

tely an der Spitze auf die Lichtung und unter Freudenrufen auf Robin zu; nach einer kleinen Weile tauchten weitere vier auf: Will Scathelock, Midge, der Müller, und zwei andere; sie alle hatten Robin Hoods Horn gehört. Sie liefen auf Robin zu und küßten schluchzend seine Hände und den Saum seines Gewandes.
Mit von Tränen verschleierten Augen blickte Robin in die Runde und sagte dann in bewegtem Ton: »Ich schwöre, daß ich diesen mir so teuren Wald nie wieder verlassen werde. Den Namen eines Grafen von Huntingdon lege ich ab; ich bin wieder wie einst Robin Hood, der Freibauer.«
Es erhob sich ein gewaltiger Schrei, und die Freibauern schüttelten einander freudig die Hände.
Die Nachricht, daß Robin Hood zurückgekommen war und wie ehedem im Sherwood-Forest zu leben gedachte, verbreitete sich mit Windeseile, und es verging keine Woche, bis sich so gut wie alle seine früheren Gefährten um ihn gesammelt hatten. Doch als die Nachricht König Johann zu Ohren kam, fluchte er und schwor feierlich, daß er nicht ruhen werde, bis er Robin Hood tot oder lebendig in seiner Gewalt hätte. Am Hof diente damals ein Ritter mit Namen William Dale. Sir William kannte den Sherwood-Forest, weil ihm die Aufsicht über jenen Teil oblag, der an die Stadt Mansfield grenzte. Ihn beauftragte der König, unverzüglich mit einer Schar Bewaffneter aufzubrechen und Robin Hood zu ergreifen. Überdies gab er Sir William seinen Siegelring; er sollte ihn dem Sheriff von Nottingham zeigen und ihm den Befehl des Königs übermitteln, er möge alle seine Soldaten einsetzen und ebenfalls nach Robin Hood suchen. Der Sheriff folgte dem Befehl; sieben Tage suchten sie nach Robin Hood, fanden ihn aber nicht.
Wäre Robin so friedliebend wie früher gewesen, die Sache wäre im Sande verlaufen, aber er hatte viele Jahre unter König Richard gekämpft und war ein anderer Mensch geworden. Es verletzte seinen Stolz, fliehen zu müssen wie ein gehetzter Fuchs vor den Hunden, und so geschah es, daß Robin Hood und seine Freibauern auf der einen, und Sir William und der Sheriff auf der anderen Seite in einem blutigen Kampf aneinandergerieten. Das erste Opfer war der Sheriff von Nottingham; er bekam einen Pfeil in den Schädel, noch bevor ein halbes Dutzend Pfeile geschossen worden waren. So man-

cher brave Mann mußte an diesem Tage ins Gras beißen, und schließlich sah sich Sir William Dale, nachdem die meisten seiner Soldaten gefallen waren und er selbst schwere Verletzungen erlitten hatte, gezwungen, den Rückzug anzutreten.
Obwohl Robin Hood seine Feinde ritterlich und ehrenhaft besiegt hatte, fiel ihm der Tod so vieler tapferer Männer schwer auf die Seele. Er versank in dumpfes Brüten, und ein Fieber warf ihn nieder. Drei Tage kämpfte er dagegen an, aber erst am vierten bat er Little-John zu sich und sagte, daß er das Fieber nicht loswerden konnte und daher zu seiner Base, der Äbtissin eines Klosters bei Kirklees, gehen würde, die sich bestens auf die Heilkunst verstünde. Sie sollte ihn zur Ader lassen; das würde seiner Gesundheit förderlich sein. Er bat Little-John, ihn zu begleiten; für die Zeit seiner Abwesenheit bestimmte er Will Stutely zum Anführer der Bande.
Robin hatte viel für seine Base getan. Nur weil König Richard ihm so gewogen war, hatte er sie zur Äbtissin des Klosters gemacht. Aber Undank ist der Welt Lohn, und als die Äbtissin erfuhr, daß ihr Vetter, der Graf von Huntingdon, seinen Titel abgelegt hatte und für immer in den Sherwood-Forest zurückgekehrt war, verdroß sie das über alle Maßen, denn sie fürchtete, daß sie wegen der Verwandtschaft mit ihm beim König in Ungnade fallen könnte. Als Robin nun zu ihr kam und ihr sagte, daß er ihrer Dienste als Heilkundige bedurfte, dachte sie sofort daran, ihm Böses anzutun und sich auf diese Weise bei seinen Feinden Liebkind zu machen. Natürlich behielt sie ihre Gedanken bei sich und empfing Robin mit scheinbarer Freundlichkeit. Sie führte ihn über eine Wendeltreppe hinauf in einen Raum unter dem Dach eines hohen runden Turms, verwehrte jedoch Little-John den Zutritt. Bekümmert ließ der Freibauer seinen Herrn in der Hand der Nonnen, aber wenn er auch nicht eintreten durfte, blieb er doch in der Nähe und ließ sich in einem Wäldchen nieder, von wo aus er das Kloster beobachten konnte.
Nachdem die Nonnen Robin Hood in das Turmzimmer gebracht hatten, schickte die Äbtissin alle Schwestern weg; dann nahm sie eine dünne Schnur, band sie fest um Robins Arm, so als ob sie ihn zur Ader lassen wollte. Und das tat sie auch, aber sie öffnete nicht eine gleich unter der Haut liegende Ader, sie schnitt tiefer und öffnete eine jener Adern, durch die das rote Blut aus dem Herzen spru-

delt. Davon verstand Robin nichts. Er sah das Blut fließen, aber der Strahl war so fein, daß er nichts argwöhnte.
Die schändliche Tat vollbracht, verließ die Äbtissin ihren Vetter und verschloß die Tür hinter sich. Den ganzen Tag floß das Blut aus Robins Arm, und so sehr er sich auch bemühte, er konnte es nicht stillen. Immer wieder rief er um Hilfe, aber seine Base wollte ihn nicht hören und Little-John war zu weit. So blutete und blutete er, bis er fühlte, wie seine Kräfte ihn verließen. Taumelnd erhob er sich und langte nach seinem Jagdhorn; nur wenige schwache und leise Töne erklangen, aber Little-John hörte sie, sprang auf und lief auf das Kloster zu. Laut klopfte er an das Tor, und laut begehrte er Einlaß, aber die Nonnen wiesen in ab, denn hinter der mit Eisenbändern und Nägeln beschlagenen festen Eisentür fühlten sie sich sicher.
Tiefe Sorge um das Leben seines Herrn bemächtigte sich Little-Johns. Sein Blick fiel auf einen Felsblock, wie ihn heute keine drei Männer heben könnten. Little-John beugte sich vor, riß den Felsblock aus der Erde, nahm einen kleinen Anlauf und schleuderte ihn mit aller Kraft gegen die Tür. Die Pforte sprang auf, und die Nonnen liefen kreischend davon. Little-John stürmte die Treppe hinauf, bis er den Raum erreichte, in dem sich sein Herr befand. Auch diese Tür war verschlossen, aber er stemmte sich mit der Schulter dagegen, und sie sprang auf, als wäre sie aus Papier gefertigt.
Da sah er seinen Herrn, der kreidebleich und schwankend an der Wand lehnte. Einen wilden Schrei ausstoßend, der Liebe, Schmerz und Mitleid in sich vereinigte, sprang Little-John vor und nahm Robin Hood in seine Arme. Er hob ihn auf, wie eine Mutter ihr Kind aufhebt, und legte ihn zärtlich auf das Bett.
Nun kam auch die Äbtissin gelaufen. Sie hatte Angst bekommen und fürchtete die Rache Little-Johns und seiner Gefährten. Geschickt stillte sie das Blut mit verschiedenen Binden, bis es aufhörte zu fließen. Mit grimmigem Gesicht stand Little-John daneben, und als sie fertig war, hieß er sie gehen. Zitternd und leichenblaß gehorchte sie. Nachdem sie gegangen war, sprach Little-John tröstliche Worte, lachte laut und meinte, es wäre alles nicht so schlimm und der Verlust von ein paar Tropfen Blut würde einem richtigen Freibauern nichts ausmachen. »Es dauert keine Woche«, sagte er, »und du springst wieder munter im Wald herum.«

Lächelnd schüttelte Robin den Kopf. »Gott segne dein gutes Herz, mein lieber Little-John«, flüsterte er, »aber wir werden nie wieder zusammen durch die Wälder streifen.«
»O doch, das werden wir!« rief Little-John hitzig. »Jetzt kann dir doch nichts mehr geschehen! Bin ich nicht bei dir? Ich möchte doch sehen, wer es wagt ...« Er konnte nicht weitersprechen, und nach einer Weile fuhr er mit rauher Stimme fort: »Wenn das, was man dir hier angetan hat, ernste Folgen haben sollte, ich schwöre beim heiligen Georg, daß ich diesen Weibern den roten Hahn aufs Dach setze! Diesen Weibern«, stieß er mit knirschenden Zähnen hervor, »würde es übel ergehen!«
Aber Robin Hood nahm Little-Johns derbe braune Faust in seine blutleeren Hände und fragte ihn, seit wann er denn daran dachte, Frauen ein Leid anzutun, sei es auch nur, um Rache zu üben. Und Little-John mußte ihm versprechen, nichts dergleichen zu tun, was immer auch geschehen mochte. Stille trat ein, und Little-John saß mit der Hand des Freundes in der seinen und starrte zum offenen Fenster hinaus. Die Sonne neigte sich nach Westen, bis eine rote Glut den ganzen Himmel überzog. Mit leiser, schwankender Stimme bat Robin Hood Little-John, ihn aufzurichten, so daß er noch einmal den geliebten Wald sehen könne. Der Freibauer richtete ihn auf, und Robin Hoods Kopf lag an Little-Johns Schulter. Lange blickte er hinaus, während sein Freund mit gesenktem Haupt dasaß. Die Tränen liefen ihm über die Wangen, denn er fühlte, daß die Zeit des Abschiednehmens nahe war. Nun bat Robin Hood den Freund, für ihn den Bogen zu spannen und einen schönen glatten Pfeil aus seinem Köcher einzulegen. Little-John tat, was der Freund von ihm wünschte. Robin Hoods Finger schlossen sich liebevoll um seinen Bogen. »Little-John«, sagte er, »lieber, guter Freund, der beste, den ich je hatte, achte auf die Stelle, wo dieser Pfeil steckenbleibt. Dort will ich begraben werden. Lege mich so, daß mein Gesicht nach Osten gerichtet ist, sieh darauf, daß meine Ruhestätte immer grünt und daß niemand meine Gebeine stört.«
Plötzlich richtete er sich allein auf. Seine alte Kraft schien zurückzukehren. Er zog die Sehne ans Ohr und ließ den Pfeil schwirren. Dann sank die Hand langsam herab, bis der Bogen auf seinen Knien lag, und auch sein Körper sank in die Arme Little-Johns zurück –

aber zugleich mit dem Pfeil war auch das Leben aus Robin Hoods Körper entwichen.

Eine Weile blieb Little-John regungslos sitzen. Dann legte er den Toten, den er so liebevoll gehalten hatte, zurück, faltete Robins Hände über der Brust und schloß ihm die Augen. Er machte kehrt und verließ den Raum, ohne ein Wort zu sprechen oder einen Laut von sich zu geben.

Auf der steilen Treppe begegnete er der Äbtissin und einigen Nonnen. »Wenn ihr euch dem Raum da oben auch nur auf zwanzig Fuß nähert, reiße ich euer Rattennest nieder, so daß kein Stein auf dem anderen bleibt.« Mit diesen Worten verließ er das Kloster. Die Nonnen sahen, wie er über den freien Platz lief und dann im Wald verschwand.

Das erste Grau des Morgens erhellte den Himmel, als Little-John und sechs seiner Gefährten auf das Kloster zueilten. Sie liefen die Treppe hinauf, und kurz darauf hörte man die schlurfenden und scharrenden Schritte von Männern, die eine Last die steile Wendeltreppe herabtrugen. So verließen sie das Kloster, und als sie auf den Vorplatz traten, erhob sich im Wald ein lautes schmerzliches Wehklagen, so als ob viele Männer im Schatten der Bäume ihrer tiefen Trauer Ausdruck gegeben hätten.

So starb Robin Hood im Kloster Kirklees in Yorkshire. Er verzieh jenen, die an ihm gesündigt hatten, so wie er ein Leben lang Verständnis für die Irregeleiteten und Mitleid mit den Schwachen gezeigt hatte. Seine Gefährten zerstreuten sich und lebten fortan still und friedlich, denn der neue Sheriff war ein verständnisvoller Mann und kannte sie nicht so gut wie sein Vorgänger. Sie hatten keine Verfolgung durch ihn zu gewärtigen und konnten die Geschichten aus den Tagen der Jugend an ihre Kinder und Kindeskinder weitergeben.

Und hier, liebe Freunde, müssen wir einander Lebewohl sagen, denn wir sind mit unseren Wanderungen zu Ende, und hier, am Grab Robin Hoods, gehen wir nun jeder unseren eigenen Weg.

Anmerkungen

Heinrich II., aus dem Haus Plantagenet
geb. 1133, gest. 1189
1154 bis 1189 König von England
verheiratet mit Eleonore von Aquitanien

Richard I. Löwenherz, Sohn Heinrichs II.
geb. 1157, gest. 1199
1189 bis 1199 König von England
Nahm 1190 bis 1992 am 3. Kreuzzug teil (Gefangener Herzog Leopolds V. von Österreich auf Burg Dürnstein)

Johann ohne Land, Sohn Heinrichs II.
geb. 1167, gest. 1216
1199 bis 1216 König von England

Robin Hood ist der Held vieler englischer Balladen, vor allem aus dem 14. und 15. Jahrhundert. Er lebte als Anführer einer Schar von Getreuen im Sherwood-Forest bei Nottingham, wo er es sich zur Aufgabe machte, die Reichen und Mächtigen auszuplündern, um ihren Überfluß an die Armen zu verteilen. Möglicherweise verbirgt sich hinter der romantischen Figur des Edelräubers Robin Hood eine historische Persönlichkeit. Sicher ist, daß die Erzählungen seiner Streiche und auch seiner nicht immer zimperlichen Raubzüge den Haß der unterdrückten Angelsachsen gegenüber dem normannischen Adel und der ebenfalls normannischen Geistlichkeit widerspiegeln.

Inhalt